Tu me dois un meurtre

Casterman
Cantersteen 47, boîte 4
1000 Bruxelles
Belgique

www.casterman.com

Publié aux États-Unis par Houghton Mifflin Harcourt Publishing Company,
sous le titre : *You Owe Me A Murder*

ISBN : 978-2-203-03825-7
N° d'édition : L.10EJDN000902.N001

Composition et mise en pages
Nord Compo à Villeneuve-d'Ascq

Achevé d'imprimer en mars 2021, en Espagne, par Liberdúplex,
(Carretera BV-2249 Km. 7,4, Polígono Industrial Torrentfondo,
08791 Sant Llorenç d'Hortons, Barcelone).
Dépôt légal : avril 2021 ; D.2021/0053/138
Déposé au ministère de la Justice, Paris (loi n° 49.956 du 16 juillet 1949
sur les publications destinées à la jeunesse).

EILEEN COOK

TU ME DOIS UN MEURTRE

Traduit de l'anglais (américain)
par Samuel Sfez

casterman

À mes amis qui ont toujours été là pour moi,
prêts en cas de besoin à apporter la pelle
et la toile cirée sans poser de questions.

ÉTUDIANTS D'AMÉRIQUE DU NORD POUR LE CHANGEMENT

Nos programmes d'été feront découvrir le monde à votre adolescent. Destinés aux élèves ambitieux qui souhaitent élargir leurs horizons, nos voyages constituent une expérience unique. Ils offrent à votre enfant l'opportunité de découvrir l'art, l'architecture et l'histoire en compagnie de guides qualifiés, mais aussi de développer son indépendance et sa maturité tout en nouant des amitiés pour la vie.

UN

15 AOÛT

J-16

Je préméditais un meurtre à l'aéroport de Vancouver tout en attendant mon vol pour Londres à la porte D78.

Vu l'expression des gens qui m'entouraient, je n'étais pas la seule à envisager d'éliminer quelqu'un. Notre vol avait du retard, les passagers étaient nerveux et irrités. Au bout de la rangée, un couple se disputait pour savoir qui avait oublié de fermer la fenêtre de la chambre avant de partir. Et une bonne demi-douzaine de personnes rêvaient de zigouiller le gamin au tee-shirt Bob l'éponge qui poussait des cris perçants et courait dans tous les sens, posant partout ses mains répugnantes.

Le vieux en face de moi grognait en montrant ses dents jaunies chaque fois que l'enfant titubait dans sa direction. Bien sûr, le morveux n'en avait rien à faire. Peut-être avait-il hérité de sa mère cette capacité à ignorer les choses désagréables. Cette dernière feuilletait un numéro du magazine *People*, remuait les lèvres en lisant, sans remarquer que les passagers en attente mouraient d'envie d'assommer son fils avec leurs valises. Seul indice prouvant qu'il était à elle : quand il la bousculait, elle piochait mollement un ver de gélatine coloré dans un sac en plastique pour le poser dans sa main tendue. On aurait dit une maman oiseau apathique.

J'inclinai la tête sur le côté pour faire craquer mon cou tendu. Comme j'aurais aimé pouvoir ignorer ainsi les choses ! Mais je me surprenais sans cesse à regarder dans la direction de Connor. Les dents serrées à se fendre. Miriam se tenait sur ses genoux. Je me répétais de ne pas les fixer, mais mon attention était attirée par eux. Il glissa une main sous son chemisier et lui caressa le dos, en petits cercles. Je connaissais ce geste. J'y avais eu droit.

Avant qu'il me largue.

Miriam lui ébouriffa les cheveux. Il ne supportait pas quand je le faisais. Il écartait ma main ou m'évitait. Connor était devenu sourd quand il était petit, après avoir eu la varicelle, et il entendait grâce à des implants cochléaires. Il portait les cheveux un peu longs pour cacher les appareils derrière ses oreilles. Je trouvais ça fascinant. Pas seulement parce que ces gadgets étaient plutôt cool, mais aussi parce que je voulais savoir ce que ça faisait de pouvoir entendre à nouveau. Mais il n'aimait pas en parler, ni que je lui touche les cheveux.

À l'évidence, il n'avait pas le même problème avec Miriam. Je me rappelai que je m'en fichais : Connor n'avait plus aucune importance pour moi. Je déglutis. Bob l'éponge me bouscula. Ses doigts collants, maculés de rouge et de bleu par les bonbons, s'agrippèrent à mon jean. Il leva ses yeux humides vers moi puis, sans détourner le regard, baissa sa bouche baveuse vers mon genou et *me mordit !*

— Hé !

Je le poussai sans réfléchir. Il vacilla un instant puis tomba sur son gros derrière rembourré par une couche en poussant un cri. Je regardai autour de moi, l'air coupable, soudain écrasée par la honte. Sa mère ne leva même pas le nez. Le vieux dressa le pouce à mon intention. *Super – c'est moi, Kim, le genre de personne qui frappe des enfants quand elle n'espionne pas son ex.* Je m'accroupis pour aider le petit, mais il me repoussa et se remit à courir dans l'allée comme un dément.

Je sortis mon téléphone. J'aurais tant voulu pouvoir appeler ma meilleure amie, Emily. Elle savait toujours me remonter le moral. Elle passait l'été à travailler dans un camp de vacances de l'autre côté de l'île de Vancouver. Elle n'avait ni réseau ni wifi : je n'aurais donc pas droit à un message ou un coup de fil rapide pour me dire : « Tout ira bien. » Bon, si j'avais pu la joindre plus tôt pendant l'été, je ne me serais peut-être pas retrouvée dans cette situation. Communiquer à l'ancienne – par lettres – est aussi charmant que désuet, mais ça ne sert à rien quand on subit une catastrophe émotionnelle et qu'on a besoin de sa meilleure amie.

On était copines depuis le primaire, et je n'avais jamais passé autant de temps sans lui parler. Jusqu'à présent, mon été constituait la preuve que j'étais incapable de me débrouiller seule. Je sortis de mon sac la dernière carte qu'elle m'avait envoyée. Dessus, elle avait griffonné : « Je sais que tu y arriveras ! Ton voyage va être super !! » Emily ne ratait pas une occasion d'utiliser un point d'exclamation.

Malgré sa ponctuation enthousiaste, j'étais certaine qu'elle se trompait sur les deux tableaux. Je me sentais loin d'être à la hauteur, et je détestais déjà ce voyage avant même que l'avion ne décolle.

Je pris une profonde inspiration, comptai jusqu'à trois, puis relâchai l'air. *Je peux le faire*. Je ne décevrais ni Emily ni mes parents.

Quelques sièges plus loin, Miriam riait, agitant la tête comme si Connor venait de raconter la meilleure blague du monde. Elle abattit gentiment son petit poing sur sa poitrine. Tout était miniature, chez elle. Elle prétendait mesurer un mètre cinquante, mais elle atteignait à peine le mètre quarante-huit. À côté de Connor, elle paraissait ridicule. Il aurait pu la mettre dans son sac à dos et la porter comme un chihuahua.

Mis à part sa taille minuscule, il fallait bien reconnaître que Miriam était jolie. Elle avait de longs cheveux bruns dignes d'une pub de shampooing. Son seul défaut était de porter trop d'eye-liner, elle était accro au look yeux de chat, qui accentuait ses yeux bridés. Elle adorait en rajouter : elle faisait de grands gestes, agitait les bras, rejetait ses cheveux derrière son épaule, parlait fort, comme pour être sûre qu'on l'entende. Elle traînait avec les théâtreux ; c'était peut-être plus fort qu'elle.

Je n'aurais jamais imaginé que Connor puisse sortir avec quelqu'un comme elle : braillarde. Je croyais qu'il appréciait qu'on n'ait pas sans arrêt besoin de parler, mais qu'on discute de choses importantes : philosophie, science, politique. Un matin, on s'était retrouvés au café avant le lycée pour lire le *Globe and Mail*, échangeant les pages en silence. C'était la seule personne que je connaisse qui aimait lire un vrai journal. J'avais aperçu notre reflet dans la vitre, et je m'étais dit qu'on ressemblait à des adultes. À des gens qui vivent à New York ou Toronto, avec un travail important, un joli appartement dans un immeuble plein de verre et de chrome et un abonnement au musée.

Miriam n'avait pas de bouton volume, mais elle n'était pas stupide. Je ne la connaissais pas bien, pourtant je n'aurais pas imaginé que Connor soit son genre. Je l'aurais plutôt vue aimer un mec avec une boucle d'oreille et des idées révolutionnaires. Elle n'était pas en section scientifique mais suivait plusieurs modules avancés. Elle avait écrit une dissertation sur Shakespeare qui lui avait valu un prix national des geeks de littérature. Pas étonnant que j'aie envie de la tuer.

Je soupirai. Je n'avais pas envie de la tuer, j'avais envie d'être à sa place. Miriam ne m'avait pas volé Connor. On ne peut pas vous voler ce que vous n'avez pas. Il ne m'avait pas larguée pour elle. Ce qui s'était passé entre nous était compliqué, plus compliqué que je ne voulais l'admettre. Il avait ses raisons pour piétiner mon cœur. Si j'avais dû éliminer quelqu'un, ça aurait été lui. Mais peu importait qui je blâmais, cela ne changeait rien au fait que je n'avais aucune envie de passer les prochaines semaines à les regarder s'embrasser devant moi. Je secouai la tête pour chasser cette image. Comme tout le monde me le rappelait, ça ne durerait que seize jours.

Je fermai les yeux pour ne plus les voir, mais j'entendais toujours Miriam. Son prof de théâtre pouvait être fier de la portée de sa voix. Un mètre quarante-huit tout en poumons. Ses paroles emplissaient la salle d'attente et se répandaient dans le hall comme de la lave. Je me rendais déjà compte que ce bruit serait pire que celui des ongles sur un tableau noir avant la fin du voyage.

Le comble, c'est que j'avais tout fait pour partir. J'avais dit à mes parents que s'ils me laissaient y aller ils n'auraient plus jamais à me faire de cadeau. Dès que Connor m'avait annoncé qu'il s'était inscrit – avant notre séparation –, j'avais été envahie d'images de nous deux marchant main dans la main dans des ruelles pavées. Le programme était présenté comme une incroyable opportunité éducative, mais en réalité il n'était pas très exigeant. Nous serions « exposés » à la culture comme s'il s'agissait d'une grippe qu'on pourrait attraper. Je me moquais un peu de l'occasion de voyager, ou de ce que je pourrais apprendre en visitant Londres ; ce qui comptait, c'était d'y aller *avec lui*. Je ne voulais pas qu'il parte pendant près de trois semaines pour faire ces choses sans moi. J'aimais l'idée de reprendre le lycée en septembre et de pouvoir lui lancer à tout bout de champ : « Tu te rappelles quand on était à Londres ? » jusqu'à énerver tout le monde autour de nous.

Après coup, je suis sûre qu'il voulait y aller parce qu'il pensait que je ne viendrais pas. Il s'était inscrit sans m'en parler, il me l'avait annoncé après. J'avais supplié mes parents pendant des jours, sans jamais avouer que je voulais partir avec Connor, insistant lourdement sur l'importance d'élargir mes horizons, sur l'effet que ça ferait dans mon dossier d'inscription à la fac et sur ma soudaine fascination pour la culture britannique, jusqu'à ce qu'ils cèdent.

Ensuite, quand mon histoire avec Connor m'avait explosé au visage, j'avais supplié mes parents de me laisser changer d'avis, mais ils avaient refusé. Ils affirmaient que c'était une question de principe. Mon père appelait ça une occasion de « forger mon caractère ». De son point de vue, Connor ne m'avait jamais méritée, et il avait fait une remarque désobligeante sur ses incisives en avant, ce qui, venant d'un dentiste, était une grave insulte.

Ma mère avait reniflé avec mépris et m'avait dit : « Il n'en vaut pas la peine. » Elle faisait comme si elle ne l'appréciait pas, mais quand je lui avais parlé de Connor pour la première fois, elle avait été aussi excitée que moi. C'était le genre de garçon qui lui aurait plu à mon âge, et dont elle aurait pensé qu'il ne remarquerait jamais sa fille timide. Elle s'était mise à me regarder d'un autre œil, comme si son vilain petit canard s'était enfin changé en cygne. Nous avions fait du shopping ensemble, puis étions allées à l'institut de beauté, d'où nous étions ressorties avec le même vernis rose vif. Nous ne nous étions jamais si bien entendues que pendant ces quelques semaines.

Quand les choses avaient tourné au vinaigre avec lui, ma mère s'était comportée comme si c'était elle qu'on avait humiliée. Elle affirmait que je devais participer au voyage car c'était une occasion de voir le monde, mais elle voulait surtout que je sois le genre de personne qui garde la tête haute et affronte la situation comme elle-même l'aurait fait. Moi aussi j'avais envie d'être cette personne – celle qui s'amuserait comme une folle malgré la séparation et, à la fin du voyage, ferait regretter à Connor de l'avoir larguée. Tout en me faisant un tas de nouveaux amis.

Pour pousser le fantasme jusqu'au bout, la reine m'inviterait au palais, William et Kate me demanderaient de faire du baby-sitting et Harry et Meghan me présenteraient un petit comte ou un duc. Mais la réalité, c'était plutôt que les prochaines semaines allaient craindre.

En plus, j'allais me retrouver coincée juste derrière les tourtereaux pendant le vol, à les regarder se tripoter dans les sièges étroits de la classe économique. Je fermai les yeux comme si je pouvais éteindre l'image mentale projetée sur l'écran de mon esprit. Depuis l'enregistrement et l'annonce de nos places, je m'étais répété mille fois que je pouvais y arriver, mais à chaque seconde qui passait il me semblait de plus en plus évident que je ne tiendrais pas le coup. Je craquerais à trente-trois mille pieds et les assommerais à coups de magazine.

Ou je me remettrais à pleurer. Je ne savais pas ce qui serait pire. À force de pleurer, j'allais friser la déshydratation. Je m'étais dit et redit que je ne le supportais plus, alors pourquoi mon cœur battait-il plus fort et ma gorge se serrait-elle quand il était là ?

Je me levai si brusquement que mon sac tomba par terre. Je le ramassai et me dirigeai vers le guichet de la compagnie aérienne. L'hôtesse de la porte d'embarquement ne me regardait pas. Elle était trop occupée à taper sur son ordinateur. Ses ongles, couverts d'une épaisse couche de vernis gel rouge vif, produisaient un étrange cliquètement sur le clavier. Je me raclai la gorge, mais elle ne s'arrêta pas.

— Excusez-moi, articulai-je avant qu'elle ne brandisse un doigt pour me réduire au silence.

Elle termina enfin ce qu'elle était en train de faire et leva la tête.

— Si c'est à propos du retard, je n'ai pas de nouvelles informations. Nous commencerons l'embarquement dès que nous en aurons reçu l'autorisation.

Son maquillage crevassait sur son front, et je la soupçonnai d'être à bout de nerfs. Elle était une mise en garde vivante pour vous dissuader de travailler au service clientèle.

Je me penchai vers elle, bien que je sache que Connor ne pouvait pas m'entendre.

— J'aimerais changer de place.

Elle fit la moue.

— Je ne crois pas...

D'un mouvement de tête, je désignai Connor.

— Vous voyez le garçon, là-bas ? C'est mon ex. On part en colo en Angleterre. Je suis censée rester assise derrière lui.

Une pause.

— Pendant neuf heures.

Ses sourcils parfaitement arqués se dressèrent, et elle jeta un coup d'œil par-dessus mon épaule. Je sentais que je marquais des points.

— C'était mon premier copain.

Ma voix se brisa, et je dus déglutir plusieurs fois pour la garder sous contrôle.

— Il m'a larguée il y a deux semaines.

Le regard de l'hôtesse s'adoucit, mais elle secoua la tête.

— Je suis désolée, mais je ne peux pas...

— À côté, c'est sa nouvelle copine. Mon ex-meilleure amie.

L'hôtesse prit une inspiration et toisa Connor comme un détritus qu'elle aurait tout juste décollé de sa semelle.

Je regrettai aussitôt les mots que je venais de prononcer. Miriam et moi ne nous étions jamais adressé la parole avant ce voyage, sans parler d'être amies, mais j'avais besoin que l'hôtesse m'aide. À situation désespérée, mesures désespérées.

Je ne mens pas pour faire du mal aux gens, ni pour leur nuire, mais il m'arrive parfois... d'inventer des histoires pour me rendre plus intéressante. Aussi loin que je me souvienne, je l'ai toujours fait. Dans la cour de l'école primaire, je racontais aux autres enfants que des fées vivaient dans mon jardin. Au collège, j'avais laissé croire que j'étais adoptée. Je n'avais pas envie de mentir. Je voulais être normale et intéressante, mais je ne l'étais pas.

Avec Connor, je n'avais pas menti. Avec lui, j'avais été cent pour cent honnête sur mes sentiments, et voilà où ça m'avait menée.

L'hôtesse se remit à taper sur son ordinateur.

— Votre nom ?

— Kim, Kim Maher.

J'épelai mon nom de famille.

— Il me faut votre carte d'embarquement.

Je fis glisser la fiche de papier sur le guichet. Elle la déchira tandis que la machine en crachait une nouvelle. Elle me la tendit avec un clin d'œil.

— Il ne vous mérite pas. Bon voyage.

Le nœud dans ma poitrine se détendit.

— Merci.

Je me frayai un chemin parmi la foule massée devant la porte d'embarquement et m'affalai à nouveau sur mon siège. J'écartai le *New York Times* que j'avais terminé de lire et sortis mon magazine. J'enfonçai le nez entre les pages, m'efforçant de ravaler mes larmes. La femme du guichet avait raison, Connor ne me méritait pas. Emily m'avait répété la même chose. J'avais beau savoir que c'était vrai, ça ne m'empêchait pas de souffrir. Je devais trouver un moyen d'informer mon cœur que ma tête ne l'aimait plus.

Une fille vint prendre place à côté de moi.

— Elle a dit quelque chose à propos du retard ?

Son accent anglais me donna l'impression d'être tombée sur le tournage d'un feuilleton historique de la BBC.

Je fis non de la tête et m'essuyai rapidement les yeux pour qu'elle ne remarque pas mes larmes.

La fille soupira. Elle replia les jambes et enserra ses genoux. Elle tira les manches de son pull en cachemire crème sur ses mains.

— C'est ton journal ? demanda-t-elle en jetant un regard au tas de papier sur le fauteuil à côté de moi.

Je hochai la tête.

— Tu as lu l'article sur les modifications du programme spatial ? Je l'ai vu ce matin.

Je sursautai. Elle avait plutôt l'air du genre à repérer un exemplaire de *Elle* à cent mètres qu'à différencier une navette d'une fusée, même en s'en prenant une dans la figure.

— Mmmm.

J'ouvris le journal et cherchai la rubrique Sciences.

— C'est ça que j'aime, dans le journal. Une vraie chasse au trésor. On ne sait jamais sur quoi on va tomber.

Je hochai la tête comme une poupée désarticulée. C'était aussi pour ça que j'aimais lire le journal.

— Ouais. Ça t'intéresse, l'espace ?

Elle haussa les épaules.

— J'aime bien.

Je lui tendis la main.

— Je m'appelle Kim.

Elle sourit.

— Nicki. Pourquoi tu restes pas avec ton groupe ?

Elle désigna les autres d'un mouvement de tête. Nous étions huit à partir dans le même avion. Certains jouaient aux cartes sur la moquette bleue, les autres étaient rassemblés autour de l'ordinateur de Jamal, à écouter de la musique.

— Comment tu sais..., articulai-je.

Elle montra l'étiquette bleu et blanc « ÉTUDIANTS POUR LE CHANGEMENT » accrochée à mon bagage à main. J'avais oublié que j'étais identifiée.

— Ah. Je connais pas vraiment les autres. On est trois de mon lycée. C'est compliqué.

Nicki hocha la tête.

— Je vois de quoi tu parles. Je suis venue voir mon père. Il habite ici plutôt qu'à Londres avec ma mère et moi pour des raisons assez compliquées.

Nicki rajusta ses cheveux derrière ses oreilles. Son carré était un peu trop court, et la mèche retomba aussitôt vers l'avant.

— Désolée, ça fait un peu pleurnicheuse, reprit-elle. C'est juste que je trouve les autres... pfff. Je sais pas. Décevants.

Elle rajusta à nouveau ses cheveux.

— Je vois de quoi tu parles, dis-je à mon tour.

Son rire m'évoqua une gamme au piano.

Nicki désigna le magazine de robotique posé sur mes genoux.

— Tu veux étudier la robotique à la fac ?

Je secouai la tête.

— Je suis pas encore trop sûre. J'hésite avec ingénierie ou informatique.

Elle attendit la fin d'une annonce concernant le vol pour Phoenix avant de répondre.

— Moi, j'envisage psycho. J'aimerais faire de la recherche. Je suis en année de césure.

Elle observa le morveux pêcher une crotte de nez et se la coller dans les cheveux.

— Quel genre de recherche ?

— Comportement humain. Je n'ai aucune envie de devenir thérapeute. Les gens qui débitent leurs problèmes toute la journée, ça me rendrait dingue. Mais ça m'intrigue de savoir pourquoi les gens font ce qu'ils font, pourquoi ils ne font pas certaines choses, ce qu'ils pourraient accomplir, ce genre de truc.

Je traçai un motif sur la moquette avec la pointe de mon pied. Comprendre les autres était l'un des grands mystères de ma vie.

— Quand tu auras compris les gens, tu m'expliqueras. Les maths, je comprends, mais les gens c'est plus compliqué que la physique quantique. Je suis plus à l'aise avec les robots.

Au-dessus de nous, le haut-parleur grésilla.

« Votre attention s'il vous plaît, en raison d'un problème de maintenance de l'appareil, le vol Air Canada numéro 854 à destination de Londres connaîtra un retard supplémentaire. Nous nous excusons pour la gêne occasionnée. »

Les passagers grognèrent. Au-dessus de la porte d'embarquement, l'écran afficha un nouvel horaire de départ, trois heures plus tard.

Connor se leva et s'étira.

— Qui veut trouver un endroit pour regarder le match des Whitecaps ?

Notre groupe commença à rassembler ses affaires. On aurait dit le joueur de flûte des geeks : tout le monde le suivit. Miriam se dirigea vers moi.

— Tu veux venir ? proposa-t-elle.

Ses jambes étaient si menues que son legging taille XS faisait des plis sur ses cuisses. Elle devait s'habiller au rayon enfant.

— Non, merci, répondis-je, espérant qu'elle s'en irait.

Ou même mieux, qu'elle disparaisse.

Miriam donna un petit coup de pied dans mon sac.

— Tu vas pas rester ici pendant trois heures. Allez, on va manger des frites, ça sera marrant.

« Marrant » ne figurait pas parmi les mots que j'aurais employés pour décrire la situation.

— Ça va, insistai-je.

C'était déjà assez blessant que Connor ne veuille plus de moi. C'était encore pire qu'il soit sorti avec quelqu'un d'autre juste après. C'était un cauchemar de me retrouver coincée dans ce voyage avec lui. Mais qu'elle soit gentille avec moi, c'était la cerise sur ce gâteau pourri. Je ne savais même pas ce que Connor lui avait raconté sur nous. Qu'est-ce que je préférais : qu'elle soit au courant et qu'elle ait pitié de moi, ou qu'il ne lui ait rien dit parce qu'il ne trouvait pas que j'en valais la peine ? Je m'enfonçai encore plus dans mon siège.

— Laisse tomber, elle veut pas venir. Crois-moi, elle manquera à personne avec cette attitude.

Connor s'approcha et prit la main de Miriam sans même un regard pour moi.

Je rougis. Il avait raison. J'étais un nuage noir ambulant. Je n'avais pris la peine de faire connaissance avec personne depuis le départ. J'allais donc me retrouver seule et malheureuse.

— Eh ben, quel branleur, lâcha Nicki assez fort pour qu'il entende.

Je ne savais pas exactement ce qu'elle entendait par là, mais ça ressemblait à une sacrée insulte. J'éclatai de rire.

Connor et Miriam s'éloignèrent, suivis par le reste du groupe. Il se retourna pour nous regarder, et quand il vit que nous le fixions toujours, il fit volte-face.

Ma poitrine s'emplit d'air. Je me sentais comme un ballon géant dans une parade – prête à m'envoler.

— Je sais pas pourquoi tu as dit ça, mais tu es la personne que je préfère sur cette planète, déclarai-je.

Je le pensais. Ma meilleure amie était injoignable, sauf par courrier. Emily aurait aussi bien pu être dans l'espace vu l'aide qu'elle pouvait m'apporter.

Nicki me tira de mon siège.

— Ce mec est un loser. Je le sais, parce que j'étudie les gens. Tu me remercieras en me distrayant pendant les prochaines heures.

— Comment ça ?

Le sourire de Nicki s'élargit.

— Nous sommes des femmes intelligentes. On va trouver quelque chose.

DEUX

15 AOÛT
J-16

Nicki s'arrêta net devant un magasin duty-free, et je faillis me cogner contre elle. Elle semblait hypnotisée par les lumières vives des bouteilles de parfum qui scintillaient comme des bijoux.

— Entrons, décida-t-elle.

— Ils n'auront pas de chewing-gum, fis-je remarquer. Il y a un autre magasin un peu plus loin.

Mais elle se faufilait déjà dans les allées. Elle prenait des objets au hasard : un ours en peluche tenant un cœur en satin, une barre de Toblerone géante, une boîte de guimauves aux couleurs pastel. Elle inspectait chaque article comme si elle travaillait pour le contrôle qualité, puis le remettait en place. Je la suivis.

Ma bouche brûlait encore des jalapeños que j'avais mangés au déjeuner. Nicki m'avait affirmé que le mieux était de manger des huevos rancheros avant un long voyage. Selon elle le mélange de protéines des œufs et du fromage plus la sauce épicée nous assurerait un bon sommeil dans l'avion. Quand j'avais indiqué que le plat ne figurait pas au menu, elle avait haussé un sourcil parfaitement épilé.

— Commander sur le menu, c'est pour le commun des mortels, avait-elle rétorqué.

Quand le serveur état venu, elle était passée en mode charme et, avant que je comprenne ce qui se passait, il avait posé devant nous deux assiettes personnalisées. Et elle avait eu raison : cet énorme repas me donnait envie de dormir.

Nicki prit un zèbre en peluche et le caressa.

— Ce genre de truc me fait regretter de ne pas avoir de petit frère ou de petite sœur. Laisse-moi deviner, tu es fille unique toi aussi.

Je restai bouche bée.

— Comment tu...

— Les enfants uniques sont différents. Ils doivent apprendre à s'amuser seuls. Ils sont indépendants, ils sont meilleurs pour résoudre les problèmes. Il y a des tas de recherches sur le sujet. J'ai remarqué la façon dont tu parles. Toi et moi, on est pareilles.

Techniquement, nous n'étions pas pareilles. Je ne savais jamais quoi répondre quand on me demandait si j'avais des frères et sœurs. « Six au congélo » faisait trop désinvolte et appelait une explication. Dire que j'étais fille unique me donnait l'impression de mentir sur l'existence des embryons cryogénisés de mes parents. C'étaient mes frères et sœurs, sauf qu'ils étaient congelés dans un laboratoire.

Mes parents avaient eu du mal à m'avoir. Grâce à ma mère, blogueuse de la première heure, le monde entier était au courant de leurs difficultés. Après trois tentatives de fécondation *in vitro*, j'avais pris. Sur son blog, ma mère m'appelait MBK – *Miracle Baby Kim*. Elle prétendait utiliser ces initiales pour protéger ma vie privée, mais quelle vie privée pouvais-je avoir si elle publiait la moindre étape de mon développement aux yeux du monde, dans le cyberespace ?

Quelque part sur Internet, il y a une photo de moi à trois ans, portant une tiare et des pantoufles roses à fourrure trop grandes, assise sur les toilettes. Légende : « MBK fait enfin dans les toilettes ! » Ce « enfin » apporte une touche subtile : j'adore que les gens pensent que j'ai eu du retard dans l'apprentissage de la propreté. Ma mère affichait son nom partout sur son blog : pas besoin d'être un génie pour deviner que MBK c'était moi. En réalité, elle se fichait de mon avis sur ce blog. Ce qui lui importait, c'étaient les gens qui le lisaient et lui disaient : « Tu es la meilleure mère du monde. »

L'année de mes dix ans, ma mère écrivit un long post pour annoncer à ses légions de fans que mon père et elle abandonnaient leurs efforts pour avoir d'autres enfants. Ils ne supportaient plus les cycles ininterrompus de FIV. Apparemment, Dame Nature n'avait pas prévu qu'elle devienne la mère qu'elle aurait voulu être, au volant d'un minibus, capable de faire une construction en Lego tout en cuisinant un dîner bio pour sa grande et heureuse famille. Elle se concentrerait sur sa bénédiction (« Ma belle MBK ! »), ce qui ne l'empêcherait pas de porter le deuil de ce qui aurait pu se passer et de considérer ces embryons congelés comme ses bébés. Le *Huffington Post* avait publié son billet sur son site. C'est l'une de leurs pages les plus consultées. Ils le ressortent chaque année pour la fête des Mères.

C'est à cette période que j'ai commencé à comprendre que je représentais une déception pour ma mère. Quand elle avait imaginé avoir des enfants, aucun ne me ressemblait. Elle voulait une fille qui joue à la poupée et qu'elle pouvait punir en agitant le doigt, tout en la trouvant adorable de lui avoir volé son maquillage. Ma passion pour les cheveux courts qui ne font pas de nœuds, pour les livres et les cabanes la perturbait. Pourquoi ne sautais-je pas à la corde avec les autres gamines ? Pourquoi ne pouvait-elle pas me faire des tresses aux motifs compliqués dignes d'une princesse Disney ? Pourquoi ne lui ressemblais-je pas ? Comment pouvait-elle être experte en maternité alors que sa propre fille était si… bizarre ?

Ma mère avait fait partie des premières mamans blogueuses. Des milliers de personnes lisaient encore son site chaque jour, commentaient ses recettes (« Repas super miam à l'autocuiseur ! ») et ses critiques d'articles pour bébé (« Les poussettes Bugaboo valent chaque centime ! »). Elle avait blogué sur les difficultés et les déceptions de la maternité, qui en valait quand même la peine. Étais-je la seule à remarquer qu'elle cherchait à s'en convaincre elle-même ? Je savais que ma mère m'aimait, mais je ne pensais pas qu'elle *m'appréciait*. Si elle avait eu d'autres enfants, les choses auraient peut-être été différentes. Ni elle ni moi ne le saurons jamais.

Nicki renifla un flacon de parfum Burberry Brit puis en pulvérisa un peu sur son poignet. Elle me tendit son bras et je me penchai.

— Pas mal, approuvai-je.

Mais elle était déjà passée au rayon suivant.

Elle leva les yeux vers la tour de bouteilles de vodka Grey Goose.

— Tu en veux pour le vol ?

Je croisai les bras devant ma poitrine.

— Même toi tu n'arriveras pas à les convaincre de nous vendre de l'alcool.

Nicki m'adressa un clin d'œil, et je remarquai qu'elle portait un peu d'ombre à paupières à paillettes.

— Qui dit qu'on va l'acheter ?

Mon cœur s'emballa. Je me retournai pour m'assurer que nous étions seules.

— Tu vas la voler ? demandai-je à voix basse.

Mon cœur passa en mode lapin effrayé.

— Non, *on* va la voler, corrigea-t-elle, une lueur dans ses yeux noisette. Personne ne soupçonnera la fille bien habillée avec un accent british. J'ai l'air trop chic pour m'abaisser à ça.

Un vol de papillons hystériques se débattit dans mes poumons. J'étais sûre de ne pas avoir l'air trop chic pour me faire arrêter.

— Je sais pas...

— À toi de voir.

La conversation des deux vendeuses à l'entrée du magasin sur les qualités de Ryan Reynolds me paraissait anormalement forte. Je me mordis la joue.

— Qu'est-ce qui se passera si on se fait prendre ?

Nicki retroussa les lèvres, on aurait dit le Grinch.

— Rien de bon. C'est pour ça qu'on s'arrangera pour ne pas se faire prendre.

Elle inclina la tête vers les bouteilles.

— Ils n'ont pas encore mis les antivols, et je ne vois pas de caméras.

Elle avait raison. Toutes les bouteilles du magasin portaient un disque en plastique autour du goulot, mais pas celles du présentoir Grey Goose. J'entendais presque l'ange et le démon sur chacune de mes épaules. L'un me conseillait d'être gentille et d'aller au magasin suivant m'acheter un paquet de chewing-gums, l'autre me murmurait que ça ne me tuerait pas de prendre un risque de temps en temps. J'avais joué la sécurité, et voilà où j'en étais. Je voulais être quelqu'un d'autre, n'importe qui. Peut-être que pour infléchir le cours de ma vie je devais changer de comportement. Devenir quelqu'un qui osait, comme Nicki.

— Qu'est-ce qu'on fait ? chuchotai-je.

Nicki désigna mon sac à main en cuir.

— Quand ça sera le moment, attrape la bouteille la plus proche et glisse-la dedans.

— Comment je saurai que c'est le moment ?

Elle me tapota le nez.

— Tu sauras parce que tu es intelligente.

Elle se retourna vers l'étalage des parfums et prit un flacon.

— Je vais regarder le prix, ma mère adore ce truc.

Elle s'éloigna de quelques pas et son pied s'accrocha dans la poignée d'un sac en toile coloré décoré d'une feuille d'érable et griffé « CANADA FOREVER », posé au sol parmi d'autres sacs identiques.

J'ouvris la bouche pour la prévenir, mais elle était déjà tombée en avant avec un cri. Elle leva les bras en tombant, et la bouteille de parfum se brisa au sol avec fracas. Un nuage de citron et de musc emplit l'air. Les vendeuses se précipitèrent vers elle.

Je m'apprêtais à faire de même quand je compris que c'était le moment. Ma main bondit comme en proie à une force extérieure et arracha une bouteille de vodka du présentoir, puis la glissa dans mon sac. Je pressai mon coude sur l'ouverture et me précipitai vers Nicki, qui se tenait maintenant entre les deux vendeuses. Mon cœur battait à se rompre.

— Ça va ? demandai-je, surprise que ma voix ne se brise pas sous l'effet du courant électrique qui emplissait mon corps et parcourait mes nerfs.

— Ça va, je crois.

Nicki regarda le flacon brisé au sol et écarquilla les yeux.

— Oh, je suis vraiment désolée.

— Vous allez devoir rembourser le parfum, déclara la plus grande des vendeuses en indiquant un panneau « VOUS CASSEZ, VOUS PAYEZ » à l'entrée.

Nicki se redressa encore davantage.

— Mais je faisais attention. J'ai trébuché sur vos sacs, qui étaient par terre.

La grande vendeuse pinça les lèvres, sa bouche devint une fente sur son visage.

— Si vous ne payez pas, nous allons devoir appeler le responsable.

La panique m'éblouit comme un éclair blanc. Je devais faire quelque chose.

— J'espère bien, que vous allez appeler le responsable. Peut-être que si vous n'étiez pas si occupées à discuter, vous auriez rangé ce bazar et ce ne serait pas arrivé. Vous savez, votre responsabilité est engagée en cas de blessure. Mon père est avocat, il a tout le temps ce genre d'affaire.

Dès que ces mots quittèrent ma bouche, je voulus les ravaler aussitôt. J'espérais ne pas me tromper. Mon père était dentiste. L'essentiel de mes connaissances juridiques venait des séries que je regardais quand j'étais malade. *Qu'avais-je fait ?*

— En fait, j'ai un peu mal au dos, intervint Nicki avec une moue. Je me suis cognée assez fort.

Elle se frotta le bas du dos.

La plus grande des vendeuses paraissait sur le point de frapper Nicki, mais la plus petite, dont les cheveux formaient une montagne de tresses, posa la main sur le bras de sa collègue.

— Nous sommes désolées que vous soyez tombée.

Nicki croisa son regard.

— Et je suis désolée d'avoir cassé le flacon.

La petite vendeuse sourit de toutes ses dents, aussi blanches que les carreaux du mur.

— Dans ce cas, considérons qu'aucun mal n'a été fait.

La tension qui s'était accumulée en moi s'envola.

— Vous êtes sûre ? demanda Nicki.

Ses grands yeux lui donnaient l'air d'un personnage de manga. Quand la vendeuse acquiesça, Nicki me prit par le bras.

— Il faut qu'on y aille, notre vol va bientôt partir.

Je hochai la tête d'un air solennel, comme si je craignais d'être en retard. En franchissant le seuil, les muscles tendus, j'anticipai une alarme déchirante, mais rien ne se passa. Nicki me serra fort.

— Ne te retourne pas. Il n'y a que les coupables qui se retournent.

Mon cou se raidit et je poursuivis mon chemin. L'adrénaline qui avait envahi mon corps quelques secondes plus tôt s'évacuait, et je me sentais légère. Mon sac pesait cent kilos. Je redoutais que tous ceux que nous croisions voient soudain à travers et me pointent du doigt. « Voleuse ! » Nicki sentit que je flanchais et me tira jusqu'à une porte d'embarquement vide. Nous nous effondrâmes dans des fauteuils en gloussant.

— J'arrive pas à croire que j'ai fait ça, soufflai-je.

En ouvrant mon sac, je m'attendais presque à ce que la vodka ait disparu, fruit de mon imagination, mais la bouteille était là. Je jetai un regard à Nicki pour voir si mon passage à l'acte l'impressionnait.

— Puisque nous allons en Angleterre, il aurait été plus approprié de voler du gin, mais il faut s'adapter aux opportunités. Tu as été parfaite. Quand tu as sorti que je pourrais porter plainte, j'ai eu envie de te féliciter, ajouta Nicki en tapotant mon sac en cuir.

Je secouai la tête.

— Tu rigoles ? Dès que j'ai pris la bouteille, j'avais une seule envie : m'enfuir. J'ai cru que j'allais craquer.

Elle rit.

— Mais tu n'as pas craqué. Quand on fait bien quelque chose, ça ne veut pas dire que c'est facile – ça signifie seulement qu'on va de l'avant là où d'autres abandonnent.

Je me mis à rire aussi.

— Moi, j'ai tendance à abandonner. J'ai peur de tout.

— Quoi, par exemple ?

Je levai les yeux au ciel.

— On y sera encore demain matin. Par exemple, j'ai un vertige incroyable. Je ne peux même pas aller chez mes grands-parents à Miami, parce qu'ils vivent au vingtième étage. D'habitude, quand quelque chose me fait peur, je lâche l'affaire. Je ne fais pas de ski, de kayak, j'évite les endroits où il risque d'y avoir des araignées, je tremble quand je dois aller chez le dentiste, et mon père est dentiste.

Nicki fronça le nez.

— Moi aussi, j'ai la phobie du dentiste, mais le vertige ? Quitte à avoir peur, autant que ça en vaille la peine, gloussa-t-elle. Tu as eu peur de voler la bouteille, mais tu l'as fait. C'est la différence entre les gens ordinaires et les gens extraordinaires. Les gens extraordinaires ont peur, mais ils agissent quand même.

Je relevai le menton. Ma honte d'avoir volé se mêlait à la fierté d'avoir pris un risque. J'avais à la fois envie de me vanter de mon exploit et de m'en excuser. Mais surtout je voulais que Nicki continue à parler.

— Je n'arrive toujours pas à croire que j'ai fait ça, répétai-je.

Je voulais qu'elle comprenne que ce n'était pas mon genre. Ce n'était en fait pas mon genre de faire quoi que ce soit, mais peut-être qu'il me suffisait de décider que je ne voulais plus être cette personne-là.

Nicki m'enlaça et me serra contre elle.

— Réfléchis un peu. Imagine ce que tu pourrais faire si tu te laissais aller. Tu sais, pour accomplir quelque chose, il faut d'abord le vouloir. Puis essayer encore et encore, même si c'est difficile.

Elle eut un sourire narquois avant d'ajouter :

— Et, bien sûr, si la vie t'offre une occasion, saisis-la avant qu'elle s'envole. Ou qu'ils mettent un antivol dessus.

Je consignai avec soin ses mots dans ma mémoire. Ses conseils me paraissaient importants. Non parce que je rêvais de devenir une criminelle accomplie – je me sentais coupable d'avoir volé cette vodka, et je ne m'imaginais pas le refaire. Cependant… j'étais contente de l'avoir fait au moins une fois. Avoir été comme Nicki. Audacieuse. Sans peur. Elle semblait avoir percé le secret de la vie. Les brochures du programme d'échange insistaient sur le fait que les voyages faisaient grandir. Je pensais en secret que c'étaient seulement des conneries pour faire vendre. Changer d'endroit, quelle différence ? Mais, au fond, c'était peut-être possible : je pouvais devenir quelqu'un d'autre. J'imaginais l'approbation de ma mère… et le post qu'elle écrirait sur le sujet.

Le haut-parleur grésilla et annonça que notre vol allait bientôt embarquer. Les trois heures avaient filé. Je tirai un peu la bouteille de mon sac.

— Tu la veux ?

— Garde-la. Je n'ai pas compris toute l'histoire avec le mec et la fille devant la porte d'embarquement, mais j'ai l'impression que tu en as plus besoin que moi. Allons-y. Je dois encore acheter des chewing-gums.

Elle se leva de son siège avec un soupir distingué. Avant qu'elle s'éloigne, je l'attrapai par le bras.

— Merci. J'étais vraiment déprimée, tout à l'heure.

— Ça sert à ça, les amis !

Elle enfonça son doigt dans mes côtes, comme si j'avais dit une bêtise.

— Eh ben, merci de me considérer comme une amie au bout de quelques heures.

— Tu sais quoi ? sourit Nicki. J'ai décidé que nous étions amies dès l'instant où on s'est rencontrées.

TROIS

15 AOÛT
J-16

La plupart des passagers s'endormirent dès que les hôtesses eurent débarrassé les plateaux du dîner et baissé les lumières. Certains sortirent un coussin mou en forme de rein, rempli de grains d'orge. Mon voisin de devant, qui portait un tee-shirt Dark Vador trop serré, ronflait déjà. Ou alors il se noyait dans sa morve, difficile à dire vu le bruit qu'il faisait.

Je collai mon front contre le hublot. Dans l'obscurité, je ne voyais que mon propre reflet dans le verre épais. Je savais que nous étions à des kilomètres au-dessus du sol, mais j'avais davantage l'impression d'être sous l'eau. Il faisait noir et froid. Bien qu'il soit tard et que les moteurs produisent un bourdonnement monotone, je n'arrivais pas à m'endormir.

— Tu t'es débrouillée pour avoir une rangée à toi toute seule ?

Je sursautai, surprise par sa voix. Nicki prit place dans le siège côté couloir et posa ses pieds sur celui qui nous séparait. Elle portait des chaussettes en fourrure bleue. Elle agita les orteils vers moi.

— Je suis coincée à côté d'une vieille qui sent la naphtaline et le steak haché, murmura-t-elle.

— Où ça ?

Je ne l'avais pas vue depuis l'embarquement.

— À l'avant, de l'autre côté. (Elle me secoua le genou avec son pied.) T'arrives pas à dormir ?

— Ça t'est déjà arrivé de ne pas pouvoir éteindre ton cerveau ?

Je tirai mes manches sur mes mains et posai les jambes sur le siège du milieu, à côté des siennes.

— Tout le temps. Des études montrent que plus on est intelligent, plus on est sujet à l'insomnie.

— Vraiment ?

Soudain, ces longues nuits passées à fixer le plafond trouvaient leur justification.

— Aucune idée, avoua Nicki en souriant. Je viens d'inventer ça. Mais je trouve que ça devrait être vrai.

Elle se massa les tempes.

— Moi non plus je n'arrive pas à dormir. Tu pourrais peut-être m'aider.

— Moi ?

— Enfin, ta vodka. Personne ne dira rien tant qu'on ne fait pas de bruit. D'ac ?

Sans prendre la peine de répondre, je plongeai sous le siège devant moi pour attraper mon sac à main. J'en tirai la bouteille comme un magicien sort un lapin de son chapeau. Nicki applaudit en silence.

Les premières gorgées furent comme avaler de l'essence. Elles laissèrent une traînée brûlante de ma gorge jusqu'à mon estomac, mais quelques lampées supplémentaires adoucirent les contours. Nous parlâmes de tout et de rien pendant des heures. Sur les réseaux sociaux, je lui montrai les photos des robots que j'avais construits. Elle me raconta que ses parents avaient divorcé et qu'elle détestait la nouvelle copine de son père. Je lui résumai dans les grandes lignes mon histoire avec Connor.

Les lèvres de Nicki quittèrent le goulot de la bouteille avec un *pop*.

— Attends un peu. Il t'a demandé d'abandonner un concours scientifique pour gagner ?

Je clignai des yeux pour refouler le souvenir.

— C'est encore pire, marmonnai-je, remarquant que ma voix devenait pâteuse. Il ne m'a pas demandé. J'ai renoncé au premier prix. J'ai décrété que je ne voulais plus participer, je savais qu'il gagnerait puisqu'il était deuxième.

Je devrais me calmer sur la vodka.

Elle fronça les sourcils.

— Pourquoi tu as fait ça ?

— Je pensais qu'il m'aimerait, me défendis-je.

Je soupirai. Dit à voix haute, c'était encore plus pathétique. Sur le moment, ça avait tellement plus de sens. Quand j'avais reçu les résultats, j'étais allée chez lui. Je croyais qu'il serait content. Il savait combien de temps j'avais passé sur mon quadcopter. Il était arrivé deuxième. À nous deux, nous étions les meilleurs de tous les lycées de l'ouest du Canada.

Quand Connor avait ouvert la porte, j'avais brandi l'annonce que j'avais imprimée, crié de joie, et je m'étais jetée dans ses bras. Mais j'avais aussitôt remarqué que quelque chose n'allait pas. Son corps était raide – j'avais l'impression de serrer une statue contre moi.

— Qu'est-ce qu'il y a ?

Il m'avait écartée, comme un manteau trop chaud un jour d'été.

— Rien. Félicitations.

Je voulais qu'il me touche à nouveau, et je m'étais surprise à tendre la main pour lui effleurer le bras.

— Mr Schmidt va faire une crise cardiaque en apprenant ça. Aucun de ses élèves n'a jamais été qualifié, alors deux la même année…

Connor avait enfoncé ses mains dans ses poches.

— Ouais. C'était pas la peine de venir me l'annoncer. J'ai reçu un e-mail, moi aussi.

Ce n'était pas comme ça que je m'étais imaginé les choses. Une boule amère s'était formée dans mon estomac. J'avais beau me répéter que j'étais parano, j'étais sûre qu'il évitait mon regard.

— T'es pas content d'avoir gagné ?

— Si, bien sûr. C'est juste que j'espérais pouvoir mettre ça sur mes candidatures à la fac.

Il avait regardé dans la rue, derrière moi, comme s'il avait souhaité que quelqu'un vienne le sauver.

— Tu peux toujours le faire. Tu es arrivé deuxième.

— Ouais, ouais. Écoute, j'ai promis à ma mère de faire des trucs dans le jardin avant le dîner, il faut que j'y aille.

— Je peux t'aider si tu veux, avais-je proposé en montrant mes muscles. Je suis plus forte que j'en ai l'air.

— Non, ça va. On se voit demain.

J'avais dû refréner l'impulsion de glisser mon pied dans la porte pour l'empêcher de la fermer.

— Si tu veux, je peux t'aider avec tes lettres de motivation pour la fac. Je suis forte pour ce genre de truc.

— Non, ça va, c'est bon.

— Ça me dérange pas. Sinon, je peux les relire. Je suis une ninja de la virgule, tu sais.

J'avais essayé de plaisanter, mais ça ne fonctionnait pas. Je me tordais les mains, je m'étais forcée à arrêter. Je savais que je devais me taire, mais les mots s'accumulaient dans ma bouche et sortaient en cascade.

— C'est bon, avait-il répondu. Je veux faire ça seul.

— Tu es sûr que tu es pas fâché à cause du concours ?

J'avançais, lui reculait.

— Je suis pas fâché, juste stressé. Avec la terminale qui arrive et tout. Ça va aller.

Mais je craignais que ça n'aille pas. Je m'étais dit que je n'avais pas besoin de ce trophée – alors pourquoi pas y renoncer ? Les organisateurs lui donneraient le premier prix, il pourrait se détendre pour ses lettres de motivation, et il comprendrait que je tenais vraiment à lui.

Sauf que ça n'avait rien changé. Au contraire, ça avait rendu la situation entre nous encore plus bizarre. Jusqu'à ce qu'il vienne me parler le lendemain.

— C'est pas toi, c'est moi. Je tiens beaucoup à toi… mais.

J'avais mal vécu la séparation. Très mal même ; la lettre que j'avais envoyée à Emily pour lui raconter devait être désespérée, parce qu'elle avait supplié la directrice de son camp de vacances de l'autoriser à me téléphoner, ce qui était interdit. Mais ni elle ni personne n'aurait rien pu dire pour que je me sente mieux. Pas même le post de ma mère sur « Gérer le premier chagrin d'amour de votre enfant ». J'avais beau me sentir stupide d'avoir renoncé à ma première place pour le prix de science, je n'avais pu m'empêcher de remarquer que Connor ne l'avait pas refusée.

Nicki fit la moue.

— Je connais ce genre de mec. Ils se servent des autres. Il ne supporte pas l'idée que tu sois plus intelligente que lui.

— Je sais pas si c'est ça.

Je m'en voulus d'éprouver encore le besoin de le défendre. Elle secoua la tête, faisant voler ses cheveux.

— Ne fais pas ça. Ne trouve pas d'excuses à son comportement minable. C'est un corniaud, il t'a fait sentir coupable d'avoir gagné parce qu'il ne supportait pas d'être arrivé deuxième. Je suis déjà sortie avec un mec comme ça. Il était *faible*, il ne me méritait pas, et ce Connor ne te mérite certainement pas.

Son argot me faisait rire. *Corniaud, corniaud, corniaud*. Je bus une grande gorgée de vodka, qui me réchauffa de l'intérieur. Elle avait raison. Connor était un corniaud. Et s'il ne voulait pas sortir avec moi, pourquoi avait-il accepté que je lui laisse la première place ?

— Je suis en colère à cause du concours, mais c'est pas le pire. Ce qui m'énerve le plus, c'est que je n'ai rien vu venir.

La vérité de cette affirmation me brûlait davantage que l'alcool. Connor était un con, mais moi aussi j'avais été stupide, et je le détestais surtout de m'avoir révélé ça.

— Les gens comme lui doivent payer, grogna Nicki. Si personne ne les arrête, ils recommenceront avec quelqu'un d'autre. Le mec dont je t'ai parlé, il était marié.

Je retins mon souffle.

— Il ne te l'a pas dit ?

— Non, ça, je le savais, éluda-t-elle. Mais il avait promis qu'il quitterait sa femme. Les faibles mentent pour obtenir ce qu'ils veulent.

Je marmonnai des mots compatissants. Nicki n'avait qu'un an de plus que moi, mais je me sentais un million de fois plus jeune, un bébé accroché à son doudou. *Un homme marié ?* Je trouvais ça dégoûtant, mais en même temps... plus exotique que tout ce qui m'était jamais arrivé.

Une hôtesse se dirigea vers nous, bouteille d'eau et gobelets à la main. Sans un mot, nous glissâmes la bouteille de Grey Goose sous la mince couverture que nous avions jetée sur nos pieds.

— Désirez-vous quelque chose ? murmura-t-elle tandis que nous prenions les gobelets qu'elle nous tendait.

— Non, merci.

Nicki attendit qu'elle ait disparu derrière le lourd rideau bleu marine avant de se tourner vers moi.

— Je déteste quand les gens portent autant de maquillage. Qui croient-ils tromper ? Tu es vieille, accepte-le.

Je me retournai vers le rideau qui s'agitait encore.

— Je n'ai pas remarqué.

— Les femmes comme elle me rappellent ma mère, soupira Nicki. Elles font semblant d'être quelqu'un d'autre.

Elle regarda ses mains, grattant avec son pouce le vernis gris tourterelle de son index.

— J'aimerais vivre avec mon père, mais elle ne veut pas.

— Tu ne peux pas aller où tu veux si tu as eu ton bac ?

— Dès que j'en parle, elle s'effondre. « Oh, je ne pourrai pas vivre sans toi », l'imita Nicki d'une voix geignarde.

« Ton père m'a tout pris, et maintenant il veut ma petite fille. J'en mourrai si tu t'en vas. » (Elle secoua la tête avec un air de dégoût.) Mon père se sent coupable. Il dit que je ne peux pas déménager à Vancouver. Il ne la supporte pas, mais moi je dois vivre avec elle.

Ses yeux s'emplirent de larmes, qui roulèrent sur ses joues.

— Hé, ça va aller.

Je fouillai dans mon sac à la recherche d'un mouchoir. Je n'en trouvai pas et me contentai de lui tendre une serviette en papier chiffonnée qui traînait au fond.

— Désolée.

Elle essuya ses larmes et renifla avant de reprendre :

— Je ne sais pas si j'ai plus envie d'habiter avec mon père ou de ne pas être avec elle. C'est de pire en pire. Je dois toujours réparer les dégâts qu'elle cause. Elle vomit au lit sans même s'en rendre compte. Je dois sans arrêt lui trouver des excuses. Si je reste, je suis malheureuse, et si je pars tout le monde pensera que je suis une personne affreuse.

— Moi, je ne le pense pas.

J'avais le cœur brisé pour elle. Ma mère me rendait folle par moments, mais jamais elle ne me ferait vivre un tel enfer.

Nicki me prit la main.

— Merci.

Je regardai nos mains entrelacées. Une vague d'affection pour elle m'envahit. Emily et moi nous connaissions depuis le primaire, notre amitié s'était bâtie sur d'innombrables soirées pyjama et secrets partagés, mais avec Nicki le lien avait été instantané. Ça ne me ressemblait pas. Depuis l'école élémentaire, mon carnet affichait des notes astronomiques, mais mes professeurs m'encourageaient à travailler mes rapports sociaux. Nicki était le genre de personne qui ne me remarquait pas en général, et peut-être ne m'aurait-elle jamais remarquée si notre vol n'avait pas été retardé, mais elle avait l'air de m'apprécier.

Elle prit une profonde inspiration, comme pour chasser sa tristesse.

— Je t'assure, je n'ai pas l'habitude de raconter ma vie à des inconnus.

Ma poitrine se gonfla de fierté qu'elle se confie à moi.

— Je te promets de ne dire à personne à quel point tu détestes Connor si tu gardes le secret pour ma mère, ajouta-t-elle.

Je levai la main comme pour prêter serment.

— Ce qui se passe dans l'avion reste dans l'avion.

Nicki plongea pour attraper son sac à main et en tira un carnet Moleskine. Elle en arracha plusieurs pages et me les donna.

— Faisons sortir le mal. Fais la liste de ce que tu détestes chez Connor, et je ferai pareil pour ma mère. Ça nous défoulera.

Je baissai ma tablette et pris le stylo-bille bleu fluo qu'elle me tendait, les doigts fourmillants d'excitation. C'était pile ce dont j'avais besoin pour cesser de penser à lui. J'avais tellement bu que je dus fermer un œil pour voir la page plus nette.

Je griffonnai « POURQUOI JE DÉTESTE CONNOR O'REILLY » en haut de la page et le soulignai deux fois.

— Je crois qu'il va me falloir plus de papier, gloussai-je.

Nicki rit en commençant sa propre liste.

Ma colère s'écoula dans mon stylo. J'écrivis tout, de sa manie de se lécher le doigt avant de tourner la page d'un livre (dégueu) à sa mimique de poisson quand il travaillait sur une équation difficile. Dès que j'eus terminé, Nicki m'arracha la liste des mains.

— Sérieusement, il cite les statistiques sportives ? Ne me dis pas qu'il joue aussi à cette connerie de foot imaginaire, où il invente ses propres équipes ?

Je ris en le revoyant consulter de manière compulsive ses applications de sport sur son téléphone et parler de transferts avec ses copains. Je recrachai une gorgée de vodka par le nez et faillis m'étouffer, jusqu'à ce que Nicki me tape dans le dos.

— Tu as raison, c'est un corniaud, lançai-je.

La boule de terreur que je me trimballais depuis des semaines fondait peu à peu. Ça ne valait pas la peine de pleurer pour lui.

— Il mérite la peine de mort pour mauvais goût incurable, déclara Nicki.

Je gloussai.

— Tu devrais ajouter ça, indiqua-t-elle en désignant ma feuille.

Je griffonnai « ET POURQUOI IL MÉRITE DE MOURIR » sous le titre. Je marquai une pause. Ma mère aurait dit qu'en se montrant aussi rancunier on donnait le pouvoir à l'autre. J'envisageai de le barrer, mais Nicki tendait déjà la main vers le bout de papier.

Elle plia nos deux feuilles et les glissa dans son sac, puis leva les mains comme si elle les avait fait disparaître.

— Ma chérie, le monde se porterait mieux sans lui et sans ma mère. Maintenant que la liste a disparu, tu peux les oublier, lui et ta colère.

— Je ne peux pas le laisser me gâcher ce voyage.

Ma voix était basse et sérieuse, comme si je me faisais une promesse. Il m'avait déjà gâché mon été, il ne m'entraînerait pas encore plus bas.

— Tu veux vraiment qu'il disparaisse ? Nous tenons la solution parfaite, tu sais ?

Sa voix posée se fondait dans le bourdonnement des moteurs. Je dus me pencher vers elle pour l'entendre.

— La solution à quoi ?

Ses yeux luisaient comme du verre brisé.

— À nos problèmes. Je tue ton ex. Tu tues ma mère. On a chacune ce qu'on veut.

Je sursautai, choquée par ce qu'elle venait de dire. Je la regardai, nerveuse. Ses yeux brillaient de malice. Elle devait plaisanter. Puis elle se mit à glousser, et je ris à mon tour à gorge déployée.

— Et on passerait chacune vingt ans derrière les barreaux, fis-je remarquer. Non merci. J'ai vu assez de documentaires sur la prison pour savoir que je ne tiendrais pas une semaine. La couleur orange ne me va pas du tout, et je ne comprends rien à leurs codes ni à leur façon de parler.

Elle tenta de réfréner son rire.

— C'est pour ça que c'est le crime parfait. Il n'y a aucun lien entre ma mère et toi. Tu ne l'as jamais vue. Pourquoi la tuerais-tu ? demanda Nicki avec un clin d'œil. Pas de mobile – aucune raison que la police te soupçonne. La plupart des meurtres sont commis par quelqu'un que la victime connaît. Une ex-petite amie, par exemple, ajouta-t-elle en me désignant du menton. Ou une fille qui a un compte à régler avec sa mère, conclut-elle en montrant sa poitrine.

La vodka que j'avais bue me ralentissait, rendait mes pensées floues, mais j'arrivais encore à suivre son raisonnement.

— Mais on ne se connaît pas, alors si on commet le meurtre de l'autre, on ne nous arrêtera jamais. (Je me remis à rire.) C'est vraiment le crime parfait. Tu es un génie.

Nicki esquissa une révérence exagérée et faillit glisser de son siège. Je dus la rattraper et la tirer par son tee-shirt. En ramassant la bouteille pour trinquer avec elle, je fus effrayée de voir ce que nous avions bu. Un rot laissa un goût âcre et chaud au fond de ma bouche. Je décidai de ne pas boire davantage. Vomir était la dernière chose dont j'avais besoin.

— J'adore l'idée, mais je ne suis pas une tueuse, avouai-je.

Je lui tendis la vodka, mais elle refusa.

— Tu ne te croyais pas capable de voler il y a quelques heures, fit remarquer Nicki. Peut-être que tu te sous-estimes.

Je m'agitai dans mon siège, réfléchissant à ce qu'elle avait dit, que mon principal problème n'était peut-être pas Connor ou ma mère, mais moi-même. Je n'aimais pas faire ce qui m'effrayait. Je voulais toujours me montrer à la hauteur de ce que les autres attendaient de moi. Je ne faisais pas d'efforts, et ensuite j'étais en colère que rien ne se passe. Ce n'est pas que je ne voulais pas prendre les choses en main, mais ça n'avait pas de sens quand les autres avaient l'air de mieux s'en sortir.

Je ne me serais même pas inscrite à ce voyage si ça n'avait pas été pour suivre Connor. Emily avait insisté pour que j'essaie des trucs nouveaux. Elle m'avait proposé de m'inscrire à la colonie de vacances où elle travaillait, mais j'avais refusé car l'idée d'être responsable d'enfants m'inquiétait. Maintenant, Emily s'amusait. Si j'étais partie avec elle, rien ne serait arrivé. On serait tombées amoureuses d'animateurs mignons, on aurait mangé notre poids en chamallows et en saucisses grillées.

Nicki fixait l'écran face à elle, les images d'un vieil épisode de *The Big Bang Theory* se reflétaient dans ses yeux.

— Je vais chercher de l'eau. Tu en veux ?

Je hochai la tête. De l'eau et un Doliprane, bonne idée. Nicki se leva et se dirigea vers l'arrière de l'appareil. Elle disparut si vite derrière le rideau qu'on aurait cru un tour de magie.

J'étendis mes jambes sur le siège qu'elle venait de quitter. Je clignai des yeux, regardai Sheldon bouger les lèvres à l'écran. Je gloussai à nouveau. Mes yeux se fermèrent.

Je redoutais ce voyage depuis des semaines, mais peut-être était-ce une chance. Je pouvais recommencer à zéro. Si j'étais assez courageuse pour partir en Angleterre, si je pouvais survivre à cette histoire avec Connor, alors j'étais capable de tout. J'éprouvai une vague d'excitation, comme quand j'avais volé la vodka. Nouvel endroit. Nouveau moi.

QUATRE

16 AOÛT
J-15

« Veuillez redresser votre siège et attacher votre ceinture en vue de l'atterrissage. »

Je plissai les yeux, le soleil qui entrait par le hublot me vrillait le cerveau. Au bout de l'allée, l'hôtesse me fixait. Je refermai les yeux et tentai d'ignorer les vagues de douleur qui se fracassaient à l'intérieur de mon crâne.

— Désolée de vous réveiller, mais nous allons bientôt atterrir, dit-elle.

Son rouge à lèvres avait coulé dans les petites rides autour de sa bouche, tels des tentacules monstrueux.

Je me frottai le visage et hochai la tête. J'enfonçai le bouton dans mon accoudoir et me redressai, décollai de ma peau mon tee-shirt imbibé de sueur. Nicki était partie, ma rangée était vide. Je ne me rappelais même pas quand elle était retournée à sa place. J'ouvris la bouche et fis une grimace. Ma langue était pâteuse. Je devais m'être assoupie.

Ou évanouie.

Plus jamais je ne boirais de vodka. J'aurais dû me méfier – je n'avais pas l'habitude de faire la fête. J'évaluai l'état de mon estomac : il grognait, mal à l'aise, comme si une couche d'huile flottait sur son contenu, mais il semblait enclin à rester à sa place.

Dans la cabine, l'air était sec. Il me fallait de l'eau. Je voulais aussi trouver Nicki pour lui demander son numéro. Je m'étais toujours moquée de ma mère quand elle affirmait que l'univers vous apportait ce dont vous aviez besoin, mais cette fois elle avait raison. Nicki me faisait voir les choses sous un jour différent, elle me sortait de ma torpeur et de mon apitoiement sur moi-même. Écrire cette liste sur Connor m'avait libérée des sentiments toxiques qui s'étaient accumulés en moi. Maintenant, ce voyage m'enthousiasmait. En arrivant, je rédigerais une longue lettre à Emily pour lui dire qu'en effet il y avait une vie après Connor. Je me laisserais convaincre de faire autre chose en terminale, comme m'inscrire au ciné-club ou à la sortie de ski à Whistler. Je ne savais pas skier, et alors ? J'apprendrais, ou du moins j'essaierais.

Mon pied erra sous mon siège à la recherche de mes Converse déformées. Je les trouvai et les enfilai, même si elles étaient trop serrées, puis me levai et m'étirai ; je ne m'étais pas sentie si légère depuis des semaines. Je scrutai les têtes devant moi.

— Il faut vous asseoir, lança un steward quelques rangées plus loin.

— J'ai soif, coassai-je. Et mon amie…

— Il faut vous asseoir, répéta le steward d'un ton qui laissait entendre qu'il n'hésiterait pas à me repousser dans mon siège.

Je me rassis. Le signal « ATTACHEZ VOS CEINTURES » clignota avec un bip. Je m'attachai.

Du coin de l'œil, je perçus une masse noire, et je me rendis compte que nous étions plus proches du sol que je ne le croyais. L'avion s'inclina et amorça sa descente finale. Quelques minutes plus tard, le train d'atterrissage rebondissait en crissant sur le tarmac. L'espace d'un instant, l'avion garda sa vitesse comme s'il avait été prêt à redécoller, mais il se mit à ralentir. La ceinture s'enfonça dans mon ventre, provoquant une remontée acide dans ma gorge.

« Mesdames et messieurs, bienvenue à l'aéroport de Heathrow. Il est 10 h 08 heure locale, et la température extérieure est de quinze degrés Celsius. Pour votre confort et votre sécurité, veuillez rester assis et garder votre ceinture attachée jusqu'à l'extinction du signal lumineux. »

L'annonce continuait de bourdonner dans ma tête. Je regardai par le hublot pour voir si le paysage était différent, étranger. Je n'avais jamais voyagé, je ne savais pas trop à quoi m'attendre. Pour le moment, je voyais juste des avions alignés pour partir, et les chariots à bagages qui se frayaient un chemin sur les pistes ouvertes. Cet aéroport ressemblait à tous les autres, et en même temps il était différent. Nous étions à Londres. Mon cœur battait très fort.

Une fois l'avion immobilisé, les passagers se levèrent, prirent leurs bagages et encombrèrent les allées tel un nœud humain. Il fallut une éternité pour sortir de l'appareil, et dès que j'eus franchi la passerelle, je remontai la foule qui se dirigeait vers la douane. Je voulais trouver Nicki. Je dépassai Connor et le reste du groupe.

— Pourquoi t'es si pressée ? T'as plus rien à boire ? lança Connor.

J'entendis quelques ricanements.

Je l'ignorai et continuai à esquiver les valises et les passagers qui s'arrêtaient brusquement au milieu du couloir pour consulter leur téléphone, mais même en me dressant sur la pointe des pieds je ne repérai pas Nicki. Je l'avais ratée.

La salle des douanes était bondée. Une cacophonie de langues luttait pour se faire entendre, mais les passagers attendaient leur tour dans des files bien ordonnées. Je me massai le cou et sentis mon odeur. J'avais besoin d'une douche.

Je poussai mon sac du pied pour avancer d'une place. Les accompagnateurs du programme devaient nous retrouver dans le hall des arrivées pour nous emmener jusqu'à une résidence universitaire. Dans la brochure, elle ressemblait à un hôtel bon marché – au moins j'aurais un lit. Je priai pour qu'il n'y ait pas d'événement prévu pour nous accueillir. Avant toute chose, je voulais me doucher et dormir.

C'est alors que j'aperçus Nicki devant moi, quelques files plus loin. Elle me salua de la main. Je m'avançai vers elle.

— Vous devez rester dans la file, dit aussitôt une agente de sécurité en désignant le cordon qui délimitait la queue.

— Mon amie est là-bas...

— Cette file est réservée aux résidents du Royaume-Uni.

— Je veux juste lui demander son numéro.

L'agente pinça les lèvres.

— Cette file est réservée aux résidents, répéta-t-elle. Vous rejoindrez votre amie plus tard.

Je rentrai dans le rang et voulus faire signe à Nicki de m'attendre à la sortie, mais elle présentait déjà son passeport au contrôle. L'univers l'avait peut-être placée sur mon chemin pour bousculer les choses, mais il n'avait à l'évidence pas l'intention que nous restions en contact. Je ne connaissais pas son nom de famille, je n'avais aucun moyen de la retrouver.

Peut-être était-ce mieux ainsi. Nous n'avions pas grand-chose en commun. Je me sentais mal à l'aise d'avoir volé la vodka et pris le risque de la boire pendant le vol. Ça ne me ressemblait pas. Pourtant je ne regrettais pas de l'avoir rencontrée. Nous ne nous connaissions pas, mais elle avait changé les choses pour moi. Je m'étais résignée à ce voyage pour ne pas décevoir ma mère à nouveau et parce que j'avais honte de m'être mise dans cette situation, c'était à moi de décider comment affronter la suite. Je n'avais pas l'intention de tout gâcher.

CINQ

16 AOÛT
J-15

Dans la résidence étudiante, un lustre géant pendait au-dessus de l'escalier principal, une horreur en fer forgé qui semblait sortie d'un château hanté. Je m'attendais à ce que tout soit démodé en Angleterre – motifs à fleurs criards, tweed et plaids à carreaux, labradors endormis au coin du feu, majordomes sévères dans chaque coin, prêts à satisfaire le moindre de vos caprices en soupirant discrètement. Mais ce n'était pas si simple.

Nous logions à Metford House, à South Kensington, un bâtiment de briques majestueux destiné aux étudiants étrangers de la ville. L'intérieur offrait un mélange bizarre d'art moderne et d'un bric-à-brac obsolète. La moquette vert sombre paraissait avoir été posée sous le règne de la reine Victoria. Les murs du hall principal étaient lambrissés, mais les meubles se composaient d'un assortiment de fauteuils modernes en cuir et à motifs écossais qui semblaient provenir d'une grande chaîne de magasins. Les tableaux accrochés au mur avaient l'air d'avoir été peints par un enfant colérique. Un bureau trônait en face de la porte principale, puis l'escalier monumental menait vers les chambres.

Sur le palier de mon étage, je sentis une sorte de désodorisant, un parfum épicé, citronné qui faisait de son mieux pour masquer l'odeur de moisi et d'un trop grand nombre de personnes vivant dans un même espace.

En me dirigeant vers le hall, je trébuchai et me raccrochai à la rampe pour ne pas tomber dans l'escalier. Les marches étaient trop basses ; à chaque pas, j'avais envie d'en descendre une et demie.

— Regarde où tu vas, lança une voix à l'accent irlandais.

L'homme venait du sous-sol, portant un énorme panier rempli de linge. J'allais m'excuser, mais il montait déjà les marches deux à deux. Je me sentais étrange, je n'avais pas les yeux en face des trous. Je compris alors que c'était à cause du décalage horaire. Si mon corps était à Londres, mon cerveau était encore quelque part au-dessus de l'Atlantique et avait du mal à le rejoindre. Comme si je n'étais pas complètement connectée à la réalité.

Je me rappelais à peine mon arrivée à Metford quelques heures plus tôt. Les représentants du programme d'échange nous avaient accueillis dans le hall de l'aéroport. Le rôle de notre guide était qu'aucun de nous ne se perde et que nous fassions des sorties culturelles pour justifier le but éducatif de ce voyage auprès de nos parents. Tasha était grande, mince, et arborait une coupe afro qui formait un halo autour de sa tête. Elle devait avoir dans les vingt-cinq ans, pas beaucoup plus que nous, mais assez pour disposer d'une assurance qu'aucun de nous n'avait. Elle portait une veste en cuir ajustée, un jean usé et une centaine de bracelets d'argent sur un bras. À côté de notre groupe d'adolescents sales, paumés, aux yeux vitreux, elle avait une tout autre allure. Nous la regardions comme un extraterrestre tandis qu'elle nous menait vers un minibus.

Kendra avait tenté de toucher les cheveux de Tasha.

Celle-ci s'était écartée.

— Tu es coiffeuse à tes heures perdues ?

Kendra avait fait non de la tête.

— Dans ce cas, bas les pattes.

Sa réplique m'avait fait rire, et Kendra m'avait fusillée du regard. J'avais essayé de lui faire comprendre que je ne me moquais pas d'elle, mais que je trouvais la réponse de Tasha drôle. D'habitude, c'était moi qui gaffais. Mais Kendra avait fait la moue, comme si elle avait un mauvais goût dans la bouche, et j'avais eu l'impression que les ponts étaient déjà coupés entre nous.

Tasha nous avait souri.

— Bon, en route.

J'avais l'impression que nous étions au milieu de la nuit, mais en sortant dans le parking inondé de soleil j'avais compris avec surprise qu'il était à peine onze heures du matin. Tasha avait entassé nos valises à l'arrière du minibus tel un Tetris géant, et nous avait demandé de garder nos bagages à main sur les genoux.

Elle nous avait mitraillés d'informations sur la ville tandis que le minibus slalomait dans les rues, frôlant piétons, voitures et immenses bus rouges à impériale.

Mes yeux tentaient d'ingurgiter tout ce qu'ils voyaient à la fois, comme une personne affamée lors d'un buffet à volonté. Arrivés à l'accueil de Metford, Tasha avait pris les choses en main : elle avait rempli les papiers, recueilli nos passeports et distribué ses clés à chacun, indiquant des cases sur le mur du fond où nous pouvions retirer notre courrier et nos messages, alors que je m'appuyais à ma valise, chancelante de fatigue.

— Écoutez-moi ! avait lancé Tasha en frappant des mains, ce qui en avait réveillé certains. Je sais que c'est dur, le décalage horaire, mais il n'y a qu'une façon de s'en débarrasser : s'adapter à l'emploi du temps. (Elle avait regardé la grande horloge à balancier dans un coin du hall.) Il est midi. Je vous donne deux heures pour vous installer, prendre une douche et vous allonger si vous en avez vraiment besoin. Il y a une salle de bain partagée à chaque étage. Étages impairs pour les filles, étages pairs pour les garçons. Le numéro de votre chambre est sur votre clé. Déballez vos valises et on se retrouve à deux heures à la bibliothèque. Sans faute.

Plusieurs personnes avaient grogné. Tasha avait secoué la tête.

— Allez, allez. Un peu de courage. Si vous vous couchez maintenant, vous ne dormirez pas de la nuit. Vous me remercierez plus tard. À tout à l'heure.

J'avais dormi aussi longtemps que possible, ne me laissant qu'un quart d'heure pour prendre une douche rapide et enfiler des vêtements propres. Je n'avais pas pris la peine de ranger mes affaires, d'autant qu'il n'y avait pas beaucoup de place. Sur la brochure, les chambres avaient l'air petites, mais dans la réalité on se serait cru dans une maison de poupées. Un bureau qui tenait à peine sous une fenêtre étroite, un lit simple et une rangée de cintres avec une étagère au-dessus pour nos vêtements. Pas même un placard. Le sol était recouvert de dalles de linoléum marron. C'était un grenier digne d'un roman de Charlotte Brontë, où l'on aurait pu enfermer un parent fou. Je ne pouvais m'empêcher de comparer cette chambre à la mienne, chez moi : mon grand lit, des bibliothèques sur un mur entier, une immense baie vitrée devant laquelle j'aimais lire, et l'épaisse moquette crème que ma mère avait choisie.

Étrangement, cet espace semblait mieux me correspondre. Il avait un potentiel, comme un cocon dont je pourrais émerger deux semaines plus tard, différente. Meilleure.

Mes cheveux mouillés gouttaient dans mon cou tandis que je descendais l'escalier en trébuchant. À la bibliothèque, le reste du groupe s'empiffrait de sandwichs disposés sur le buffet dans un coin. Connor leva le nez à mon entrée et attira Miriam à lui comme s'il craignait que je vienne me glisser entre eux. Je me détournai froidement. Je scrutai les autres et tentai de me rappeler ce que j'avais appris sur eux à la réunion d'information quelques semaines plus tôt.

Jazmin était la grande Indienne. Elle avait les traits anguleux, tranchants, et son attitude allait de pair. Douée d'une ironie certaine, elle m'avait l'air de ne pas supporter qu'on lui fasse perdre son temps. Kendra discutait avec elle. Kendra ressemblait à la photo *avant* de toutes les publicités imaginables. Ses sourcils appelaient à grands cris la pince à épiler, et elle avait la malchance d'évoquer la tête d'une chienne au repos. À moins qu'elle ne soit toujours de mauvaise humeur, ce qui était possible. Tout ce dont je me souvenais, c'est qu'elle avait 20 de moyenne. Je le savais car elle nous l'avait répété un million de fois pendant la réunion.

Jamal bougeait sans arrêt, comme un enfant hyperactif qui aurait tout juste avalé un paquet de bonbons. Il était obsédé par la technologie. Il devait rêver de porter la ceinture de Batman pour avoir ses gadgets à portée de main. Il se promenait déjà avec son Apple Watch, son iPad, un téléphone, un Fitbit et un appareil photo numérique qui semblait capable de prendre des photos depuis la lune. Je l'entendis énumérer à Sophie les applications qu'il avait téléchargées exprès pour le voyage et classées par ordre alphabétique pour les retrouver avec facilité.

Je souris à Sophie, qui me salua de la main. Elle avait des rondeurs de bébé – tout en elle était rond et doux. Un jour, elle retirerait ses lunettes, détacherait ses cheveux et tout le monde serait surpris par sa beauté. Mais, pour l'instant, elle s'habillait comme une femme au foyer de quarante ans accro à la vente par correspondance.

Avant que je puisse m'approcher d'elle, le garçon à côté de moi brandit sous mon nez sa fourchette d'où pendait une fine tranche de viande étrangement rose. Je cherchai à me rappeler son nom : Alex.

— Tu as une idée de ce que c'est ? demanda-t-il en grimaçant.

Il était maigre et élancé, comme un bonhomme bâton en trois dimensions. Il avait la peau mate et les yeux bleu clair.

— Euh, une sorte de rôti aux olives ? suggérai-je.

Alex continua d'inspecter la viande d'un air suspicieux.

— C'est pas seulement que je suis difficile, j'ai aussi des allergies.

— Je n'ai jamais entendu parler d'allergie aux olives.

Il me regarda d'un air surpris.

— Oh, je ne suis pas allergique aux olives. Mais les fraises, c'est une autre histoire. Je gonfle comme un ballon, j'ai des taches partout.

— Charmant.

Il rit.

— Et encore, c'est rien. Si je mange des fruits de mer, je ne peux plus bouger. On dirait un Blanc qui essaie de danser.

Je ris à mon tour. Je scrutai les traits de son visage.

— Tu essaies de deviner mes origines ?

Je rougis.

— Bonne chance. Je suis un vrai mélange génétique.

Il brandit à nouveau sa fourchette et la retourna comme s'il venait de découvrir une nouvelle forme de vie.

— Mais sérieusement, des olives vertes dans la viande ? Tu t'es déjà fait un sandwich en pensant : « Fromage, salade, tomates, mayo... Oh ! Je sais, des olives vertes, ça irait bien avec ça. Non, attends... encore mieux. Des olives vertes *dedans*. »

J'esquissai un sourire.

— Je sais pas trop.

Il leva les yeux vers moi.

— Tu ne sais pas trop si tu aimes les olives dans un sandwich ?

Je secouai la tête.

— Non, je sais pas trop pourquoi les gens mettraient des olives vertes dans leur sandwich. (Je réfléchis un instant.)

Mais j'imagine que s'ils en veulent c'est pratique de les fourrer dans la viande. Plus pratique que de les couper en rondelles qui tombent du sandwich.

— Excellente remarque, approuva-t-il en souriant. Je n'y avais pas pensé. Je ne peux qu'admirer une viande efficace. Alex, au cas où tu aurais oublié.

Il fourra la tranche dans sa bouche et me tendit la main.

Remarquant mon hésitation, il s'essuya la main sur son pantalon avant de me la tendre à nouveau.

— Kim, répondis-je.

Il sourit à nouveau, le regard pétillant.

— Je sais. La mémoire est l'une de mes nombreuses qualités.

— Tu m'as l'air en forme. Tu as dormi dans l'avion ?

— Oui. J'étais en classe affaires. Ma mère travaille pour la compagnie aérienne. Elle en a profité pour me surclasser.

Il rougit, écarta une mèche de ses yeux. J'aurais tué pour avoir des cils pareils, longs et épais comme ceux d'un mannequin Sephora.

— C'était bien ?

Il hocha la tête avec un air solennel.

— Tu n'as pas idée. Les sièges s'inclinent pour devenir des lits, et à un moment ils nous ont apporté des cookies et de la glace. Des cookies *chauds*. Mais il paraît que tu t'es aussi amusée en classe économique.

Je rougis. *Merci, Connor, de m'avoir fait passer pour une alcoolique devant le groupe.*

— Je me rappelle pas, tu es dans quel lycée ? demanda Alex, changeant aimablement de sujet.

J'eus un petit sourire, ravie de l'occasion de me moquer de lui.

— Je croyais que la mémoire était l'une de tes qualités.

— J'ai dit que j'avais une bonne mémoire, pas des superpouvoirs, soupira-t-il. Je ne peux pas non plus avoir toutes les qualités, ce serait injuste pour vous autres, le commun des mortels.

— Je suis à Handsworth. La conseillère d'orientation nous encourage à voyager, ça fait bien sur les candidatures à la fac. Et toi ?

— École à la maison. C'est pour ça que je suis bizarre. Les relations sociales, c'est pas mon fort.

Je ne savais pas quoi répondre. Je ne savais pas s'il plaisantait.

Tandis que le silence s'installait entre nous, je me raclai les méninges à la recherche d'un sujet de conversation. Si je ne trouvais pas en vitesse, il irait chercher quelqu'un qui avait plus de conversation. Je repensai à Nicki, à l'aéroport. D'un regard, elle aurait su comment établir le lien avec Alex. Ils auraient déjà été meilleurs amis à l'heure qu'il était. Ma mère, elle, avait une liste mentale de thèmes de discussion. Elle était capable d'entamer le dialogue aussi bien avec une caissière qu'avec un astrophysicien.

Je ne voulais pas seulement trouver un ami dans le groupe, même si j'en avais très envie. Ni qu'il ait le sens de l'humour et que, puisqu'il participait à ce voyage, il puisse être intelligent. Nous étions huit dans notre groupe, et je sentais qu'il y aurait un tas d'activités en binôme. Je n'avais aucune envie d'être le canard boiteux. Je voyais déjà qu'autour de moi les paires commençaient à se former.

J'avais un peu discuté avec Sophie à l'aéroport, mais elle était sans arrêt collée à Jamal.

— Tu aimes les Ravens ? demandai-je en désignant le tee-shirt d'Alex griffé du nom du groupe. Mon cousin organise leurs concerts.

C'était un peu exagéré, mon cousin avait travaillé pour une agence de voyages qui leur avait réservé des billets d'avion. Bon, une seule fois, mais un intérêt commun permet d'engager la conversation.

Alex resta bouche bée. Il tendit la main vers moi.

— Laisse-moi te toucher, que je puisse dire que j'ai frôlé la main de quelqu'un qui a serré celle d'un membre des Ravens. J'adore ce groupe.

Il posa ses doigts sur mon poignet.

— Merveilleux, soupira-t-il.

Son contact me fit sursauter. *Pourquoi avais-je menti ?* Quelles chances y avait-il qu'il soit fan absolu de ce groupe ? Tout ce que je voulais, c'était un sujet de conversation. Je regardai autour de moi pour voir si quelqu'un nous avait remarqués. Les binômes me semblaient plus évidents à présent. J'inspirai profondément. Je devais prendre ma vie en main. Je devais agir. C'est ce qu'aurait fait Nicki.

— Écoute, s'il y a des activités à deux, est-ce que tu... voudrais te mettre avec moi ?

Il m'enserra de ses bras.

— Je croyais que tu ne me le proposerais jamais.

Mon corps s'enflamma comme une torche. Puis je remarquai que Connor me fixait. Je lui adressai une moue et laissai le poids du bras d'Alex me réchauffer les épaules. *Eh ouais. J'ai pas besoin de toi.*

— Si je veux faire équipe avec quelqu'un qui travaille pour mon groupe préféré ? ajouta Alex, incrédule. Bonne chance pour te débarrasser de moi, maintenant.

Sa passion pour les Ravens commençait à me perturber. Il allait me demander de lui obtenir des billets ou un accès au backstage.

— Mon cousin n'est pas leur manager ou quoi que ce soit. Il a seulement un peu organisé leurs voyages, dis-je.

Alex ne comprit pas pourquoi je reculais.

— Ne t'inquiète pas, je ne vais pas te draguer juste pour m'approcher d'eux. Je peux trouver une meilleure raison.

Mon visage se crispa. *Est-ce qu'il plaisante ?* Il souriait. Une incisive ébréchée lui donnait l'air plus jeune. Il enfonça les mains dans les poches, détournant le regard.

— En plus, tu as résolu le grand mystère du rôti aux olives, ce qui signifie que tu seras utile pendant ce voyage, ajouta Alex. Avoir une partenaire qui sait résoudre les problèmes me paraît une bonne idée dans un pays étranger. Mais maintenant, une question sérieuse qui déterminera l'avenir de nos relations : *Star Wars* ou *Star Trek ?*

Je réfléchis un instant.

— Je suis plutôt du genre *Serenity*.

Ses lèvres se plissèrent.

— Ah, donc tu as l'intention de faire des bêtises.

Je me surpris à sourire à mon tour.

— Je crois bien que oui.

Tasha entra dans la pièce en tapant des mains. Elle avait retiré sa veste et portait un tee-shirt blanc moulant. Avec ses bras musclés, elle avait l'allure d'une actrice de film d'action.

— OK, posez vos fesses.

Elle attendit que nous soyons assis.

— Je sais qu'on vous a exposé les règles de fonctionnement avant votre départ, mais laissez-moi vous rappeler la plus importante. (Elle marqua une pause jusqu'à ce que nous ayons tous croisé son regard.) Ce n'est pas une démocratie. Je suis responsable de vous huit. Vous avez peut-être cru vous en sortir, sans parents, sans profs. (Elle secoua la tête.) Oubliez. Tant que vous êtes ici, considérez-moi comme votre reine. Ma parole fait loi.

Elle sourit. Ses dents étaient presque fluorescentes par contraste avec sa peau sombre.

— Si tu désobéis, elle te coupe la tête, me murmura Alex.

Tasha se tourna vers lui, nous épinglant du regard.

— Exactement, acquiesça-t-elle.

Alex écarquilla les yeux.

— Comment...

— ... est-ce que je t'ai entendu ? l'interrompit Tasha. J'entends tout. Même ce que vous n'avez pas encore dit. Et même ce que vous n'avez pas encore pensé. Vous n'êtes pas mon premier groupe d'été. Pendant l'année, je suis institutrice en maternelle. Si je peux diriger vingt-six enfants qui contrôlent mal leur vessie, je peux m'occuper de huit ados. On va bien s'amuser, je m'assurerai que vous visitiez ce qu'il y a à visiter et même que vous appreniez quelques trucs pour que vous puissiez considérer ce voyage comme éducatif. Je vous suggère de ne pas me tester en enfreignant les règles. En échange, je peux vous garantir que vous passerez un bon séjour et que vous rentrerez chez vous entiers. D'accord ?

L'assemblée acquiesça, impressionnée. Sophie prenait des notes de son écriture parfaite, digne d'une machine à écrire.

— Super ! Alors, en route. On va commencer par Kensington Gardens. C'est à quelques rues d'ici. Un peu d'exercice, un tour du quartier pour prendre vos repères, et au retour on passera par le métro pour vous acheter une Oyster card – votre billet, quoi. Il faudra vous mettre par deux pendant les prochaines semaines, alors trouvez votre binôme.

Elle nous fit signe de nous lever. Je tapai dans la main d'Alex.

— OK, restez groupés. Londres est une grande ville.

Tout le monde se leva en traînant les pieds, ramassa ses affaires. Jamal glissa divers gadgets dans ses poches et passa la sangle de son appareil photo de paparazzi autour de son cou.

— Il pleut, fit remarquer Sophie en regardant par la fenêtre.

Kendra fronça le nez, comme si le temps lui avait infligé un affront personnel. Cette fille allait avoir un sérieux problème de rides arrivée à trente ans. Son visage entier était une ride.

Tasha leva les yeux au ciel.

— Vous appelez ça de la pluie ? Chérie, en Angleterre, on appelle ça une brume revigorante. Pas la peine de sortir le parapluie. Pourquoi croyez-vous que les Anglais ont une si belle peau ? Dame Nature se charge de leur hydratation.

Elle se tapota les joues et se dirigea vers la porte de la bibliothèque, nous faisant signe d'avancer. Clairement, la promenade n'était pas en option.

Alex me tendit le coude.

— Nous y voilà, au bord de l'abîme, lança-t-il, citant mon film préféré. C'est parti pour l'aventure !

Mon cœur s'accéléra. Ça y était. Premier jour, nouvelle vie. Je passai mon bras sous le sien.

Quand nous fûmes dans le couloir, après avoir dépassé Tasha, Alex se pencha vers moi.

— Je suis sûre qu'elle a fait l'armée. À moins qu'elle soit une super-héroïne Marvel méconnue.

— Elle doit être capable de tuer avec une agrafe et son petit doigt, répondis-je.

Alex gloussa.

— Et encore, l'agrafe, c'est pour le style.

Nous quittâmes la résidence. Le bruit de la circulation fondit sur moi. Un bus à deux étages passa en trombe, on aurait dit que la moitié des voitures klaxonnaient. J'observai la rue, où les magasins et les restaurants semblaient plus serrés que chez moi, comme si la ville était trop grande pour l'espace qu'on lui avait alloué. Des gens de toutes formes, tailles et couleurs se croisaient sur le trottoir de manière coordonnée. Mon cœur s'emballa, je sentais un courant électrique me parcourir.

Et voilà. J'étais à Londres. J'essayais encore de comprendre en quoi la ville était différente de Vancouver. Elle était plus grande, les gens avaient un accent bizarre, mais il y avait autre chose : son histoire apparaissait à des endroits incongrus. Un Starbucks se nichait dans un bâtiment vieux de deux cents ans. Je n'aurais pas été surprise de voir Shakespeare ou Harry Potter entrer dans un pub. À Londres, la magie était possible ; le mystère flottait dans l'air, remplissait le moindre espace, me mettait en alerte.

C'était l'occasion de ma vie. Je regardai mon bras, toujours passé sous celui d'Alex. Une chaleur se répandit dans ma poitrine.

— Regarde, il y a un restaurant thaï, annonça Alex d'un air gourmand. J'adore. On va manger un morceau après la promenade ?

Est-ce qu'il veut dire juste nous deux ?

— Euh, ouais. Je parie qu'ils ont mieux que du rôti aux olives.

— Tout vaut mieux que le rôti aux olives.

Je ris. J'avais faim, et ma gueule de bois avait disparu. J'étais à Londres depuis seulement quelques heures, mais jusqu'à présent j'adorais.

SIX

17 AOÛT
J-14

J'enfonçai la capuche de mon coupe-vent en frissonnant. En Angleterre, l'été est un concept flexible.

— Allons voir la tour Wakefield.

Alex consulta sa carte, puis scruta la zone. Nous étions en pleine chasse au trésor à la tour de Londres. Tasha nous avait rassemblés avec d'autres élèves hébergés à Metford, mais notre groupe était maintenant perdu dans la mer de touristcs présents sur le site.

J'effleurais les murs en marchant, laissant mes doigts courir sur les pierres humides pour appréhender l'idée que ce château se trouvait là depuis 1066. Mon esprit calculait le nombre d'années écoulées, le nombre de personnes qui avaient touché le même mur, puis mes circuits surchauffaient. En tournant à un coin, en me baissant pour franchir une porte basse, j'avais des flashs où je croyais presque voir le passé. L'histoire et les morts paraissaient plus proches ici. L'air du bâtiment était chargé du souffle des millions de personnes qui avaient franchi ses portes.

— Alors, vous avez trouvé le dernier indice ? demanda Sophie.

Alex secoua la tête, et Kendra fit la moue.

— C'est trop dur, se plaignit-elle. On est en plein décalage horaire, et on doit résoudre cette énigme débile.

Elle roula sa feuille en boule avant d'aller rejoindre Jamal qui cherchait désespérément des informations sur son téléphone, appelant Google à la rescousse.

— C'est juste pour qu'on ne passe à côté de rien, répondit Alex à Sophie, qui restait plantée là. On sera pas notés.

Sophie acquiesça.

— Je sais, je lui ai dit. (Elle haussa les épaules et fit signe à Jazmin.) Allez, viens avec Jamal et moi, on va retourner voir la chapelle.

Et le trio s'éloigna.

Tasha avait mis en place des indices complexes avec les autres accompagnateurs, et nous avions déferlé sur le site par dizaines, à la recherche des réponses. Il s'agissait plus d'énigmes que d'indices. Presque tout le monde en était à la dernière question, que personne n'arrivait à résoudre. Un prix avait été promis aux vainqueurs ; il s'agissait, selon la rumeur, de deux billets pour une comédie musicale dans le West End.

— Pas la peine de vous fatiguer, on va gagner, avait lancé Connor dans le bus.

Miriam lui avait donné un coup de coude dans les côtes comme s'il plaisantait, mais je voyais la lueur de la compétition briller dans ses yeux. Il avait vraiment envie de gagner.

En l'observant, j'avais pris conscience de quelque chose. Un mois plus tôt, je me serais jetée d'une tour si ça avait pu l'aider à gagner. La veille, je l'aurais poussé dans le vide pour l'empêcher de gagner. Maintenant, je m'en fichais, et ça me rendait joyeuse. Il avait été comme une fièvre maligne, qui commençait à passer.

— C'est là ! lançai-je.

Alex se retourna et se précipita vers moi. Tout en pensant à Connor, mon cerveau avait résolu l'énigme. J'indiquai la porte des Traîtres.

Alex fronça les sourcils.

— Je ne comprends pas.

Je relus l'indice sur ma feuille.

— « À cet endroit, quelqu'un poussa un cri d'innocence, mais c'est une fausse porte de Judas. » On croyait que ça avait un rapport avec la chapelle à cause de la référence à Judas, mais si on s'était trompés ? (Je baissai la voix au cas où quelqu'un nous aurait écoutés.) Tu te rappelles ce que nous a dit Tasha sur Anne Boleyn au petit déjeuner, ce matin ?

Pas de devoirs au programme, mais les organisateurs semblaient déterminés à nous apprendre quelque chose. Nous ne pouvions faire un pas sans que Tasha nous balance des informations sur l'art ou l'histoire.

— Ouais, acquiesça Alex.

— Que Henry VIII l'a envoyée ici, et qu'en arrivant elle…

— Est tombée à genoux en clamant son innocence, termina Alex, le regard luisant. Un cri d'innocence.

— Et qu'on raconte qu'elle était entrée par la porte des Traîtres, continuai-je en désignant ladite porte par-dessus mon épaule, mais que les historiens affirment que c'est peu probable, car une reine n'aurait jamais été amenée ici de cette manière. Tu connais un autre mot pour dire *traître ?*

Alex eut un large sourire.

— *Judas*. Tu es un génie.

Il me prit dans ses bras et une vague de satisfaction me réchauffa la poitrine. J'avais trouvé. J'étais venue à bout de la question qui rendait tout le monde fou depuis une heure. J'éprouvais la même excitation que quand je connaissais la bonne réponse en classe. Peut-être le fantôme d'Anne Boleyn estimait-il que je méritais de gagner, car nous nous étions l'une et l'autre fait larguer par un mec qui passait vite à autre chose. Elle aussi aurait dû passer à autre chose – si on ne lui avait pas coupé la tête.

— C'était pas si compliqué, répondis-je, modeste.

— Tu rigoles ? Ils devraient mettre une plaque : « ICI, LA DIVINE KIM MAHER RÉSOLUT L'INSOLUBLE. »

L'admiration que je vis dans son regard me fit plaisir, il était réellement impressionné. Il ne s'empressa pas de rappeler les réponses qu'il avait trouvées, ni de dire que c'était simple, en fait. Il était juste heureux pour moi.

— C'est toi qui as trouvé la réponse sur les blasons, fis-je observer.

— C'est vrai, admit Alex, pensif. Peut-être que nous formons une équipe imbattable.

Je souris. Ça me plaisait.

— Allons chercher Tasha et les autres accompagnateurs, déclara Alex en me prenant la main.

Un courant électrique me parcourut le bras et je remarquai qu'il ne me lâchait pas. Nous nous frayâmes un chemin parmi la foule de touristes. C'est alors que je la vis.

Nicki.

Je m'arrêtai net. *Est-ce que c'est elle ?* Elle était de dos, de sorte que je ne voyais que sa nuque. Je m'écartai d'Alex.

— Je reviens ! lançai-je par-dessus mon épaule.

Je fendis la foule pour tenter de rejoindre Nicki. Quelles étaient les chances de tomber sur elle dans une ville de près de neuf millions d'habitants ? Nicki se dirigea vers la Tour blanche au milieu du site.

— Nicki ! criai-je.

La femme s'arrêta, regarda autour d'elle, mais je ne distinguais toujours pas son visage. Elle pressa le pas vers la chapelle.

J'accélérai aussi. Je ne voulais pas la perdre. La cour centrale était bondée. Je la perdis de vue. *Zut*. Je sautai pour tenter de voir par-dessus cette masse humaine, elle était peut-être entrée. Je m'approchai de la porte de la tour Martin, quand un gros homme portant un chapeau de cow-boy m'attrapa par le bras.

— Eh, faites la queue !

Il indiqua le serpent de gens derrière lui qui attendaient pour voir les joyaux de la Couronne.

— Je n'essaie pas de dépasser, je cherche juste mon amie.

Il eut une moue incrédule.

— C'est ça, ma chérie.

Ses narines se dilatèrent. Avant, j'aurais marmonné des excuses. Mais plus maintenant.

— Je ne suis pas votre chérie.

Je me retournai pour essayer de repérer Nicki.

— Bien envoyé, ma belle, lança une voix à l'accent texan.

J'aperçus alors Nicki. Elle devait avoir fait demi-tour, car elle se dirigeait à présent vers la tour Wakefield et la sortie.

J'accélérai. Si elle quittait les lieux, je ne la retrouverais jamais.

Un groupe me coupa la route. Je me cognai contre un homme âgé, qui trébucha. Quelqu'un lui prit le bras pour l'empêcher de tomber.

— Je suis désolée, dis-je, horrifiée par ce que j'avais fait.

— On ne court pas dans la tour ! me hurla un *yeoman*[1] vêtu d'une livrée bleu foncé et rouge, avec une couronne rouge sur la poitrine.

Sa voix puissante se réverbéra sur les épais murs de pierre.

— Je suis désolée, répétai-je.

Pourquoi étais-je si maladroite ?

Le vieil homme m'adressa un sourire.

— Il n'y a pas de mal.

Je regardai en direction de la porte, mais Nicki avait disparu. S'il s'agissait d'elle.

— Ah, te voilà, lança Alex en me rejoignant. Tout va bien ?

— Ouais, j'ai cru voir quelqu'un que je connaissais, répondis-je en désignant l'entrée.

J'éprouvai un pincement au cœur. J'aurais tant aimé la revoir.

— Il faut qu'on y aille. Tasha rassemble tout le monde. On doit prendre le bus dans quelques minutes.

— Pourquoi ? On n'a même pas fait la visite avec le *yeoman*.

— Ce mec qui parle fort dans notre groupe, Connor, il est tombé et s'est fait mal au genou, ou à la cheville, alors il faut qu'on rentre.

---

1. Les *yeomen* forment le corps des gardes d'apparat de la tour de Londres.

D'habitude, Connor était très agile. Du genre à ne jamais se prendre un ballon en pleine tête. La maladresse, c'était mon rayon. La faute au décalage horaire, peut-être. Alex interpréta mon expression de travers.

— Ne t'inquiète pas, me rassura-t-il, j'ai rendu notre feuille. Nous sommes les seuls à avoir l'ensemble des réponses. Les billets sont à nous.

— Quel spectacle ?

Alex sautilla sur place, aussi souple qu'un chat.

— Deux places pour *Le Fantôme de l'Opéra* ce week-end !

— Tu ne m'as pas l'air du genre à aimer les comédies musicales.

— Tu n'as pas idée de tout ce que j'aime. Je suis un homme du monde, une personnalité complexe, tu sais. Madame, puis-je avoir l'honneur de vous accompagner à cette soirée théâtrale ? ajouta-t-il en étirant le dernier mot avec un accent forcé et en me tendant le coude.

Je pris son bras.

— J'en serais ravie.

— Notre premier rendez-vous ! s'écria Alex.

Une autre décharge électrique me parcourut le corps.

Que m'arrivait-il ? Quelques semaines plus tôt, j'étais dans tous mes états à cause de Connor. Je n'allais pas tomber amoureuse de quelqu'un si vite juste parce qu'il était drôle et intelligent !

Et beau.

Je scrutai le visage d'Alex. Il souriait largement. Je me laissai aller et souris aussi.

SEPT

18 AOÛT
J-13

— Rendez-vous à Westminster dans trente minutes, lança Tasha le lendemain matin à notre arrivée devant la station de Kensington.

Tout le monde acquiesça. Kendra et Jamal allèrent s'installer au café Florian, tandis que les autres entrèrent. Avant notre départ de Metford, Tasha s'était assurée que nous comprenions bien où nous allions et quel était le point de rendez-vous, sachant que, dans le métro bondé, il serait presque impossible de rester ensemble.

La station de South Kensington était l'image même du chaos : les lignes District, Piccadilly et Circle s'y croisaient. Touristes et londoniens envahissaient les magasins qui bordaient la station pour acheter du coca, *Time Out*, le *Times* ou des sucreries pour le trajet.

C'était seulement mon troisième jour à Londres, mais je commençais à m'y sentir chez moi. Je savais passer ma carte au tourniquet, slalomer entre les gens et les poussettes en dévalant l'escalator, m'orienter dans le métro.

— Tu veux une bouteille d'eau ? demanda Alex.

J'acquiesçai et me mis à fouiller dans les poches de mon short à la recherche de livres. Il refusa d'un geste.

— Ne t'inquiète pas, je m'en occupe.

Il se dirigea vers le kiosque le plus proche.

— Il faut que je te parle.

Connor se glissa à mes côtés. Il boitait, sa cheville était bandée depuis sa chute la veille. Aucun doute qu'il exagérait pour qu'on le plaigne. Connor indiqua d'un geste de la tête Alex qui faisait la queue.

— Il est au courant ?

Je serrai les dents.

— Tu as été très clair. Il n'y a rien entre nous, alors il n'a rien besoin de savoir.

— Vous m'aviez l'air assez proches, hier soir.

La résidence avait transformé la cantine en cinéma pour la soirée. Nous avions regardé les trois premiers *Alien*.

Je rougis en me rappelant que nous étions assis à côté l'un de l'autre. Nous avions sursauté chaque fois qu'un monstre bondissait d'un endroit inattendu, nos mains s'étaient rencontrées dans le seau de pop-corn.

— Si tu sors avec lui juste pour me rendre jaloux, c'est inutile, reprit Connor.

Ma bouche s'emplit de bile amère.

— Tu n'es pas le centre du monde.

Connor se pencha vers moi.

— Ne fais pas comme si tu n'en étais pas capable. Il a l'air sympa. Peut-être que je devrais lui expliquer à quoi s'attendre avec toi.

J'eus un mouvement de recul.

— Mais qu'est-ce que tu racontes ? Écoute, ça n'a pas marché entre nous. Tant pis. Tu es passé à autre chose. Moi aussi. Laisse-moi tranquille.

Connor rit.

— Maintenant tu passes à autre chose ? Alors que tu m'as suivi jusqu'ici ? Tu dragues ce mec juste pour attirer mon attention. C'est tordu.

Alex était en train de payer au kiosque. La dernière chose dont j'avais besoin, c'était qu'il entende cette conversation. Mais quelle mouche avait piqué Connor ce matin ? Il ne me parlait plus depuis des semaines, et soudain il fourrait son nez dans ma vie ?

— Laisse-moi tranquille. C'est ce que tu voulais, alors dégage, sifflai-je.

Kendra et Jamal s'arrêtèrent devant nous. Elle écarquilla les yeux de surprise. Super. À présent, tout le monde allait se demander ce qui se passait entre nous. Je forçai mon visage à adopter une moue que j'espérais faire passer pour agréable et les saluai de la main. Jamal haussa les épaules et ils se dirigèrent vers le quai.

Connor secoua la tête.

— On n'en a pas terminé.

Il tourna les talons et boita jusqu'à l'escalator.

— Tiens.

Alex me tendit une bouteille d'eau fraîche. Il remarqua que je fixais Connor.

— Qu'est-ce qu'il voulait ?

Je me mordis la joue. Non seulement Connor m'avait brisé le cœur, mais en plus il voulait détruire ce qui commençait avec Alex.

— Rien. Il est...

— Excusez-moi, mademoiselle.

Je me retournai et trouvai un couple âgé, tous deux chaussés de tennis blanches qui donnaient l'impression que leurs pieds avaient été engloutis par des chamallows géants, et bardés de sacoches à zip. L'homme tenait un guide de voyage usagé, parsemé de Post-it.

— Savez-vous comment aller au palais de Buckingham d'ici ?

J'aurais pu les embrasser pour la diversion.

— Il faut prendre la ligne District, répondis-je en indiquant le panneau, soulagée de connaître la réponse. Descendez à St James's Park, ensuite ce n'est pas loin à pied. On doit prendre le même train, on peut vous accompagner une partie du chemin.

Alex et moi ralentîmes le pas pour qu'ils puissent nous suivre dans l'escalator. Pendant ce temps, la femme parla sans interruption, nous racontant qu'ils venaient de l'Indiana, que leur avion avait eu du retard, qu'ils n'arrivaient pas à trouver le yaourt qu'ils aimaient ici. J'appréciais ce bavardage – qui m'évitait d'avoir à donner des explications à Alex.

Le quai était bondé, l'espace était chaud et humide, comme un sauna. Une annonce grésilla dans les haut-parleurs. Le train était retenu à la station précédente, et la foule augmentait rapidement. Je m'adressai au couple américain.

— Si nous sommes séparés, prenez ce train et descendez au deuxième arrêt pour le palais.

Les deux touristes acquiescèrent, mais je voyais qu'ils étaient déjà absorbés par la foule alentour. Je m'attendais presque à ce que le vieux prenne une photo de la fille gothique qui se tenait à côté d'eux, une épingle à nourrice dans le sourcil. Il ne cessait de s'approcher d'elle, comme pour l'inspecter.

— Surveille-les, murmurai-je à Alex, ils ont l'air du genre à se perdre.

— Un véritable ange gardien du troisième âge, se moqua-t-il, et je lui envoyai un coup de coude dans les côtes.

Des gens se déversaient sans cesse sur le quai, nous forçant à nous décaler. Je perdis le couple de vue. Alex était assez grand pour que je l'aperçoive encore. Il tourna la tête à droite pour m'indiquer qu'il les voyait toujours.

Miriam eut un rire tonitruant qui couvrit un instant le bruit de la foule. Sophie et elle discutaient avec animation près d'un distributeur. Connor se tenait au bord du quai, il inspectait les affiches sur le mur d'en face, des publicités pour tout, de la vodka au ballet. Il tirait encore la tête, arborant le masque de la mauvaise humeur. Avec une attitude pareille, Miriam non plus ne devait pas vouloir rester avec lui. Je fixai sa nuque, comme pour lui ordonner par la pensée de ne rien dire à Alex.

Un courant d'air frais s'engouffra dans le tunnel, et le grincement d'un train se fit entendre. Le bourdonnement de la foule augmenta, et on se mit à avancer. Je sentis une piqûre au mollet et me retournai. Un homme avec un grand parapluie se tenait derrière moi, la pointe en métal s'enfonçait dans ma jambe nue.

— Ça va, oui ? demandai-je.

— Va te faire voir, répondit-il.

Je distinguais à peine sa voix tandis qu'une annonce rappelait aux passagers de rester derrière la ligne. Il y eut un gros choc sourd et humide, et le métro freina fort, les roues hurlèrent contre les rails.

Quelqu'un cria, déclenchant un mouvement de panique. Une partie de la foule poussait vers l'avant, tandis qu'une autre refluait vers l'escalier, ne sachant trop ce qui se passait, craignant un attentat. Je trébuchai, mais la masse humaine m'empêcha de tomber.

Une personne se mit à répéter en boucle : « Oh mon Dieu, oh mon Dieu… »

J'avançai de quelques pas et me retrouvai au bout du quai. Un employé du métro se précipita vers moi.

— Tout le monde recule ! cria-t-il en agitant les mains. On ne saute pas sur les voies !

Pourquoi sauterions-nous sur les voies ? À l'intérieur du train, les passagers nous regardaient comme des animaux au zoo, pressés contre les vitres.

Soudain, Alex fut à côté de moi et me prit le coude.

— Qu'est-ce qui s'est passé ?

— Je ne sais pas, répondis-je d'une voix tendue.

C'est alors que je la vis, au sol. Une Nike bleue. Posée là, la languette béante comme si quelqu'un s'apprêtait à glisser son pied dedans. Une tennis de Cendrillon.

L'employé descendit sur les voies et se pencha sur quelque chose. Une grosse femme en robe rouge s'approcha pour mieux voir. Elle recula rapidement, très agitée, puis elle se plia en deux et vomit sur le quai.

— Suicide, lâcha une voix derrière moi.

C'était l'homme au parapluie. Il secouait la tête.

Le sens de ses mots me heurta de plein fouet. Quelqu'un venait de se jeter sous le train. Une bile chaude, amère, remonta dans mon estomac tandis que j'encaissais le choc.

— Bon sang, on ne pourra jamais sortir d'ici, poursuivit l'homme, la voix dégoulinant de mépris. Il ne reste plus qu'à marcher jusqu'à la prochaine station. Ils vont mettre des plombes à nettoyer les rails, il n'y aura pas de train ici pendant au moins une heure, annonça-t-il à la cantonade.

Il se faufila dans la foule jusqu'à l'escalier. D'autres le suivirent.

— Connor ? lança Miriam.

Je fouillai le quai du regard. Je repérai plusieurs personnes de notre groupe, mais aucune trace de Connor. Puis l'image de la chaussure me revint. *Est-ce qu'il n'a pas des tennis comme ça ?*

— Connor ?

La voix de Miriam se faisait plus perçante. Sophie, les yeux écarquillés, adressait des gestes désespérés à Tasha qui se trouvait à l'autre bout du quai. Tasha fendit la foule, jeta un regard vers les voies et éloigna Miriam.

— Ne regarde pas, lui ordonna Tasha. Hé ho, tout le monde, hurla-t-elle, on retourne vers l'escalier. On s'en va. Maintenant !

Notre groupe se rassembla et se déplaça comme une masse unique. Tasha tenait Miriam par la taille, elle paraissait la porter et la traîner à la fois.

Il fallait que je regarde. Je me sentais attirée vers l'avant du train par un câble invisible. Je jetai un regard par-dessus bord.

Mon cerveau eut du mal à comprendre ce que je voyais, à le mettre en ordre. Ça ne collait pas. Un mannequin mal assemblé. Des bras, des jambes, mais pas au bon endroit. Une jambe était complètement arrachée. Le sang avait éclaboussé le mur. Son visage était tourné sur le côté, mais je vis un œil marron qui regardait droit devant. Connor, mais plus Connor.

Tous les bruits de la station se fondirent en un chuintement aigu, telle une armée de moustiques dans ma tête. J'avais les aisselles humides et je sentis la sueur couler sur mon front.

Alex se tenait devant moi, il disait quelque chose mais je n'entendais pas ses mots. Il fallait que je sorte. J'essayai de courir, mais les nerfs de mes jambes semblaient avoir été court-circuités. Je trébuchai et tombai.

HUIT

18 AOÛT
J-13

Je me sentais comme une marionnette dont on aurait coupé les fils. Je m'effondrai. Alex s'agenouilla près de moi. Une drôle d'odeur flottait dans l'air, cuivrée, comme du métal chaud, des centimes qui auraient brûlé. Je luttai pour me relever. Mes jambes se dérobèrent, mes mains glissèrent sur les dalles répugnantes du sol, qui m'égratignèrent les paumes. Je voulais m'en aller à tout prix, mais mon corps ne m'obéissait plus. La réalité m'apparaissait brisée, hachée, un film dans lequel il manquerait des images.

— Hé, du calme, tu viens de subir un choc.

Alex m'aida à m'asseoir, il me tendit sa bouteille d'eau, mais je la refusai. Mes oreilles continuaient à bourdonner.

— Connor, soufflai-je.

— Ouais, répondit Alex, incapable de croiser mon regard.

L'air pâle, il semblait secoué. Je me demandai s'il l'avait vu, lui aussi. Connor.

— Tu peux te lever ?

J'acquiesçai. Il y avait plusieurs policiers sur le quai, mais les passagers avaient disparu. Mon regard fila vers le bord du quai. La chaussure était encore là. Je me mis à trembler. Alex passa son bras autour de ma taille et se leva, me tirant avec lui.

— Si elle va bien, il faut partir, lança l'un des policiers. Elle s'est cogné la tête ?

— Non, répondit Alex. Elle ne s'est pas évanouie, elle est juste tombée.

Il m'attira plus près de lui, ses lèvres touchaient presque mon oreille.

— J'ai dit à Tasha que je te ramenais à Metford. Tu peux marcher ?

Je hochai la tête, pourtant je n'en étais pas sûre. Mes membres ne semblaient plus coordonnés. Mes jambes ne me paraissaient plus de la même longueur, et les os qui auraient dû me soutenir ressemblaient à de la mousse, ils menaçaient de céder à tout moment. Alex me soutint jusqu'à l'escalator, me plaçant devant lui pour que je ne tombe pas.

Je m'arrêtai net dès que nous fûmes sortis de la station. Le soleil brillait, les nuages avaient disparu. Les passants arpentaient le trottoir d'un pas décidé. Une femme riait au téléphone, un braiment d'âne – *hi-haaaan-han-haaaan*. Je mis mes mains sur mes oreilles et fermai les yeux pour essayer de redonner du sens à ce qui m'entourait. Alex m'entraîna vers un banc dans un parc, et je m'effondrai.

— Je vais te chercher une limonade, me lança-t-il en s'éloignant.

Connor était mort. Aucun doute dans mon esprit. Je grimaçai. La dernière chose que je lui avais dite était « Dégage ».

Alex s'assit à côté de moi et décapsula une bouteille.

— Tiens, bois ça.

Il me tendit le soda.

La brûlure pétillante de la limonade m'emplit la bouche, et l'espace d'un instant je ne fus pas sûre de réussir à l'avaler.

— Merci, articulai-je.

Alex frotta ses paumes sur son jean.

— Je ne sais pas pourquoi j'ai pris de la limonade. C'est ce que me donne ma mère quand je me sens mal.

Le sucre de la boisson commença à dissiper le brouillard de mon esprit. Je n'avais plus le tournis.

— Désolée, mon corps m'a lâchée, soufflai-je.

— C'était moche, répondit Alex. Tu es sous le choc.

— Qu'est-ce qui s'est passé ? demandai-je. Il est tombé ?

— Je ne sais pas. Je regardais le couple de vieux, puis j'ai entendu un cri.

Il secoua la tête comme pour oublier.

Je vidai la bouteille. J'éprouvais le besoin de m'expliquer. Alex ne savait même pas que j'étais sortie avec Connor.

— Tu sais, Connor et...

Ma voix se brisa.

— Hé, ne t'inquiète pas. On va juste rentrer.

Tandis que nous marchions en direction de Metford, je me dis que ce qui s'était passé entre Connor et moi n'avait aucune importance. Ça ne changeait rien. Raconter à tout le monde que nous étions sortis ensemble ne servirait qu'à attirer leur attention. Une manière de tirer la couverture à moi. Même Connor méritait mieux que ça.

L'agent d'accueil nous envoya à la bibliothèque. Quand nous entrâmes, Sophie nous tendit une tasse à chacun.

— La cantine nous a préparé du thé. À mon avis, ils ont mis un kilo de sucre dedans. Il paraît que dans ce genre de situation il faut boire chaud et sucré. Il y a aussi des biscuits.

Elle se pencha pour remplir la tasse de Kendra.

Je bus une gorgée et grimaçai : la chaleur venait de me brûler la langue comme un fer rouge. *C'est quoi, ce truc ?*

— Comment va Miriam ? demanda Alex.

— Tasha l'a emmenée là-haut.

— Pourquoi quelqu'un ferait-il une chose pareille ? s'interrogea Jamal. Que tu veuilles te tuer, d'accord, mais sous un train ?

Il était agité, enfonçait ses mains dans ses poches puis les ressortait, se balançant d'un pied sur l'autre.

— Tu ne sais pas ce qui s'est passé, répondit Jazmin. C'est déjà assez grave comme ça, pas besoin de faire de suppositions. Peut-être qu'il est juste tombé. Un accident, ça arrive.

— Ou bien quelqu'un l'a poussé.

Tout le monde se tourna vers Kendra, recroquevillée en boule dans un coin du canapé. Ses lèvres étaient pincées.

— Qu'est-ce que tu lui as dit ? poursuivit Kendra.

Elle s'adressait à moi. Ma main se mit à trembler.

— De quoi est-ce que vous parliez ? Vous étiez en train de vous disputer dans le métro.

— Non, mentis-je.

— Je vous ai entendus. Jamal aussi.

Jamal parut surpris de se trouver impliqué dans cette scène.

— Hum, je n'ai pas entendu grand-chose.

— Tu as entendu Kim lui ordonner de dégager.

Je fis la moue. Ceux qui se trouvaient autour de Kendra et moi avaient reculé d'un pas, comme si nous risquions d'exploser. Je cherchai autre chose à raconter que la vérité.

— Il m'a accusée d'avoir triché à la chasse au trésor hier. Il était vexé de ne pas avoir gagné.

— C'est vrai qu'il pouvait être très con, intervint Jamal.

Jazmin lui donna un coup de poing dans l'épaule. Jamal se frotta, perplexe.

— Quoi ? C'est vrai.

— Pas la peine de raconter du mal des morts, le réprimanda Sophie en lui tapotant tendrement le bras. Tout le monde est perturbé, mais on forme une équipe. Ne disons rien qu'on pourrait regretter alors qu'on ne sait même pas ce qui s'est passé.

— Kim le sait, lâcha Kendra. C'est toi qui étais le plus près de lui quand c'est arrivé. Tu dois bien avoir vu quelque chose.

Je secouai la tête, sentant la panique revenir.

— Je n'ai rien vu !

Alex avança d'un pas vers moi et je dus me retenir de tomber dans ses bras.

— J'étais juste à côté, et je n'ai pas vu ce qui s'est passé non plus, intervint-il. Le quai était bondé et ça s'est produit très vite.

— Qu'est-ce qu'on fait, maintenant ? demanda Jazmin.

Jamal haussa les épaules.

— Tasha va bientôt redescendre, indiqua Sophie. En attendant, restons tranquilles.

— Mais bien sûr ! éclata Kendra. Moi, j'ai besoin de sortir.

Elle quitta la bibliothèque en trombe, me fusillant du regard au passage. Clairement, elle pensait que c'était ma faute. Je me retirai comme une tortue dans sa carapace, et Alex posa une main apaisante dans mon dos.

J'aurais dû rester là-bas avec Connor. Avec son corps. Je m'étais enfuie comme les autres. Même si je lui en voulais, il méritait mieux que ça, il ne méritait pas d'être abandonné. J'aurais dû rester pour qu'on le considère comme une personne, pas comme un déchet à nettoyer. Je lui devais ça pour les sentiments que j'avais éprouvés.

— Ne te laisse pas impressionner par Kendra, dit Alex. Elle est juste bouleversée.

— On est tous bouleversés, ajouta Jamal.

Sophie rajusta son tee-shirt.

— Bon, qui reveut du thé ?

Elle essayait de ramener un semblant de normalité dans nos vies, de reformer le groupe que nous formions le matin encore. J'appréciais ses efforts, mais je n'étais pas sûre que les choses puissent revenir à la normale.

NEUF

19 AOÛT
J-12

Le lendemain matin, nous nous rassemblâmes à la cantine, mais personne n'avait d'appétit pour le petit déjeuner. Jazmin jouait avec un toast. Jamal et Alex avaient rempli leur assiette, mais leurs œufs brouillés se transformaient en une bouillie caoutchouteuse et leurs tomates au four semblaient saigner dans leur jus. Je fixais la porte : Miriam n'était toujours pas descendue. D'autres étudiants jetaient des regards vers notre table puis se détournaient. Personne ne voulait s'asseoir près de nous. Comme si notre tragédie était contagieuse et qu'ils nous évitaient – sans pour autant renoncer à profiter du spectacle. J'avais envie de leur jeter mes couverts pour qu'ils cessent de nous dévisager. Ce qui nous était arrivé n'était pas un divertissement.

Je fermai les yeux, et quand je les rouvris je vis Connor. Assis seul à une table, au fond. Je clignai des yeux. Il était là, il observait notre groupe. Je voulus le montrer aux autres, mais j'étais paralysée. Tout ça était une horrible erreur. Il allait bien. Nous aurions une explication.

Sauf qu'il n'y en avait pas. J'avais vu son corps. Je n'arrêtais pas de le voir. Ce n'était pas vrai. Pourtant, Connor me regardait, sa bouche formait une ligne sévère. Je connaissais trop bien cette expression – déçue et exaspérée. Celle qu'il avait eue quand il m'avait demandé d'arrêter de le suivre partout. Je l'avais supplié de nous donner, de me donner une autre chance, alors que je savais parfaitement qu'il ne le ferait pas. Il arborait aussi cette expression la veille quand il m'avait accusée d'utiliser Alex pour le rendre jaloux. Comme si je le dégoûtais.

Un épais filet de sang commença à couler de son front sur sa joue. Rouge vif. Puis un autre, et un autre. Je clignai des yeux, il disparut.

Cette nuit presque sans sommeil me tapait sur les nerfs. Je me sentais de moins en moins en phase avec la réalité. Je m'étais réveillée devant le lavabo de la salle d'eau commune sans savoir depuis combien de temps je me trouvais là.

Je me pinçai l'arête du nez. L'odeur du bacon m'écœurait.

— Comment va Miriam ? demanda Jamal.

Jazmin haussa les épaules.

— La résidence a appelé un médecin hier soir. On lui a donné un somnifère.

— J'ai vu Tasha vers minuit, elle traînait dans le hall. Elle a dû appeler les parents de Connor.

Jamal tritura ses œufs dans son assiette.

— Ils vont venir ?

— Je sais pas, répondit Jamal. Il n'y a pas vraiment de raison qu'ils viennent. C'est pas comme s'il avait disparu. J'imagine que la police renverra… son corps.

Le groupe parlait à voix basse, comme dans une église. Je fermai les yeux pour chasser l'image de Connor. Il revenait sans cesse dans ma tête, tel un diablotin sortant de sa boîte dans un film d'horreur. Toute la nuit, je m'étais réveillée en sursaut dès que je commençais à m'assoupir, en pensant à lui. Je revoyais son œil de travers qui me fixait.

Alex me serra la main sous la table. Il croyait que j'étais perturbée par ce que j'avais vu. Il ignorait mon histoire avec Connor. À part Miriam peut-être, personne ne savait. D'un côté, j'avais envie qu'ils sachent, mais de l'autre je préférais enfouir ce secret.

Kendra planta sa fourchette dans ses œufs, sans pour autant les manger. Elle semblait se concentrer sur leur destruction.

Tasha entra, les cheveux maintenus en arrière par un bandeau, pas maquillée, la peau terne. Les élèves s'affaissèrent sur leur chaise comme si elle avait été une démineuse et que la pièce avait pu exploser au moindre mouvement brusque.

— Bon, je sais que tout le monde a passé une mauvaise nuit, lança Tasha.

— Comment va Miriam ? demanda Jamal.

Tasha frotta ses paumes sur son jean.

— Aussi bien que la situation le permet. Sophie est avec elle. Miriam a parlé avec ses parents, ils viennent la chercher.

— Le voyage est annulé ? s'enquit Kendra.

Je fus glacée. Je n'avais pas imaginé une seconde qu'ils puissent annuler le séjour, mais à présent que Kendra l'avait dit ça me paraissait sensé. Connor était mort.

Si j'étais venue à reculons, maintenant que j'étais là, je n'avais plus envie de repartir.

— Les organisateurs ont décidé de maintenir le séjour mais de vous rembourser une partie des dépenses si vous souhaitez rentrer à Vancouver.

Tasha vida sa tasse de café comme un shot de whisky. Elle grimaça sous l'effet de la chaleur puis enserra le mug ébréché dans ses mains.

— Pour changer votre vol, ça dépendra de votre compagnie aérienne ; vous devrez peut-être racheter un billet si vous voulez partir plus tôt. Parlez-en avec votre famille avant de prendre une décision.

— Et si on veut rester ? l'interrogea Jamal.

Il se rongeait les ongles. La peau autour de ce qu'il en restait était rouge et déchiquetée. Il parcourut la tablée du regard. Les autres le fixaient.

— Ben quoi, Connor était pas mon copain.

Jazmin fit une grimace.

— Sympa. Tu sais que t'es pas le centre du monde ?

Jamal leva les mains.

— Je sais. Je dis juste que je vois pas à quoi ça servirait de rentrer chez moi. Je suis désolé qu'il ait décidé de se suicider, mais c'est pas ma faute.

— On ne sait pas si Connor s'est suicidé, interrompit Tasha. C'est peut-être un accident. Personne n'a rien à gagner à se fâcher contre les autres. Il n'y a pas de bonne ni de mauvaise manière de gérer cette situation.

Jamal adressa un regard vengeur à Jazmin. Je m'efforçai de ne pas me tourner vers Kendra, me demandant si elle avait parlé à Tasha de ma dispute avec Connor dans le métro.

— Pour répondre à ta question, dit Tasha, si vous voulez rester jusqu'au bout du séjour, il n'y a pas de problème. La plupart des dépenses, la résidence et les activités ont déjà été payées. Je serai là jusqu'à la fin, poursuivit-elle d'une voix égale – cette perspective ne semblait pas l'enchanter. Si certains d'entre vous souhaitent continuer, nous continuerons. Je vous encourage à en parler avec vos parents, si vous ne l'avez pas déjà fait. Les responsables du programme ont contacté vos familles pour les prévenir. Il n'y avait pas grand-chose de prévu aujourd'hui, mais l'excursion optionnelle à Hampton Court tombe à l'eau. Je discuterai avec chacun d'entre vous pour voir comment vous allez et ce que vous prévoyez de faire. Si quelqu'un en éprouve le besoin, un psychologue est à votre disposition. Ce n'est pas le moment de vous renfermer. Si vous avez des difficultés, il faut m'en parler.

Tasha remonta ses manches sur ses bras aux muscles bien dessinés sous sa peau sombre.

— Voilà comment on va procéder. Je vais afficher une feuille à côté de la porte avec des heures de rendez-vous. Inscrivez-vous et venez à la bibliothèque à l'heure dite. À part ça, vous avez quartier libre aujourd'hui. Le minibus pourra emmener ceux qui le souhaitent à une cérémonie laïque ce soir. Nous reprendrons notre planning demain avec la visite du Victoria and Albert Museum. Des questions ?

Je retins mon souffle en attendant de voir si Kendra allait ajouter quelque chose, mais sa combativité semblait l'avoir abandonnée.

Comme personne ne se manifestait, Tasha se leva, ce qu'on prit pour le signal de la libération. Je m'inscrivis mollement sur la liste, puis me traînai jusqu'à ma chambre pour appeler mes parents.

J'attendis longtemps avant que mon père décroche.

— Kim ? Qu'est-ce qui ne va pas ?

J'entendis ma mère prendre l'écouteur, sans doute celui du combiné de la chambre d'amis.

— Kimberly ?

— Rien, tout va bien, leur assurai-je.

Ce n'était pas vrai. Tout allait mal, mais je ne savais pas comment l'exprimer avec des mots.

— Alors pourquoi tu nous appelles ? demanda ma mère.

J'écartai le téléphone de mon oreille et le fixai. Sa question n'avait pas de sens.

— Ils nous ont conseillé d'appeler, répondis-je enfin. Tasha nous a prévenus que vous étiez au courant de ce qui s'était passé.

Ma voix se brisa.

— Ce n'est pas grave, ma puce, c'est juste qu'il est une heure du matin ici. Nous pensions qu'il s'était passé autre chose, expliqua mon père.

Je me pinçai les lèvres. J'avais oublié le décalage horaire.

— Désolée.

Le bruit de papier de verre que produisit mon père en grattant la barbe naissante sur son menton me parvint à travers le combiné. Je le voyais assis au bord de leur lit, parmi la montagne de coussins que ma mère aimait avoir à ses pieds comme des chiens suppliants.

— Tu tiens le coup ?

— Ça va.

L'image du corps de Connor clignota dans mon cerveau comme un néon.

— Tu veux rentrer à la maison ? demanda ma mère.

Je l'imaginais dans sa robe de chambre Ralph Lauren à fleurs, les cheveux ébouriffés.

Je tentai de répondre, mais ma gorge se serra. Je voulais qu'elle me supplie de rentrer à la maison, qu'elle vienne me chercher à l'aéroport et me prenne dans ses bras en me répétant que tout irait bien. Je voulais qu'elle décide à ma place.

— Tu peux, dit mon père, emplissant le silence. Je comprends que ça doit être très dur. Ta mère et moi savons que tu tenais beaucoup à Connor malgré tout.

— Je ne sais pas quoi faire, me forçai-je à articuler.

Ma mère soupira.

— Oh, ma chérie, je suis désolée que tu subisses ça. Je pense que le mieux que tu puisses faire, c'est aller de l'avant et terminer ce voyage.

— Cette histoire est tragique, renchérit mon père. Et ça sera encore plus difficile pour toi à cause de ton passé avec lui.

Je hochai la tête, même si mon père ne pouvait pas me voir. Le passé. Exactement.

— J'espère qu'ils pourront bientôt apporter des réponses à ses parents, ajouta-t-il. J'ai l'impression qu'ils ne savent pas encore tout.

— Vu le prix du séjour, on aurait pu penser qu'ils vous surveilleraient mieux que ça, intervint ma mère.

Je ne pris pas la peine de lui faire remarquer que nous étions assez âgés pour ne pas nous tenir par la main comme des enfants de maternelle. Tasha avait fait attention, mais elle ne pouvait pas être partout.

C'était forcément un accident. Il se tenait au bord du quai. D'habitude, Connor était adroit, mais il n'était pas dans son assiette depuis notre arrivée. Peut-être qu'il avait glissé en voulant regarder une affiche de plus près. Ou alors il n'avait pas entendu le train ; pour une raison quelconque ses implants cochléaires étaient peut-être éteints, il ne s'était pas rendu compte qu'il se penchait trop avant qu'il soit trop tard. Il suffisait d'une seconde.

Une partie de moi était tentée de raconter à mes parents ma dispute avec Connor juste avant sa mort. Je me sentais coupable d'avoir été si méchante avec lui la dernière fois que nous nous étions parlé. C'était affreux. J'avais souhaité sa mort pendant des semaines, et maintenant je le regrettais. J'étais malade d'avoir été si malveillante, même en pensée. Et si d'une manière ou d'une autre c'était moi qui avais libéré cette mauvaise énergie dans l'univers ? J'avais souhaité que le karma l'élimine.

Puis une pensée me traversa l'esprit, fendant la brume qui emplissait ma tête depuis la veille au soir.

Ce n'était pas le karma. Je dus m'asseoir sur le lit.

— Il faut que je vous laisse, il est tard, soufflai-je, interrompant ma mère que je n'écoutais plus.

— Si tu as besoin de nous, appelle, conclut mon père avant que je raccroche.

Je m'effondrai sur le sol. Mon cerveau tournait en rond.

Je n'avais pas seulement souhaité que Connor meure après ce qu'il m'avait fait. J'avais parlé à Nicki de le tuer. Mais c'était juste une blague.

N'est-ce pas ?

DIX

19 AOÛT
J-12

Il était ridicule de croire que Nicki ait pu tuer Connor. Nous n'étions pas sérieuses ; c'était juste une discussion alcoolisée où nous nous étions défoulées. Le genre de truc qu'on dit tout le temps. *Je pourrais tuer ce type.*

Le seul fait de suspecter Nicki d'homicide était stupide. Cela revenait à broder autour d'une seule information. Une exagération dont serait capable Miriam. D'accord, Nicki était un peu délurée, mais entre voler de l'alcool et commettre un meurtre il y a un fossé.

C'était un jeu, imaginer le crime parfait pour nous occuper pendant un long vol. Nicki n'avait aucune raison de tuer Connor. On ne pousse pas un inconnu sous le métro juste parce qu'on a rencontré quelqu'un qui ne l'aime pas. Pourquoi risquer la prison à vie pour une personne qu'on ne connaît pas ? C'était absurde.

Mais les crimes n'avaient rien de logique. Certains parlaient bien de « crime passionnel ». Il ne s'agit que d'émotions.

Je tournai en rond dans le petit espace entre la porte et la fenêtre qui donnait sur Harrington Road. Il pleuvait, les gens se pressaient sur le trottoir, des parapluies flottaient au-dessus d'eux telles des bulles d'huile noire. J'étais perturbée car mon père avait mis le doigt sur une chose à laquelle je devais me confronter – ce que je ressentais face à la mort de Connor.

Je me sentais coupable.

Coupable d'avoir couché avec lui.

Coupable d'être tombée amoureuse de l'idée que je me faisais de lui.

Coupable d'avoir passé un temps non négligeable à imaginer tout ce qui pourrait lui arriver de mauvais – je n'étais pas comme ça, ou du moins je ne voulais pas l'être.

Coupable d'avoir dit tant de mal de Connor à qui voulait bien l'entendre, y compris à une parfaite inconnue que j'avais rencontrée à l'aéroport.

Je me mordis l'intérieur de la joue. Je regrettai de n'avoir aucun moyen de contacter Nicki. Ça aurait été une conversation bizarre, mais je me serais sentie mieux si j'avais pu l'appeler pour en avoir le cœur net. *Rassure-moi, tu n'as rien fait, hein ?* Je me maudissais de ne pas avoir pris son numéro de téléphone avant l'atterrissage.

Une autre pensée me traversa l'esprit, et je m'en saisis comme d'une bouée de secours. Nicki non plus n'avait pas pris mon numéro. Elle n'avait pas pu me retrouver, ni Connor !

Ma bouche s'assécha. Et si elle m'avait suivie ? Qu'est-ce que je lui avais raconté, au juste ? J'avais cru la voir à la tour de Londres, le jour où Connor était tombé dans l'escalier. D'après lui, c'était un accident, mais quelqu'un pouvait l'avoir fait trébucher. Il n'était pas subitement devenu maladroit pendant ce voyage – peut-être que quelqu'un lui avait fait quelque chose. Mon cœur se démenait dans ma poitrine.

Je secouai la tête, comme pour chasser les pensées qui jouaient au ping-pong à l'intérieur. Mon téléphone bipa, me rappelant qu'il était l'heure d'aller voir Tasha. J'aperçus mon reflet dans le miroir, j'avais les cheveux hirsutes et des cernes sous les yeux. Je me rendis à la salle de bain au bout du couloir, fis couler l'eau froide et me passai une serviette humide sur le visage. Je laissai la fraîcheur m'apaiser et pris de profondes inspirations. J'attachai mes cheveux en une grossière queue-de-cheval et je rajustai mon tee-shirt.

Arrivée devant la bibliothèque, je vis la porte s'ouvrir et Miriam en sortit. Elle paraissait à bout. Je m'arrêtai, sans trop savoir quoi dire. Quand elle s'approcha, elle me prit par le coude et me serra dans ses bras.

— Connor était un connard, tu sais. Il ne te méritait pas, me murmura-t-elle.

Ses mots me chatouillèrent l'oreille comme une aile d'insecte malgré leur dureté. Son souffle fit dresser les petits poils de ma nuque.

Je me reculai légèrement. Est-ce que j'avais bien entendu ?

— Fais attention à ce que tu leur racontes.

Elle desserra son étreinte et s'éloigna d'un pas vif.

Mon cœur bondit dans ma gorge. *Est-ce qu'elle sait pour Nicki ?* Je ne parvenais pas à articuler un mot. Miriam était déjà au bout du couloir. Sophie apparut ; elle devait attendre Miriam dans le hall, car elle était déjà collée à elle, émettant de petits gloussements de réconfort.

Je me retournai et frappai à la porte de la bibliothèque. Tasha m'invita à entrer. Dans la pièce, je m'immobilisai net, la main serrée sur la poignée telle une patte d'oiseau. Deux policiers se tenaient au côté de Tasha.

— Je peux revenir si vous êtes occupés, proposai-je.

— Pas de problème. Voici l'inspectrice Sharma et l'inspecteur Fogg. Ils enquêtent sur l'accident de Connor, expliqua-t-elle.

Tasha leva les yeux de ses papiers et vit que je n'avais pas bougé. Elle me fit signe d'avancer.

— Tout va bien, ils rassemblent juste des informations.

Je hochai la tête et retirai ma main de la poignée. *Que sait Miriam, que leur a-t-elle dit ?* Je m'approchai de la table d'un pas raide et m'effondrai sur la chaise. *Peut-être que je devrais leur parler de Nicki, au cas où. Ils pourraient la retrouver.* Ils étaient de la police, c'était leur travail. Mais ils risquaient de me prendre pour une folle d'avoir évoqué Connor avec cette fille rencontrée dans l'avion, d'avoir passé une sorte de contrat pour le tuer, pour plaisanter. Miriam m'avait conseillé de faire attention. Cela signifiait-il que je devais tout leur balancer, ou rien ? Je me mordis la lèvre. La douleur me ramena à la réalité.

— Tu tiens le coup ? me demanda Tasha.

— Ça va, marmonnai-je.

— Connaissiez-vous bien Connor O'Reilly ? voulut savoir l'inspecteur Fogg en tirant sur son épaisse barbe noire.

— Pas vraiment.

J'eus envie de ravaler mes mots dès qu'ils sortirent de ma bouche. Pourquoi j'avais dit ça ? La dernière chose dont j'avais besoin, c'était qu'ils se mettent à fouiller dans mon passé. C'était sans doute contre ça que Miriam voulait me mettre en garde – parler sans réfléchir. Mes poings se serrèrent sous la table.

— Enfin, je le connaissais. On allait au même lycée, on a travaillé ensemble cet été et on a déjà été... plus proches. Mais on n'était pas amis.

Même vague, c'était au moins la vérité.

— Avez-vous eu des échanges avec lui pendant le voyage ? m'interrogea l'inspectrice Sharma.

— Non.

Ma réponse sortit comme un soupir.

L'inspecteur Fogg regarda sa feuille.

— Kendra dit qu'elle vous a entendus vous disputer.

Mes ongles s'enfoncèrent dans mes paumes sous la table.

— Ce n'était pas une dispute. Il a fait une remarque désobligeante à propos d'une chasse au trésor qu'on a faite l'autre jour. Je lui ai répondu de dégager. C'est tout. Je ne lui souhaitais rien de mal.

Ma voix s'était mise à trembler. Tasha me tapota la main.

— Ne t'inquiète pas. Ça arrive d'être méchant, parfois.

— Vous avait-il parlé de quelque chose qui le perturbait ? Avait-il une raison de se sentir déprimé, angoissé, inquiet ?

Je secouai la tête.

— Ce n'est pas à moi qu'il se serait confié de toute façon.

— Saviez-vous qu'il s'était séparé de sa petite amie ? demanda l'inspectrice Sharma en tapotant sur son calepin avec son crayon.

L'air se glaça dans mes poumons. Puis je compris qu'ils ne parlaient pas de moi, mais de Miriam.

— Quoi ?

Je me tournai vers Tasha. Elle prit une profonde inspiration.

— Apparemment, ce matin-là, Miriam lui avait dit qu'ils feraient mieux d'être amis.

Miriam avait largué Connor ? Voilà qui expliquait sa mauvaise humeur. Avait-elle découvert ce qui s'était passé entre lui et moi ?

— Je ne le savais pas, murmurai-je.

Mes pieds me démangeaient, j'avais envie de courir retrouver Miriam. Il fallait que je sache pourquoi elle avait fait ça.

Tasha soupira.

— Personne n'était au courant. Comme tu peux l'imaginer, Miriam est assez perturbée...

L'inspecteur Fogg renifla, l'air dubitatif. Quand il remarqua que nous nous étions toutes tournées vers lui, il se racla la gorge et baissa le regard vers son carnet.

— Miriam affirme que Connor et elle se sont quittés en bons termes. Elle n'avait pas l'impression qu'il était si bouleversé ; elle pense qu'il ne prenait pas les choses au sérieux, reprit Tasha. Je l'ai vu moi-même hier matin, il avait l'air d'aller bien – peut-être un peu irritable, mais il ne paraissait pas déprimé. Ça peut expliquer qu'il ait été désagréable avec toi, il était de mauvaise humeur. Mais ce n'est pas la même chose que souffrir de dépression. Ses parents sont certains qu'il n'est pas du genre à commettre un geste... désespéré.

Mon cerveau remonta à la veille, tenta de ralentir le déroulé des événements pour les considérer à la lumière de cette nouvelle information. Peut-être me tenait-il pour responsable de la séparation. Si Miriam avait eu vent de notre histoire et pris ma défense, il pouvait avoir mal réagi, lui qui adorait se voir comme un héros et ne se considérait jamais comme responsable des choses désagréables. Je me pinçai le bras pour me punir de cette pensée peu charitable.

— Difficile de savoir ce qui passe par la tête d'un adolescent, commenta l'inspecteur Fogg.

Sa collègue rit.

— Difficile de savoir ce qui se passe dans la tête d'un homme adulte, ajouta-t-elle.

Ils sourirent, et je sentis qu'ils formaient une bonne équipe. Comme un vieux couple où chacun finissait les phrases de l'autre et riait toujours aux mêmes plaisanteries racontées un million de fois.

— Pas faux, admit l'inspecteur Fogg avant de se tourner vers moi. Avez-vous autre chose à nous dire ?

Si je comptais parler de Nicki, c'était le moment. *Ce n'est sûrement rien, mais j'ai passé un contrat pour tuer Connor il y a quelques jours – mais c'était une blague. Ha ha ha.*

Je ne pouvais pas répondre ça. Ils me croiraient folle. Ou coupable. Ou les deux.

— Kim ?

Je sursautai en m'apercevant que Tasha s'adressait à moi.

— Désolée. Il n'y a rien d'autre, non.

Tasha me pressa la main.

— OK, tu peux sortir. Va faire un tour dans le parc, l'air frais te fera du bien. Et profite de tes billets ce soir, ça te changera les idées. Alex et toi les avez mérités.

Je hochai la tête et me levai. J'avais oublié le spectacle.

— Si vous pensez à quelque chose, informez-nous.

L'inspectrice Sharma me tendit sa carte. Je la pris à contrecœur. L'idée que Nicki ait poussé Connor était ridicule, absurde. Soit il avait trébuché, soit il était plus affecté par la rupture qu'il n'y paraissait. Impossible qu'elle ait fait ça. Jamais de la vie.

Dès que la porte de la bibliothèque se referma derrière moi, je me précipitai vers l'escalier en dérapant sur la moquette usée. La porte de Miriam était grande ouverte. Le lit était défait, les draps en boule au pied du matelas nu. Ses affaires ne pendaient plus aux cintres.

— Elle est partie, annonça la voix de Jazmin.

En faisant volte-face, je la vis adossée au montant de la porte.

— Ses parents sont venus la chercher.

— Partie ? répétai-je.

Jazmin me toisa comme si j'étais stupide.

— C'est ce que je viens de dire. Ses parents l'ont emmenée dans un hôtel pas loin. J'imagine que la police ne veut pas qu'elle quitte le pays tant qu'ils n'ont pas compris ce qui s'était passé. Son père était furieux que les flics l'aient interrogée avant que sa mère et lui arrivent. Il avait l'air hors de lui.

Je fixai la chambre vide comme si Miriam pouvait encore se cacher quelque part, sous le bureau.

— Ouais, j'imagine.

Je retournai dans ma chambre. Je n'aurais donc aucune réponse.

ONZE

19 AOÛT
J-12

Je n'avais aucune envie d'aller voir *Le Fantôme de l'Opéra*. La confusion et la tristesse formaient comme une lourde couverture qui m'empêchait de bouger, mais Alex et Tasha avaient insisté. Je m'étais traînée jusqu'au théâtre contre mon gré, pourtant ils avaient eu raison : dès le début du spectacle, le monde hors de la salle cessa d'avoir la moindre importance. Je n'étais plus à Londres, mais dans les souterrains de Paris.

Quand la lumière se ralluma, j'applaudis jusqu'à avoir mal aux mains. Les spectateurs se massèrent vers la sortie, j'avais envie de leur crier de se rasseoir. J'aurais voulu rembobiner et tout revoir depuis le début. Rester là, où les choses avaient un sens. La pièce m'avait frappée comme un coup de poing dans le ventre. J'avais pleuré pendant le deuxième acte, peinant à respirer dans le vieux théâtre empli de l'odeur de rideaux poussiéreux et de cire à bois.

Au bout de quelques minutes, quand les rangées se furent vidées, Alex me posa la main dans le dos.

— Tu es prête ?

J'acquiesçai. Je m'attendais à ce qu'il retire sa main, mais il la laissa pendant que nous sortions. Elle était chaude et rassurante. Je me surpris à apprécier son geste, à espérer que ce moment dure.

Il m'indiqua un endroit sur le trottoir d'en face.

— Tu veux boire un verre avant de rentrer ?

Le pub était rempli de la foule sortie du théâtre, et nous dûmes jouer des coudes pour nous frayer un passage. La soirée était fraîche, l'intérieur était embué, il n'y avait pas de table libre mais nous trouvâmes deux tabourets près d'un comptoir au fond.

— Garde-les, je vais nous chercher à boire, dit Alex.

J'observai ce qui m'entourait. De temps à autre, cette réalité me frappait : j'étais à Londres, j'allais au théâtre, je sortais boire un verre, les gens avaient un accent étrange. Cette vie n'avait rien à voir avec la mienne. J'aurais aimé pouvoir appeler Emily et lui raconter ça, ou juste tendre le combiné pour qu'elle entende par elle-même.

Alex revint avec deux pintes de bière qu'il brandit, l'air victorieux.

— Je les ai commandées pour plaisanter, mais ils ne m'ont même pas demandé mon âge.

Il me paraissait normal de pouvoir boire de l'alcool. Comme si la soirée l'exigeait, dans cette réalité où nous étions plus âgés. Nos verres s'entrechoquèrent.

— Au spectacle, lança Alex.

Je bus une gorgée timide. La boisson houblonnée était à température ambiante. Alex la sirota lentement.

— Elle n'est pas fraîche, fit-il remarquer.

— Pourquoi ?

Il haussa les épaules.

— Peut-être qu'ils veulent recréer le goût du dix-septième siècle, avant l'invention du frigo. Ça commence à me plaire, ici. J'ai commandé des œufs à l'écossaise. Le barman dit qu'ils sont délicieux.

— C'est quoi ? Des œufs en kilt ?

— J'en sais rien, mais il faut essayer les spécialités locales. Ton maquillage a un peu coulé, ajouta Alex en me tendant une serviette en papier.

Oh non, je devais avoir l'air d'un raton laveur ! Je m'essuyai pour tenter de nettoyer le kohl qui avait coulé avec mes larmes.

— C'est mieux ?

Il scruta mes yeux, ce qui me fit rougir, puis hocha la tête.

— Je ne devrais pas aller au théâtre – je ne supporte pas, tentai-je de plaisanter.

— Moi, c'est les pubs de la SPA à la télé. Tu vois celle où Sarah McLachlan chante ? Je pleure à chaque fois.

Il secoua la tête avec un air triste. J'esquissai un faible sourire.

— Ça va ?

Ma gorge se serra.

— Ça va. Tu sais, c'est juste… l'accident d'hier, et puis la pièce était émouvante.

J'avais envie de parler de Connor à Alex. De lui raconter ce qui s'était passé entre nous, de lui dire que cela rendait cette histoire plus perturbante. J'étais encore en colère contre Connor pour la manière dont il s'était comporté avec nous. Je me sentais coupable d'être fâchée car il était mort maintenant, et je regrettais amèrement que la situation ne puisse plus jamais s'améliorer.

— Ouais, acquiesça Alex.

La serveuse posa une assiette devant nous. Deux boules grises roulaient au milieu. Alex en piqua une avec sa fourchette, coupa la sphère en deux, puis renifla le morceau d'un air prudent avant de le mettre dans sa bouche.

— Ha – des œufs durs enrobés dans de la saucisse, je crois. (Il mâcha.) Pas mal.

Il poussa l'assiette devant moi.

— Je dois dire, pour une première pièce, celle-ci était assez bien, reprit-il.

Je posai mon verre, soudain distraite de ma déprime.

— Ah oui, c'est la première pièce que tu voyais ?

— Ouais.

— Tu avais l'air si excité, je croyais que tu étais fan de comédies musicales.

— Je suis toujours excité d'essayer quelque chose de nouveau.

Il se mit face à moi, accoudé au comptoir. Il paraissait à l'aise. Une mèche de cheveux noirs retombait sur son œil, on aurait dit un gentil pirate.

— Tu es sérieux ?

— Évidemment, acquiesça-t-il.

Je marquai une pause pour réfléchir à ses mots.

— La nouveauté me fait peur. J'ai tendance à m'en tenir à ce que je connais. C'est nul, je sais.

Je pris une grande gorgée de bière pour masquer ma gêne.

— Non, pas du tout. C'est juste ce que tu ressens. Pourquoi ce serait mieux d'aimer la nouveauté ?

Je m'agitai sur le tabouret inconfortable, évitant son regard.

— Parce que c'est mieux. C'est bien connu.

Je ne parvenais pas à expliquer ce qui me semblait être une vérité élémentaire. Les gens qui essayaient de nouvelles choses étaient intéressants, audacieux. Le contraire de moi.

— Qui se soucie de ce que pensent les autres ? objecta Alex.

— La plupart des gens, répliquai-je. Moi, par exemple.

Ce constat me fit grimacer. Je me souciais trop du regard des autres. Je détestais chacune des publications de ma mère, car j'imaginais ce que les gens en pensaient. Des gens que je ne connaissais même pas. Des inconnus qui jugeaient ma moindre erreur, mon moindre chagrin. J'avais redouté ce qui se passerait quand Connor et moi retournerions au lycée et qu'il raconterait notre histoire à tout le monde.

Je déglutis. Ça, au moins, ce n'était plus un problème.

— Tu trouves ça bizarre que Connor ne soit plus là ? demandai-je à Alex. Qu'il ait pu être vivant un jour, absent le lendemain ?

— J'imagine que c'est un peu pour ça que j'ai sans arrêt envie d'essayer de nouveaux trucs. Je me dis que je regretterai plus les choses que je n'ai pas faites que celles que je n'ai pas aimé faire. Comme ce spectacle, c'était amusant. J'ai testé d'autres trucs que j'ai trouvés nuls, mais j'ai survécu.

— Qu'est-ce que tu as trouvé nul, par exemple ? demandai-je, curieuse.

Alex prit une autre bouchée d'œuf.

— Un jour, j'ai mangé un criquet pour un pari. C'était dégueu.

Mon nez se fronça de dégoût.

— J'aurais pu te prévenir que c'était une mauvaise idée de manger des insectes.

Alex rit.

— Ouais, peut-être, même si des millions de personnes le font. Et puis un jour j'ai demandé à une fille de sortir avec moi, enchaîna-t-il, et son sourire disparut. On était dans un groupe d'écriture à la bibliothèque et… je sais pas… je croyais qu'elle accepterait. Elle m'a tout de suite fait comprendre que je me trompais.

— Désolée, murmurai-je.

— Ouais.

Il haussa les épaules et but une gorgée de bière.

— Un garçon m'a brisé le cœur avant ces vacances, laissai-je échapper.

J'étais encore incapable de prononcer le nom de Connor. Je voulais qu'Alex ait de l'empathie pour moi, mais pas à cause de sa mort. J'avais la gorge serrée, et je sentis que j'allais à nouveau pleurer.

— Quel abruti, gronda Alex. Il ne sait pas ce qu'il perd.

L'insulte me surprit, et je faillis recracher ma gorgée de bière tiède.

— C'est moi qui me suis fait larguer, je ne pense pas qu'il ait vu ça comme une perte.

— S'il n'a pas vu que tu es brillante, belle, et que tu as une connaissance incomparable des films de science-fiction, alors il ne sait vraiment pas ce qu'il perd. Mais c'est ça que je voulais dire – parfois on essaie des trucs et ça ne marche pas, mais d'autres fois c'est génial.

– Ouais.

Il avait affirmé que j'étais belle.

— Tu prétends ne pas aimer la nouveauté, mais ce n'est pas vrai. Par exemple, venir en Angleterre, c'est nouveau, ça.

Je jouai avec mon verre.

— Quand il m'a larguée, je n'avais plus envie de sortir de mon lit.

Alex me donna un léger coup de coude dans les côtes. Je sentais son haleine de bière, chargée de levure, comme du pain chaud.

— Mais tu l'as fait. Tu es venue. Et jusqu'à présent c'est pas mal, non ? Enfin, on est là. On a vu ce super-spectacle et maintenant on boit une pinte dans un pub londonien. Et tu as goûté cet œuf – il fallait du courage.

Je m'agitai à nouveau sur le tabouret. Il avait raison.

— Peut-être.

— Tu vois ? Qui sait ce qui peut se passer ensuite ?

Alex leva son verre. Les coins de ma bouche se relevèrent. Je trinquai avec lui et nous restâmes ainsi, ma jambe contre la sienne.

DOUZE

20 AOÛT

J-11

Le lendemain matin, nous allâmes visiter le Victoria and Albert Museum. Miriam était à l'hôtel avec ses parents ; on nous avait annoncé qu'ils partiraient dès qu'ils en auraient l'autorisation. Les autres avaient choisi de rester jusqu'à la fin du séjour. Par accord tacite, personne n'évoquait Connor ni Miriam. Comme s'ils n'avaient jamais fait partie de notre groupe et que tout allait bien. Puisqu'ils faisaient équipe, les binômes demeuraient les mêmes.

J'avais envoyé un e-mail à Miriam. J'avais besoin d'en savoir davantage avant son départ, et pour l'instant elle ne m'avait pas répondu. Je me disais qu'elle ne m'évitait pas – elle devait être occupée avec ses parents et ne regardait pas sa messagerie. Mais je ne comprenais pas si elle avait voulu m'avertir ou me menacer, et je devais m'assurer de ce qu'il en était.

Le musée semblait être le tiroir fourre-tout géant de l'Angleterre. Un espace de stockage de plusieurs hectares.

Des dizaines de galeries remplies d'assiettes, de céramiques, de toutes les périodes et de tous les styles imaginables ; des pièces entières contenant des collections de clés ; des statues posées dans des cages d'escalier comme si les conservateurs avaient manqué de place ; des vêtements anciens sur des mannequins sans visage ; des tapisseries ; et même un lit géant, célèbre pour une raison que j'avais déjà oubliée.

Au début, c'était fascinant. Je collais le nez aux vitrines, lisais la moindre étiquette, Alex et moi nous montrions des objets, mais au bout d'une heure les présentoirs commencèrent à devenir flous. Jamal avait découvert une application qui racontait une anecdote sur presque *chaque* artefact. Il y en avait simplement trop : la version antique d'un Ikea sans fin. Mes yeux me piquaient, comme si mon cerveau cherchait à leur faire fuir ce déluge d'informations. Je traînais les pieds sur le sol lustré – la carte chiffonnée que je tenais à la main indiquait que nous avions encore du chemin à parcourir avant de terminer le programme que Tasha nous avait préparé.

Alex se retourna et vit que je ralentissais.

— Ça va ?

— Je ne me sens pas très bien, reconnus-je.

— Tu es un peu pâle.

Sophie fronça les sourcils, inquiète. Alex m'entraîna vers un banc au milieu de la pièce.

— Tu veux que j'aille te chercher de l'eau ?

— Non. J'ai seulement mal à la tête. Je n'ai pas beaucoup dormi ces dernières nuits.

C'était un euphémisme. Les cauchemars avec Connor me réveillaient à l'aube, après quoi je n'arrivais pas à me rendormir. Ou alors je faisais les cent pas dans ma chambre, sans savoir si je dormais ou non.

— J'ai du paracétamol, proposa Sophie en fouillant dans son sac.

Elle déversa son contenu sur Jamal pour mieux chercher. Jamal contemplait la pile de bric-à-brac qui grandissait dans ses mains.

— Il y a quelque chose que tu n'as pas ?

— Non. J'ai à peu près tout. J'ai des pansements et du Gravol si tu as la nausée. Bingo ! s'exclama-t-elle en s'emparant d'une boîte de paracétamol.

Je lui pris les comprimés en la remerciant.

— Tu sais ce que disent les Anglais : le thé résout n'importe quel problème. Va à la cafétéria, commande-toi une tasse, on viendra te retrouver quand on aura terminé ce truc, proposa Alex en indiquant la feuille où nous devions cocher ce que nous avions vu.

— Tu es sûr ? Tu vas te retrouver à tout faire.

— Il est rare pour quelqu'un de mon envergure de pouvoir jouer les héros, répliqua-t-il en désignant son corps maigre. En plus, tu m'en seras reconnaissante et tu auras l'impression de me devoir quelque chose, ajouta-t-il en faisant danser ses sourcils.

Je ris et sentis mes joues se réchauffer. Jamal hurla de rire et tapa dans la main d'Alex.

— Bien joué, mec.

Sophie secoua la tête en rangeant ses affaires dans son sac.

— En effet, le thé soulage les maux de tête. Je m'assurerai qu'on ne parte pas sans toi.

— Allez, va boire un thé, remets-toi, insista Alex.

— Si tu es sûr, cédai-je en me levant.

— Arrête d'essayer de m'empêcher d'être galant.

Je serrai sa main en guise de remerciement, saluai Jamal et Sophie puis me dirigeai vers le rez-de-chaussée. Je m'arrêtai à la porte de la cafétéria. Je m'attendais à un lieu stérile, mais je découvris une pièce luxueuse qui semblait sortie de *Downton Abbey*. Des colonnes ornementées soutenaient un plafond Morris incroyablement haut, et une rangée de vitraux décorés brillait au fond.

La serveuse me trouva une petite table contre le mur, puis je commandai une tasse d'Earl Grey et un scone. En posant les mains sur le plateau de marbre frais, je sentis mon cou se dénouer.

C'était le genre de lieu que je n'aimais pas d'habitude. J'avais hérité de mon père son goût pour les endroits propres, épurés, où rien n'encombrait le passage, où tout avait une fonction. J'adorais le labo de l'école. J'aimais son odeur chimique, un peu métallique, sulfurisée.

Le style de ma mère était l'opposé – elle le décrivait comme « chic parisien angoissé », ce qui selon moi signifiait plutôt une accumulation de choses inutiles. Elle adorait les piles de coussins au tissu qui gratte, avec des fanfreluches et des perles. Des collections d'objets colonisaient les tables et les étagères : bouteilles en verre de différentes teintes de rose, petits oiseaux en céramique, vases, appareils photo anciens, et absolument tout ce qui pouvait se casser. Je marchais sur des œufs dans ma propre maison. J'avais la phobie constante de me cogner dans une table branlante, de précipiter sur le sol un présentoir de tasses fragiles, ce qui, étant donné mon adresse (ou plutôt son absence), n'était pas improbable.

Ici, c'était différent. La cafétéria était une explosion de couleurs et de lumière. Tout y avait une fonction, et tout était beau. Par exemple, le plafond haut laissait entrer la lumière et donnait aussi l'impression de mieux respirer. Le couple qui était assis à côté de moi se leva, abandonnant un exemplaire du *Times*. Quand ils furent partis, je m'en saisis avant que la serveuse ne le jette.

Je sentis mes membres se détendre de plaisir. Cette pièce magnifique, le thé chaud, le scone pas trop sucré, et maintenant un journal. J'avais toujours adoré les journaux. Même si presque plus personne ne les lisait, et qu'il était bien plus facile de trouver ce que l'on cherchait en ligne, les journaux avaient quelque chose de spécial. L'odeur de l'encre, la finesse du papier rendaient les histoires plus vulnérables, car elles étaient des objets physiques, pas des pixels sur un écran. Elles semblaient ainsi plus permanentes. J'attribuais cette affection démodée au fait que mon père adorait les journaux lui aussi. Le week-end, il achetait le *Globe and Mail* et le *New York Times*. Il semait les rubriques dans la maison, les pages Économie pliées sur la table de la cuisine, les Arts près du canapé au salon, et la revue littéraire – sa rubrique préférée – près de son lit. Ma mère essayait de le convaincre de s'abonner à la version électronique, mais il arguait qu'il ne savait pas ce qu'il avait envie de lire avant de tourner la page.

Je sirotai le thé, entourée d'un nuage de bergamote. Le reste de la cafétéria disparut tandis que je me plongeais dans des articles sur des sujets variés, des subventions agricoles en Est-Anglie à la politique européenne d'immigration en passant par la recette des betteraves rôties et la biographie d'une star du cinéma britannique dont je n'avais jamais entendu parler. Le pur plaisir de ce moment – ne plus devoir être nulle part, la chaleur du thé qui me réchauffait les mains à travers la porcelaine, me laisser emporter par les mots – était parfait. Les caractères noirs défilaient sous mes yeux, de belles rangées d'informations traversaient ma tête, pareilles à une parade militaire. Je détachai un petit morceau de scone, généreusement couvert de crème et de confiture de framboises, puis l'engloutis. Ma migraine avait disparu. Je me reprenais enfin, les choses rentraient dans l'ordre.

C'est alors que je la vis.

Une brève. À peine quelques lignes enfouies à la fin de la première rubrique : « LA POLICE ENQUÊTE SUR UN DÉCÈS SUR LA LIGNE DISTRICT. »

Je mis un instant à comprendre qu'il s'agissait de la mort de Connor, à en juger par la date et le lieu. L'article ne citait pas son nom ; il parlait juste d'un touriste. Les accidents étaient monnaie courante dans le métro ; celui-ci valait un article car la police avait vu quelque chose sur la vidéo de surveillance – l'orientation de la caméra ne permettait pas une vision nette, mais selon le journal la victime s'était brutalement précipitée devant le train, tombant la tête la première, bien qu'elle ait paru être immobile avant la chute. « L'angle ainsi que la vitesse de la chute, disait l'article, indiquent qu'elle pourrait avoir été poussée. Les autorités demandent à tout éventuel témoin de se manifester afin de déterminer s'il s'agit d'un accident. »

La migraine qui s'était dissipée s'abattit à nouveau sur moi, comme si j'avais reçu une batte de baseball métallique en plein front.

Je regardai autour de moi, m'attendant presque à ce que les autres clients du café me fixent avec horreur et dégoût, mais personne ne semblait me prêter attention. Je déchirai le papier. Le bruit me fit grimacer.

Au fond de moi, je le savais depuis le début.

Connor avait été assassiné.

Je ne parlai pas de l'article à Alex et aux autres quand ils vinrent me retrouver. Alex engloutit le scone aux framboises que je n'avais pas pu terminer. Mon estomac s'était atrophié pour former une boule minuscule, et la sensation de paix que j'avais éprouvée l'espace d'un instant avait volé en éclats. Combien de temps faudrait-il avant que tout le monde sache que Connor avait sans doute été poussé ? La police nous attendait peut-être déjà à Metford pour nous interroger à nouveau. Cette fois-ci, je serais obligée de leur parler de Nicki, mais ils voudraient savoir pourquoi je n'avais rien dit la première fois.

Je repensai à ce que m'avait chuchoté Miriam à la lumière de cette nouvelle information. Elle ne pouvait pas avoir fait quoi que ce soit à Connor ; elle se tenait au bout du quai avec Sophie quand c'était arrivé. Mais si elle était au courant de notre histoire elle pouvait penser que j'étais impliquée dans la mort de Connor. Peut-être croyait-elle me protéger.

Je suivis le groupe d'un pas lourd, direction la résidence. Le temps était magnifique – ensoleillé, avec une légère brise. Les autres étaient de bonne humeur. Sophie et Jamal décidèrent d'aller louer des vélos dans Kensington Park, Kendra et Jazmin partirent faire du shopping sur Oxford Street. Je m'excusai, prétextant ma migraine. Alex proposa de me raccompagner jusqu'à ma chambre, mais je lui dis de partir plutôt avec Jamal et Sophie. J'avais besoin d'être seule pour décider quoi faire.

Devais-je appeler mes parents et leur raconter ce qui s'était passé ? Au fond, il s'agissait d'un meurtre, j'aurais peut-être besoin d'un avocat. On entendait sans cesse des histoires de gens accusés de meurtres. Comme cette fille en Italie, il y a quelques années, qui avait fini en prison. Quand une autre fille avait été retrouvée morte dans le Michigan, tout le monde avait désigné son petit ami, jusqu'à ce qu'un voyant découvre que le coupable était son père. Vue sous le mauvais jour, une personne innocente pouvait sembler coupable. Mon cerveau tournait en rond sans trouver d'issue.

Je tentai d'appeler Miriam, mais elle ne répondait pas. Je me dirigeais vers l'escalier central, quand je réalisai que la fille de l'accueil m'appelait. Elle brandissait une enveloppe blanche au-dessus de sa tête comme un drapeau.

— Il y avait ça dans votre boîte à lettres.

Je pris l'enveloppe. Le papier était épais, il paraissait coûteux, comme si j'avais reçu une invitation de Buckingham Palace. Je retournai l'enveloppe. Elle était vierge – pas d'adresse, pas d'expéditeur, rien.

Je glissai mon pouce sous le rabat et la déchirai. Un petit bout de journal en tomba. Je mis aussitôt la main dans la poche de mon jean. L'article que j'avais déchiré dans le journal y était toujours, je le sentis se froisser sous mes doigts. Il n'avait pas sauté de ma poche dans l'enveloppe comme par magie ; il s'agissait d'un autre exemplaire du même article. Celui-ci n'était pas déchiré, il était découpé avec soin en ligne droite.

Un bourdonnement étrange m'emplit les oreilles, comme si je m'étais trouvée sous l'eau, à écouter les vagues se briser sur la rive. Un message était inscrit à l'encre rouge en travers de l'article.

DE RIEN

Je déchirai le papier en morceaux minuscules jusqu'à ce qu'il ne reste qu'un tas de confettis noirs et blancs sur le sol, pour tenter d'effacer les mots et ce qu'ils signifiaient.

Je regardai la fille de l'accueil ; elle me disait quelque chose, mais sa voix ressemblait à un gémissement suraigu.

Quelqu'un me prit par le coude, le visage trop proche du mien. Sa bouche bougeait, pourtant je ne l'entendais pas, je sentais seulement son haleine d'oignon.

Je voulais expliquer que j'allais bien pour qu'il me laisse tranquille, mais des points noirs envahirent mon champ de vision, puis plus rien.

TREIZE

20 AOÛT
J-11

Alex fit pleuvoir des barres chocolatées sur mon lit.

— Je t'ai pris un de chaque. Il y a un Dairy Milk, un Lion, un Galaxy Caramel, un Crunch et un truc qui s'appelle Wispa, qui m'a l'air bizarre, mais le caissier ne jurait que par ça. Et, si tu n'es pas d'humeur chocolat, j'ai aussi des chewing-gums au vin et une espèce de caramel.

Je fouillai dans le tas et pris le Dairy Milk. Je défis l'emballage et croquai un morceau, laissant le chocolat fondre dans ma bouche.

— Merci, marmonnai-je.

— Je me suis dit que tu aurais besoin de sucre. Tasha t'a pris rendez-vous avec un médecin ?

Je secouai la tête.

— C'est ma faute. Je ne me sentais pas bien et je n'ai pas mangé de la journée.

Alex parut dubitatif. Il m'avait vue engloutir un bol de yaourt-céréales ce matin.

— Regarde ça.

Je lui tendis l'article que j'avais déchiré dans le journal. Il le lut rapidement.

— La police pense qu'on peut avoir poussé Connor sous le train ?

J'acquiesçai.

— Eh ben, lâcha Alex en fixant le journal.

Je déglutis.

— Le truc, c'est que quelqu'un m'a envoyé ça.

Je ne lui parlai pas du mot que Nicki avait laissé sur l'article que j'avais détruit. Ce message-là demandait trop d'explications.

— Je ne comprends pas.

Je rongeai l'ongle de mon pouce.

— Quelqu'un m'a laissé ça. C'était dans ma boîte aux lettres, dans une enveloppe. Pas de nom, pas d'adresse d'expéditeur, rien.

— C'est tordu, commenta Alex en lâchant la coupure de journal comme si c'était du poison. Est-ce qu'un autre du groupe a reçu ça ?

Je secouai la tête. Je n'avais pas vérifié, mais je savais que j'étais la seule.

— Pourquoi te laisser ça à toi ?

— Je sortais avec lui, avant.

Mes mains se tordirent sur la couverture. Alex cligna des yeux.

— Tu es sortie avec Connor ?

— Tu te rappelles quand je t'ai dit qu'un garçon m'avait brisé le cœur avant que je vienne ici ?

Alex se tourna vers la porte et la referma avant de s'effondrer sur mon lit.

— Je croyais qu'il sortait avec Miriam.

— C'est vrai. Lui et moi…

Comment pouvais-je expliquer ce qui s'était passé ?

— Il est sorti avec elle quand on s'est séparés, soupirai-je.

Alex désigna l'article sur mon lit.

— Donc cette personne essaie d'établir un lien entre toi et l'accident parce que tu es sortie avec lui ?

Je hochai la tête.

— Je crois, ou bien c'est la personne qui l'a fait.

Je retins mon souffle en attendant sa réaction.

— Si tu crois ça, il faut aller voir les flics.

— Je ne peux pas. Je ne leur ai pas dit que j'étais sortie avec Connor quand ils sont venus nous interroger. Ils vont trouver ça bizarre que j'aie menti.

— Pourquoi tu ne le leur as pas dit ?

J'eus l'impression de me dégonfler.

— Je sais pas. Connor se comportait comme si on ne se connaissait pas depuis le début du voyage, alors d'une certaine manière c'était plus facile de faire comme si c'était vrai.

Je regardai Alex en espérant qu'il me comprenne. Puis je me levai et me mis à arpenter la pièce.

— Au début, repris-je, je croyais que je ne pourrais pas vivre sans Connor. Mais ça ne marchait pas entre nous, et on s'est séparés. Quand je suis arrivée ici, j'ai su que je pouvais passer à autre chose, mais il est mort, et je me suis sentie mal, comme si j'avais souhaité qu'il finisse sous ce train, et puis… tu l'as vu ? Alex, il était en morceaux… son bras pendait par un lambeau de chair, sa jambe était arrachée, ses entrailles étaient…

Alex me prit par les épaules, et je me rendis compte que je pleurais.

— Hé, hé, du calme. Inspire profondément.

— Je ne peux pas… Je…

— Chut.

Il m'attira contre lui. Il sentait la lessive et le coton à peine sorti du sèche-linge. Ses bras étaient fins et forts. J'inspirai son parfum et mon cœur ralentit.

— Tout ira bien.

Sa voix m'apaisa comme du miel.

J'appuyai la tête sur sa poitrine, le battement de son cœur me parvenait étouffé comme une grosse caisse. J'accordai ma respiration à la sienne. Nous restâmes ainsi au milieu de la pièce pendant ce qui me parut des heures.

— Ça va mieux ? demanda-t-il.

— Oui.

— D'accord. On va trouver une solution.

Il m'attira à côté de lui sur le lit.

Mon cœur palpita. Il avait dit qu'*on* allait trouver une solution. Ensemble.

— Qu'est-ce qu'on fait ?

— On ne panique pas. On est partis du principe que cette personne t'avait envoyé cet article pour de mauvaises raisons, mais peut-être qu'elle voulait juste t'informer.

Je pris une inspiration.

— Je ne vois pas qui ça peut être. À part cette fille que j'ai rencontrée dans l'avion… Elle est d'ici. Je lui ai parlé de Connor.

La seule autre personne dans toute l'Angleterre qui aurait pu savoir que j'étais sortie avec Connor était Miriam, mais pourquoi m'aurait-elle envoyé ce mot alors qu'elle pouvait venir me voir ou me rappeler ? Au fond, je savais que ce n'était pas Miriam qui m'avait adressé l'article.

Alex hocha la tête.

— C'est un début. Comment elle s'appelle ?

— Nicki. Je ne connais pas son nom de famille, je ne sais pas où elle habite, rien. Ça ne va pas être facile de la retrouver dans cette ville, murmurai-je en indiquant la fenêtre.

— On se débrouillera.

— Tu as dit que ta mère travaillait pour la compagnie aérienne ?

Je triturais la couette, sans croiser son regard.

— Ouais.

Les mots se précipitèrent hors de ma bouche.

— Elle pourrait trouver la liste des passagers, non ? Il ne devait pas y avoir beaucoup de Nicki à bord. Son nom de famille nous donnerait une indication. On pourrait faire des recherches sur elle, et si on découvre quelque chose de bizarre, ou si elle m'a envoyé cet article pour une mauvaise raison, on pourra aller parler à la police.

Avant même que j'aie terminé, Alex secouait déjà la tête.

— Impossible. Ma mère, la compagnie aérienne… C'est hyper-confidentiel, on ne peut pas demander une liste de passagers.

— Il nous faut seulement son nom de famille, pas son numéro de carte de crédit.

— On va trouver une autre solution, affirma Alex en se passant la main dans les cheveux. Écoute, même la police doit avoir un tas d'autorisations spéciales pour accéder à la liste des passagers – ma mère ne prendra pas ce risque pour toi.

Je me mordis les lèvres.

— Mais elle le prendrait pour toi.

Il détourna le regard.

— Il faut que je fasse quelque chose. Je ne peux pas aller voir la police les mains vides. Tout ce qu'ils vont entendre, c'est que je sortais avec lui, que je me trouvais sur le même quai et qu'il m'a brisé le cœur il y a quelques semaines. Ils ne croiront jamais que je l'ai oublié. Ils vont penser que je suis coupable. Ils me mettront en prison et classeront l'affaire.

Je ne pouvais pas confier à Alex que si la police savait *tout*, ils auraient encore plus de raisons de m'accuser. Alex s'agita, mal à l'aise.

— Je comprends que tu aies peur, mais… je ne sais pas. C'est un peu tiré par les cheveux. Je ne vois pas ce que cette Nicki aurait à voir avec la mort de Connor.

— Tu pourrais raconter à ta mère que tu as rencontré Nicki, qu'elle te plaît et que tu veux la retrouver.

Il leva les yeux au ciel.

— Déjà, ma mère ne croira jamais cette histoire. Je ne suis pas du genre à draguer des filles dans les avions. Ensuite, même si elle y croyait, elle ne me donnerait pas le nom d'une passagère pour que je puisse la harceler.

De chaudes larmes coulèrent sur mes joues. Alex se leva et m'apporta la boîte de mouchoirs qui était sur le bureau.

— Ne pleure pas, me supplia-t-il.

Je n'étais pas triste, j'étais frustrée, et je ne savais pas comment l'expliquer. Alex soupira.

— Hé, ça va aller. Je vais trouver quelque chose.

Je le pris dans mes bras. Notre étreinte, qui avait commencé dans un élan de gratitude, se transforma sans prévenir. Elle se chargea de la conscience de nos deux corps, chaque point de contact s'illumina comme un néon. À cet instant, nous nous écartâmes, soudain conscients que nous étions seuls dans ma chambre.

Alex passa les pouces sur une couture de son jean.

— Mange du chocolat, repose-toi. Je vais envoyer un e-mail à ma mère pour voir ce que je peux faire.

— Merci beaucoup.

Il rougit.

— Aucun problème.

Pourtant, il y avait un problème. Je savais qu'il n'avait pas envie de lui demander, il le faisait juste pour moi. Ça m'excitait et me rendait triste à la fois. J'attrapai son petit doigt avec le mien.

— Merci, répétai-je.

Alex se pencha vers moi et m'embrassa rapidement au coin de la bouche. Il pouvait s'agir d'un geste amical, mais nous savions l'un et l'autre que c'était plus que ça : une étincelle de contact, comme un circuit électrique refermé. Nous nous regardâmes dans les yeux, l'air entre nous grésillait d'énergie. Je voulais m'avancer un peu plus près, attirer sa tête vers la mienne pour lui donner un vrai baiser, mais j'avais peur.

— D'accord. À plus tard, dit-il enfin.

Je hochai la tête, il sortit de ma chambre.

— À plus tard, répétai-je.

Je refermai la porte derrière lui et m'appuyai contre.

J'allais retrouver Nicki. Tout irait bien. Elle m'assurerait qu'elle n'avait rien à voir là-dedans. Miriam me rappellerait et me dirait qu'elle n'avait rien voulu insinuer, qu'elle était juste perturbée. Je consultai mon téléphone, mais toujours aucune nouvelle d'elle. J'éprouvai une bouffée d'agacement et me forçai à prendre une profonde inspiration. Cette histoire allait bien se terminer, Alex et moi serions enfin tranquilles. Ensemble.

QUATORZE

21 AOÛT
J-10

Je fouillai dans le bac des écharpes. Je n'étais pas du genre à porter des accessoires, mais les couleurs avaient attiré mon regard – en fait, tout à Covent Garden semblait fait pour attirer l'attention. Notre groupe s'était séparé, chacun parcourait les étals qui proposaient vêtements ou chocolats faits maison. Chaque stand était différent, peuplé de vendeurs faisant la réclame. Tasha avait tenté de nous intéresser à l'histoire de l'endroit, mais nous étions plus intrigués par les étalages de bijouterie que par ses histoires sur Henri VIII qui volait la terre de l'Église ou sur le lieu qui était autrefois un quartier rouge. Elle avait renoncé et nous avait donné rendez-vous à l'entrée une heure plus tard.

— Trois pour le prix de deux, m'annonça la femme qui vendait les écharpes. Elles viennent surtout d'Inde. Tiens, regarde, ajouta-t-elle en en brandissant une aux motifs paisley bleu, turquoise et vert. Ça ira bien avec ta peau.

Je la saisis et la plaçai à côté de mon visage devant le petit miroir qu'elle avait suspendu à un fil au bord de son stand. L'écharpe était très jolie.

— Approche-toi.

D'un geste vif, elle la noua autour de mon cou.

— Voilà, parfait. Je te la fais pour cinq livres.

J'observai mon reflet. J'avais changé. L'air un peu plus âgée, peut-être. Un peu française. Le voyage *me changeait*. J'étais venue pour de mauvaises raisons, mais c'était peut-être quand même exactement ce dont j'avais besoin.

— Je la prends.

Je tendis un billet et gardai l'écharpe autour du cou.

— Il faut que je te parle, lança Alex, qui venait d'apparaître à mes côtés.

Il me prit par le coude et m'entraîna, refusant d'un geste le ticket que me tendait la vendeuse.

— Je voulais qu'elle me montre comment l'attacher, protestai-je, mais il me tirait déjà vers le couloir qui menait aux toilettes.

Un groupe de touristes âgés qui portaient tous une étiquette avec leur nom nous dépassa. Alex attendit qu'ils soient partis.

— Ma mère m'a répondu.

Puis il resta silencieux, les bras croisés. Mon ventre se contracta.

— Elle était fâchée que tu lui demandes le nom de Nicki ?

— Non. Enfin un peu, mais ce n'est pas le problème. Je ne sais pas comment te le dire.

Mon estomac était en chute libre.

— Vas-y.

— Personne ne s'appelait Nicki dans l'avion, m'annonça-t-il.

Je clignai des yeux, je ne comprenais pas. Bien sûr que Nicki se trouvait à bord.

— Peut-être que Nicki est un diminutif, suggérai-je.

— Il n'y avait aucune Nicole, Nicola, Nikol, Nykia, Niko, Niks, énuméra Alex d'une voix monotone. Aucune passagère n'avait même un prénom commençant par N.

— Mais c'est impossible.

Je ne l'avais quand même pas imaginée.

— Je ne sais pas quoi te dire.

— C'est le nom qu'elle m'a donné, insistai-je, prise d'un fourmillement de panique.

Je l'avais vue.

Mon cerveau tournait comme un hamster dans sa roue, toujours plus vite. Je n'avais pas révélé à Alex les détails de ma conversation avec Nicki. Je ne savais pas comment aborder le sujet. Que penserait-il de moi s'il apprenait que j'avais prononcé des choses pareilles, même pour plaisanter ? Je me raccrochai à la seule preuve que j'avais.

— Et l'article de journal ? Pourquoi me l'aurait-elle envoyé ?

— Justement, j'y réfléchissais, répondit Alex sans croiser mon regard. Peut-être que ça n'a rien à voir avec cette fille dans l'avion, que c'était un hasard. Il n'y avait rien sur l'enveloppe. Peut-être que quelqu'un à Metford a lu l'article et voulait le mettre dans la boîte de Tasha mais qu'il s'est retrouvé dans la tienne par erreur. Tu as supposé que les deux choses étaient liées, mais ce n'est peut-être pas le cas.

Je le fixai, incrédule.

— Je n'ai rien inventé.

Je regrettai d'avoir détruit le bout de papier sur lequel elle avait écrit, qui prouvait que l'article et ma rencontre avec elle étaient liés, mais j'aurais dû alors lui expliquer ce que signifiait le message. Cet article qui portait son écriture était pourtant réel. Je me rappelais l'avoir déchiré en mille morceaux.

— Ce n'est pas ce que j'insinue, s'empressa de préciser Alex. Elle peut t'avoir envoyé ce mot, mais c'est peut-être juste une coïncidence. Si elle l'a envoyé, c'est tordu.

— Ouais.

Je ne savais pas ce qui était pire, qu'Alex pense que je perdais les pédales ou que je sois suivie par une psychopathe.

— Je crois que tu devrais parler de tes inquiétudes à Tasha. Elle saura quoi faire.

— Non. Sûrement pas.

— Allez, Tasha est cool ! Au minimum, elle peut demander à l'accueil qu'on surveille cette Nicki. Si elle est venue déposer l'article et qu'elle est folle, mieux vaut qu'elle ne traîne pas trop à Metford. Ce n'est pas difficile de s'introduire ici. La seule sécurité qu'il y a c'est le gardien, qui doit être plus vieux que les murs. Une carte de crédit suffit à ouvrir les serrures.

— Ou bien Tasha révélera à la police que je sortais avec Connor. Pas moyen. Je ne veux pas me retrouver entraînée dans l'enquête.

— Tu ne vas te retrouver entraînée dans rien du tout. Il suffit de te parler dix minutes pour comprendre que tu ne ferais pas de mal à une mouche.

Je me forçai à sourire. Alex ne connaissait pas toute l'histoire.

— Je sais, tu as peut-être raison. Si ça se trouve, c'est juste une coïncidence. Attendons de voir s'il se passe autre chose avant de faire quoi que ce soit.

— Tu es sûre ? insista Alex, mal à l'aise.

— Certaine, répondis-je avec une assurance que je n'éprouvais pas. Je vais acheter un souvenir à ma grand-mère, tu peux prévenir Tasha que je vous rejoins plus tard ? J'ai envie de rester un peu ici.

Alex hésita.

— Tu es sûre ? répéta-t-il.

J'acquiesçai avec enthousiasme et le poussai d'un air taquin.

— Allez, je vous rejoins dans pas longtemps.

J'attendis qu'il se fonde dans la foule pour m'effondrer contre le mur de parpaings. Le froid s'insinua à travers mon tee-shirt. J'avais besoin de réfléchir. Je posai les paumes contre le mur comme pour me raccrocher à la réalité, comme si je risquais de partir à la dérive.

Je fermai les yeux. Je n'avais pas inventé Nicki, j'avais bien compris son nom. Nous nous étions assises côte à côte. Nous avions bu cette vodka ensemble – elle n'était pas une manifestation tordue de mon imagination. Elle était réelle. Elle avait tué Connor et elle m'avait envoyé ce mot pour me le faire savoir.

Je haletais. Je me concentrai pour ralentir ma respiration, pour ne pas faire une crise de panique. L'écharpe semblait s'être resserrée comme un nœud coulant. Mes doigts tirèrent sur le tissu pour tenter de soulager mon cou, puis j'inspirai avidement une goulée d'air.

Je cherchai le bon côté de la situation. Si j'étais allée voir la police et qu'ils avaient découvert qu'il n'y avait pas de Nicki dans l'avion, cela aurait été pire. Les enquêteurs auraient cru que je mentais et se seraient demandé pourquoi, surtout quand ils auraient découvert mon passé. Alex pensait peut-être que j'étais insoupçonnable, mais c'était parce qu'il était gentil.

Peut-être valait-il mieux rentrer à la maison. Appeler mes parents et leur expliquer que j'avais changé d'avis. Si je quittais Londres, Nicki ne pourrait rien contre moi. Je retournai l'idée dans ma tête, évaluai les possibilités. Mon téléphone sonna. Je m'apprêtais à rejeter l'appel, mais l'écran affichait le nom de Miriam.

— Il faut qu'on parle, lança-t-elle dès que je décrochai.

Je l'interrompis aussitôt.

— Pas au téléphone. Dis-moi où je peux te retrouver.

Il y eut un instant de silence.

— Je t'envoie l'adresse par texto. Je serai dans le hall.

L'hôtel Ampersand se trouvait à Kensington, non loin de Metford House, mais le bâtiment était nettement plus luxueux. Un portier ouvrit devant moi comme par magie. Le hall était d'une tonalité gris clair et blanc. Les meubles, le papier peint, la tenue impeccable du personnel de l'accueil, tout suintait l'argent et l'opulence.

Miriam se leva dès que j'entrai.

— Viens en bas, il y a un endroit où on peut parler.

Je la suivis dans un escalier en colimaçon. Un couloir menait au restaurant, mais elle tourna et nous nous retrouvâmes dans un espace de bureaux désert où les clients pouvaient imprimer des documents et travailler.

Miriam posa les mains sur ses hanches comme si elle était fâchée contre moi, pourtant je lisais autre chose dans ses yeux. Elle avait peur.

— Pourquoi tu as dit qu'il ne me méritait pas, l'autre jour ?

Elle soupira.

— Ce n'est pas un secret. Connor est un connard... était un connard. (Sa voix se brisa.) Je ne voulais pas que tu t'en veuilles pour ce qui lui est arrivé.

— Si c'était un connard, pourquoi tu es sortie avec lui ? demandai-je.

Elle évita mon regard.

— Je n'ai pas envie de parler de ça.

Je lui effleurai le coude.

— J'ai besoin de savoir.

À mon tour, je sentis ma voix vaciller. Miriam se tordit les mains.

— Je faisais juste semblant d'être avec lui.

— Quoi ?

Elle soupira à nouveau.

— Écoute, Connor est sorti avec une copine à moi, d'un autre lycée, et quand ils ont cassé il a envoyé des photos d'elle nue à tout le monde. Ensuite, un copain à lui m'a raconté ce qu'il t'avait fait. J'ai vérifié. Il fait ça sans arrêt, il traite les filles comme de la merde. Tu as de la chance qu'il n'ait pas eu de photos de toi dans son téléphone, sinon elles seraient déjà partout sur Internet.

La chair de poule envahit ma peau, sans rapport avec l'air conditionné poussé au maximum. Connor m'avait suppliée de le laisser me prendre en photo. Seul mon manque d'assurance m'avait poussée à refuser.

— J'avais décidé de me venger, souffla Miriam.

Je retins mon souffle.

— Tu l'as tué ?

Elle écarquilla les yeux.

— Quoi ? Non ! Je lui ai fait croire qu'il me plaisait. Je l'ai baladé en lui racontant que je n'étais pas encore prête pour que nous soyons intimes, qu'il devait me prouver que je pouvais lui faire confiance. En me laissant le prendre en photo.

— Il y a cru ?

Miriam haussa les épaules.

— Je suis une actrice.

Puis son assurance se brisa et elle fondit en larmes.

— Ça ne devait pas se passer comme ça. Je voulais juste lui donner une leçon. Ce matin-là, je lui ai annoncé qu'il s'était fait avoir. Je lui ai laissé croire que je posterais les photos de lui sur Internet.

Elle s'interrompit, se mordit les lèvres.

— Je ne l'aurais pas fait, c'était une menace pour qu'il arrête de se comporter comme un connard, pour qu'il ait un peu peur.

— Il a vraiment si mal traité toutes les filles avec qui il est sorti ?

Ce plan – faire semblant de sortir avec lui, le prendre en photo puis le faire chanter – me paraissait exagéré. Mais Miriam était l'exagération incarnée. C'était bien son genre.

— Il a brisé le cœur de ma copine. Il l'a humiliée. Je l'ai fait pour elle. Je me suis dit qu'elle trouverait ça drôle quand je le lui raconterais. Je n'ai jamais pensé qu'il se jetterait sous un métro.

Sa lèvre trembla.

— Il se peut que Connor ait été poussé, prononçai-je lentement.

Je ne voulais pas que Miriam s'en veuille, j'étais persuadée qu'elle n'était pas responsable de la mort de Connor.

Elle me fixa, stupéfaite.

— Tu es sûre ?

— Je ne suis sûre de rien, mais ils en ont parlé dans le journal. Des images de surveillance montrent que c'est une possibilité.

— Je me demande s'il a fait une crasse à quelqu'un ici. Ça ne m'étonnerait pas qu'il m'ait trompée avec une Anglaise. Peut-être qu'elle a pris la situation en main...

Miriam jeta un regard dans le couloir comme si elle craignait que nous ayons été suivies.

Les idées se bousculaient dans ma tête. Connor était dragueur, mais nous n'étions pas en Angleterre depuis si longtemps quand il était mort. Aurait-il eu le temps de séduire une fille ici ? D'un autre côté, Nicki revenait d'un séjour à Vancouver. Miriam pensait que Connor pouvait avoir rencontré une Anglaise ici, mais s'il l'avait rencontrée chez nous avant de quitter le pays ? Nicki aurait pu m'aborder à l'aéroport parce qu'elle savait qui j'étais et quel lien j'avais avec Connor. Elle aurait fait semblant d'en vouloir à Connor pour ce qu'il m'avait fait, mais en réalité elle aurait été fâchée de la manière dont il l'avait traitée, elle. Elle avait peut-être son propre mobile pour le tuer.

S'il avait mal traité Nicki, le mot qu'elle m'avait envoyé était un aveu. Je l'avais pris comme une menace, alors qu'elle cherchait peut-être de l'aide. Elle se disait que je comprendrais, après ce qu'il m'avait fait. Si elle était désespérée, je ne pouvais pas la laisser tomber. Je pouvais sans doute la convaincre de parler à la police. S'il l'avait menacée de publier des photos d'elle, ce serait une circonstance atténuante. Il fallait qu'elle sache que nous n'étions pas les seules qu'il avait trahies de la sorte.

— Désolée de ne pas t'avoir répondu tout de suite, j'essayais de décider quoi faire, reprit Miriam, interrompant mes pensées. La police veut me voir une dernière fois demain, ensuite je rentre chez moi avec mes parents. Je vais leur dire la vérité. Que j'ai menti à Connor. Je me demandais si tu voudrais venir avec moi et leur raconter ce qui t'était arrivé. Si tu ne veux pas, je comprends.

Les bras croisés, elle paraissait encore plus petite, comme un enfant perdu.

— Non, je crois que c'est une mauvaise idée. Tiens-t'en à l'histoire que tu as racontée la première fois, que tu as cassé avec lui parce que tu préférais que vous soyez amis. On n'a rien à gagner à raconter la vérité – ça ne fera qu'embrouiller les choses. Tu n'as rien fait, lui rappelai-je. Tu étais à l'autre bout du quai. Sophie peut en témoigner. Tiens-t'en à ton histoire et laisse-moi faire.

— Et si une fille d'ici l'a poussé ? Ce ne serait pas juste que tu prennes toute la responsabilité.

— Je ne crois pas que Connor ait eu le temps de rencontrer quelqu'un ici. Vous étiez sans arrêt ensemble.

Miriam se mordit la lèvre inférieure.

— Tu as raison.

J'ignorais combien de temps Nicki avait passé à Vancouver, mais il n'était pas impossible qu'ils se soient croisés.

— Si tu parles à la police, ça va juste compliquer les choses, tu n'as pas besoin de ça.

— Je sais. Mais je dois le faire.

Le désir de lui raconter ma version des faits se faisait pressant, prêt à exploser. Miriam était intelligente, peut-être qu'elle pourrait m'aider à trouver une solution... Cependant, pour une fois, je refusai de laisser les autres décider à ma place.

— Ça va aller. Je suis presque sûre que c'était un accident. Tu n'as rien à voir avec ce qui s'est passé.

— Tu crois ?

J'imaginai ce qu'aurait dit ma mère.

— Tu regrettes ce que tu as fait, mais c'est une occasion d'apprendre.

Miriam hocha la tête, les yeux embués de larmes.

— Eh ben, j'ai beaucoup appris.

Je la serrai dans mes bras. Si nous n'étions pas amies avant ce voyage, à présent, je me sentais liée à elle.

— Moi aussi.

Je jetai un regard à mon téléphone. Il était temps d'y aller. Je devais retrouver Alex et le reste du groupe. Miriam me prit à nouveau dans ses bras puis quitta la pièce d'un pas léger. Je voyais qu'elle se sentait déjà soulagée. Elle avait besoin que quelqu'un lui conseille de ne pas avouer la vérité à la police, et j'avais exaucé son souhait. Elle était libre.

La certitude de ce que je devais faire à présent me heurta de plein fouet. C'était comme quand on écrit un programme : on peut passer des heures à tenter de résoudre un problème avant de se rendre compte que le cœur de l'énigme se trouve plusieurs lignes plus haut. Et quand on le résout, le reste coule de source. Je n'avais pas besoin de trouver Nicki – c'est elle qui me trouverait. Et je savais déjà comment l'encourager à le faire au plus tôt.

Mais avant cela, je devais décider quoi faire quand elle se manifesterait.

QUINZE

22 AOÛT
J-9

Je pris une autre photo de Trafalgar Square pour tenter d'avoir l'immense colonne au milieu du cadre, puis je regardai autour de moi. L'endroit était rempli de touristes malgré le vent violent qui formait des tornades de détritus. Je tapotai le bras d'un Japonais et brandis mon téléphone, mimant d'un geste exagéré que je voulais qu'il me prenne en photo.

— Bien sûr – où voulez-vous vous placer ? demanda-t-il dans un anglais parfait qui me mit aussitôt mal à l'aise.

J'aurais aimé pouvoir prendre la photo moi-même, mais j'étais venue seule et j'avais besoin qu'on voie assez le cadre pour reconnaître facilement l'endroit où je me trouvais. Mon plan était de poster la photo sur Instagram et d'activer la localisation. La place était emblématique, en plein centre-ville.

Si Nicki voulait me trouver, je ne pouvais pas lui rendre la chose plus facile, à moins de me promener avec un panneau géant avec une flèche pointée sur moi. D'autant que j'avais retiré les options protégeant ma vie privée sur tous mes comptes. Si ma mère l'apprenait, elle ferait une attaque. Elle s'imaginerait que je suis du genre à me faire avoir par un tordu sur Internet et à me retrouver dans un réseau de prostitution. Mais je n'essayais pas d'attirer un faux Roméo de la Toile. Si Nicki me cherchait, à présent elle n'aurait aucun mal à me trouver.

— Vous pouvez me photographier avec ça ?

Je tendis mon téléphone au touriste et posai devant l'un des quatre grands lions en métal qui entouraient la colonne Nelson. Je ne pris pas la peine de grimper sur son dos comme d'autres. Le but n'était pas de capturer le moment idéal.

Une fois la photo prise, je la publiai sans ajouter de filtre, puis j'ajoutai une légende : *trafalgar, géNIal, mais C KI ? :)* J'espérais que le stratagème attirerait Nicki jusqu'à moi, et le smiley était supposé lui indiquer que je ne lui voulais pas de mal. Grâce à son esprit vif, elle comprendrait le message, qui n'attirerait l'attention de personne d'autre. Sur les réseaux sociaux, personne n'est très regardant sur la grammaire et l'orthographe.

J'enfonçai les mains dans mes poches et arpentai la place en scrutant les visages. Il fallait que ça marche. Je n'avais aucun autre moyen de la contacter.

Je marchai pendant plus de deux heures, consultant mon téléphone toutes les deux minutes. Rien. Impossible de savoir si Nicki avait vu ma publication, si elle était trop occupée pour venir ou si elle me laissait mariner pour montrer qu'elle contrôlait la situation. Combien de temps devais-je attendre avant de conclure que ce plan ne marchait pas ? Je voyais bien que les autres du groupe trouvaient bizarre que je ne veuille pas sortir avec eux. Je ne pouvais pas passer mon temps à m'esquiver dans mon coin.

Une femme proposait aux passants de leur lire les lignes de la main. Ses dents tachées ressemblaient à de vieilles touches de piano, ses cheveux formaient des mèches grasses. Je l'observai attentivement. J'étais presque sûre qu'elle se faisait passer pour une voyante dans le but de faire les poches des badauds. Dommage, j'aurais eu besoin de ses dons. J'aurais pu lui demander que faire avec Nicki.

Je finis par m'affaler sur les marches en béton qui menaient à la National Gallery, seule au milieu d'une foule de gens qui s'arrêtaient pour boire un café, se détendre ou manger un sandwich. Je sortis mon téléphone pour me donner une contenance. J'allais devoir essayer autre chose. Peut-être poster un indice sur ma visite du lendemain ?

Je reçus un texto d'Alex :

Tu veux manger thaï?

Je m'agitai. Combien de temps allait durer cette quête pour trouver Nicki ?

Je suis occupée, peut-être plus tard?

J'espérais qu'il ne penserait pas que je l'envoyais balader. Il avait l'air inquiet. Ce matin, au petit déjeuner, il m'avait observée pendant que je me rongeais les ongles.

On se voit chez le thaï à 16 heures. Tout va bien?

Je vérifie juste un truc.

C'est à propos de cette fille, pas vrai?

Je me mordis la lèvre. Je ne savais pas quoi répondre. Je n'avais pas envie de lui mentir. Du moins pas davantage.

Elle t'a recontactée?

Puis, comme je restais silencieuse, il enchaîna :

Kim? Ne me dis pas que tu es à la recherche d'une tordue que tu as rencontrée dans l'avion.

Ne t'inquiète pas, tout va bien.

Deux mains se posèrent sur mes yeux.

— Devine qui c'est ?

J'étouffai un cri et manquai lâcher mon téléphone en me redressant d'un bond. *Avait-elle lu le message d'Alex ?*

Nicki rit aux éclats.

— Si tu voyais ta tête.

— Tu es venue, dis-je.

— Bien sûr – tu m'as invitée.

Elle agita son téléphone sous mon nez.

— C'est toi qui m'as envoyé ce message, répliquai-je d'une voix que j'aurais voulue plus assurée. Qu'est-ce que tu veux ?

Elle acquiesça.

— Viens, on va boire un verre au frais. Je ne supporte pas le soleil. Je brûle facilement. Il y a un bar sympa pas loin.

Elle s'élança sans se préoccuper que je la suive.

Nicki fendit la foule sur le trottoir. La plupart des passants portaient short, tee-shirt et baskets – la tenue parfaite pour les visites. Elle portait une robe bohémienne ample, des spartiates et des lunettes de soleil géantes. Elle semblait être une créature d'une autre espèce. Je m'en voulus de l'admirer.

Elle tourna dans une rue et entra dans un pub. Je lus le panneau au-dessus de la porte : « MR. FOGG'S GIN PARLOUR ».

Une fois entrée, il me fallut une seconde pour accommoder mes yeux à la lumière tamisée. Les serveurs étaient habillés comme s'ils sortaient tout droit d'un cosplay steampunk. Le moindre centimètre de mur était couvert de drapeaux et de bibelots victoriens. J'avais l'impression d'être dans un Disney. Je m'attendais presque à voir un personnage animé préparer les cocktails au comptoir – un crapaud avec une cravate et une montre à gousset. Nicki s'était déjà précipitée pour occuper la table d'un couple qui se levait. Elle me fit signe de la rejoindre.

— Deux gin-tonic, lança-t-elle au serveur qui s'approchait tandis que je me laissais tomber dans le fauteuil.

Il effleura le bord de son haut-de-forme.

— Une préférence pour le gin ?

Nicki se tourna vers moi mais, comprenant que je n'y connaissais rien, elle répondit :

— Monkey 47. C'est mon préféré, ajouta-t-elle à mon intention.

— Excellent choix. Nous avons un steak et une tarte aux rognons comme plat du jour.

Le serveur nous adressa un sourire en coin, qui fit pencher sa moustache en forme de guidon de vélo cirée avec soin.

Je fronçai le nez à l'idée de manger des rognons.

— Non merci, dis-je.

Il toucha à nouveau son chapeau et s'éloigna.

Nicki poussa le petit bol de cacahuètes vers moi.

— Tu en veux ?

Je secouai la tête.

— Qu'est-ce qu'on fait là ? demandai-je.

Elle regarda autour d'elle, comme surprise de se trouver à cette table.

— J'aime bien cet endroit. Et puis il y a du bruit, personne ne nous prêtera attention, on pourra discuter tranquillement. À l'abri des regards, ajouta-t-elle en se penchant vers moi, puis ses yeux désignèrent le plafond. Beaucoup de chaînes de pubs ont des caméras de surveillance, maintenant. Il est presque impossible de se déplacer sans être filmé dans cette ville. C'est de plus en plus difficile d'être discret.

— Tu étais discrète, avec Connor ?

Elle leva un sourcil.

— Pardon ?

— Est-ce que tu sortais avec Connor ? À Vancouver ? Je sais qu'il voyait une fille anglaise.

Je croisai les doigts sous la table, espérant qu'elle ne découvrirait pas mon bluff. Je devais avoir l'air sûre de moi pour qu'elle avoue ce qu'elle avait fait et que nous puissions avancer.

Nicki renifla d'un air méprisant.

— S'il est sorti avec quelqu'un, je peux t'assurer que ce n'est pas moi.

Je scrutai son visage pour deviner si elle mentait.

— Tu ne t'appelles pas Nicki.

Son visage se fendit d'un grand sourire, comme si je venais de lui offrir un poney pour son anniversaire.

— Futée, la petite ! Bravo. Comment tu as fait ?

— Aucun passager de l'avion ne portait ce prénom. J'ai vérifié.

Je m'aperçus que je me tenais au bord de mon fauteuil et me reculai. Je devais donner l'impression de me maîtriser.

Nicki adressa un hochement de tête au serveur, qui posa nos verres et disparut. Elle but une gorgée, retira la branche de romarin plongée dans le cocktail et en suça le bout.

— Délicieux. Le gin, c'est une question de botanique, tu sais. Change de plante, et le goût n'a rien à voir. Cette marque a gagné un tas de prix.

— Je m'en fous, du gin, explosai-je, abandonnant mes efforts pour avoir l'air calme.

Elle leva un sourcil et fit une moue déçue, comme si j'avais été un chiot qui s'était soulagé sur le tapis.

— J'essaie juste de te faire découvrir quelque chose de nouveau. Tu m'as dit que c'était ce que tu voulais. Affronter tes peurs, faire de nouvelles expériences. Au fond, c'est à ça que ça sert de voyager, non ? Rencontrer des gens, s'ouvrir à d'autres horizons.

Elle désigna le bar d'un geste, puis se pencha à vers moi.

— Maintenant, explique-moi, comment as-tu obtenu la liste des passagers ? À quoi servent les lois sur le respect de la vie privée s'ils donnent ce genre d'information à n'importe qui ?

— Je connais quelqu'un qui travaille pour la compagnie aérienne.

Je n'évoquai pas Alex. Je ne voulais pas que Nicki sache qui il était. Elle hocha lentement la tête.

— Mon père répétait sans cesse : « Il ne faut jamais sous-estimer la force d'un bon réseau. » Savoir qui appeler, ça fait toute la différence.

— C'est quoi, ton vrai nom ?

— Quelle importance ?

Je bus une gorgée pour m'occuper les mains. Le mélange d'épices, de pin et d'amertume envahit mon palais. Le cocktail avait un goût fort, comme un désodorisant pour voiture.

— Pour moi, ça en a une.

— C'est drôle, un nom. Ça définit une personne. Par exemple, si on t'indique qu'une fille s'appelle Gertrude, tu te fais une certaine image d'elle, non ? Très différente d'une Pénélope. Vu l'importance des noms, tu ne trouves pas stupide que ce soient nos parents qui nous donnent le nôtre ? On n'est qu'un tas informe quand on naît. Ils choisissent un nom en fonction de qui ils veulent que tu sois, pas de qui tu es. On devrait pouvoir choisir son propre nom à quatorze ou seize ans. À cet âge-là, on sait qui on est. J'ai toujours considéré que Nicki m'allait beaucoup mieux que le nom que mes parents m'ont choisi.

Elle but une nouvelle gorgée, faisant tinter la glace contre le verre. Puis elle enchaîna :

— Tu en es le parfait exemple. Tu n'as pas l'air d'une Kim. Trop joli, pas assez sérieux pour toi. Kimberly.

Elle étira mon nom, y ajoutant de nouvelles syllabes.

Je n'avais jamais aimé mon nom, moi non plus, mais je ne voulais pas donner à Nicki la satisfaction d'avoir raison. Kimberly était le prénom préféré de ma mère, mais il ne m'allait pas du tout.

— Quel nom m'irait, selon toi ?

Nicki tapa dans ses mains.

— Oooh, on va s'amuser.

Elle se frotta le menton, m'étudiant avec attention.

— Je pense qu'il te faut quelque chose d'un peu vieux jeu – tu es une vieille âme. Pas trop girly, mais pas trop masculin non plus. Irène, peut-être.

Elle secoua la tête, repoussant l'idée à peine formulée, puis abattit la main sur la table, faisant bondir nos verres.

— J'ai trouvé. Ada.

Elle attendit une réaction de ma part.

— Ada Lovelace, tu connais ? Une comtesse du dix-neuvième siècle, mathématicienne.

— Je sais qui c'est. C'est l'une des créatrices de la machine analytique de Babbage.

Nicki acquiesça. Elle paraissait fière d'elle.

— Le premier ordinateur, quand on y pense. Parfait pour toi. Oui, tu es vraiment une Ada. À ta place, je changerais de nom. Tu deviendrais une autre femme. (Ses mains voletèrent dans l'air.) Ça changerait ta destinée.

Rencontrer Nicki avait déjà assez changé ma destinée.

— Tu ne m'as toujours pas dit ton vrai nom.

Elle soupira.

— Tu te concentres sur des détails sans importance.

— Le détail important, c'est que tu as tué Connor ? répliquai-je en baissant la voix.

— Bien sûr que non. Ça, c'est déjà fait. Pas la peine de revenir sur le sujet.

Je clignai des yeux.

Était-elle complètement folle ? Je m'attendais à ce qu'elle nie, mais pas du tout. Elle faisait comme si ce n'était pas grave, comme si nous parlions de ce que nous avions mangé au déjeuner, ou du score d'un match de foot. Rien dans sa voix n'exprimait la panique ou le désespoir.

— Alors de quoi devrions-nous parler ?

— De comment tu vas tuer ma mère.

Mes oreilles se mirent à siffler, j'entendais le sang affluer dans ma tête, noyant la voix des autres clients du bar.

— Qu'est-ce que tu as dit ?

— Tu me dois un meurtre.

Je m'étouffai dans mon verre et le reposai aussitôt.

Elle se pencha à nouveau vers moi, le regard planté dans le mien.

— Oh, allez, tu fais comme si on n'avait pas passé un accord. C'est pour ça que tu m'as demandé si je sortais avec lui ? Je te l'ai expliqué, ça n'aurait servi à rien – il ne faut pas avoir de mobile, tu ne te rappelles pas ? Tu voulais te débarrasser de Connor, et j'ai besoin de me débarrasser de ma mère.

— Je n'ai jamais accepté ça.

Elle avait posé ses mains à plat sur la table, comme pour parler affaires, et s'exprimait en prenant son temps, comme si elle s'adressait à un enfant.

— Si, tu as accepté. On a longuement parlé de tout ça. C'est le plan parfait. Tu ne peux pas revenir en arrière maintenant que j'ai fait ma part. Tu savais que ça arriverait.

Ses mots me frappèrent de plein fouet. *Oh mon Dieu, c'est ma faute.* J'avais du mal à respirer ; j'avais l'impression d'inhaler par une petite paille à cocktail. Ma lèvre inférieure se mit à trembler.

Nicki leva les yeux au ciel.

— Bon sang, remets-toi. Tu me déçois. Je croyais qu'on était pareilles, toi et moi, que tu comprenais comment fonctionne le monde. Ce mec était un enfoiré. Tu réagis comme si j'avais tué le Dalaï-Lama. Je peux t'assurer que la dernière chose dont le monde a besoin c'est d'un énième adolescent ennuyeux et sûr de lui.

Je secouai la tête pour expulser ses mots de mes oreilles.

— Comment peux-tu dire une chose pareille ? Je ne suis pas du tout comme toi.

J'avais voulu lui ressembler quand nous nous étions rencontrées. Elle m'avait paru confiante et courageuse, mais ce n'était qu'une couche de vernis pour masquer sa laideur.

Nicki soupira et se recula.

— Regarde ce type, là-bas.

Je me tournai et vis le reflet d'un client dans le miroir au-dessus du bar. Il avait la trentaine, ses cheveux bruns coiffés de manière décontractée devaient en réalité exiger beaucoup d'efforts et des produits coûteux pour avoir cette apparence. Il portait un costume et une montre en or.

Nicki poursuivit en le jaugeant :

— Je suppose qu'il travaille dans la finance – il est trop bien habillé pour l'informatique. Famille riche, aussi, j'imagine. Ce costume vient de Savile Row.

— Et alors ?

— Tu te rappelles la femme sur la place ? Celle qui mendiait en prétendant lire l'avenir ?

— Quel rapport ?

— Tu crois qu'elle vaut autant que ce type au bar ?

— Elle n'a peut-être pas autant d'argent que lui, mais bien sûr que oui.

Nicki prit une noix de cajou dans le bol et la jeta dans sa bouche.

– Ah bon ? Et pourquoi ? Dis-moi ce qu'elle apporte à la société. Sûrement pas des impôts – je peux te garantir qu'elle ne déclare pas ce qu'elle gagne ou ce qu'elle vole. Son travail n'aide pas les gens, elle ne participe pas à l'économie. Elle ne crée pas d'art, pas de musique qui élève l'âme humaine, se moqua Nicki. Et en plus elle sent mauvais.

Mon estomac se révolta.

– C'est dégoûtant de parler comme ça de quelqu'un.

– Non, c'est la vérité. Certaines personnes ont plus de valeur que d'autres pour la société. Je n'insinue pas qu'elle ne vaut rien, mais qu'elle ne vaut pas *autant*. Il est stupide d'affirmer que tout le monde est égal juste pour se donner bonne conscience. On en a parlé à l'aéroport – nous sommes plus intelligentes que d'autres. Je croyais que tu comprenais ça.

– Être plus intelligent que quelqu'un ne signifie pas qu'on vaut mieux.

Je ne cherchais pas à être politiquement correcte, j'étais bel et bien révoltée. Décider que certaines vies valaient plus que d'autres était… insupportable.

– Si.

Elle se pencha un peu plus vers moi, les coudes sur la table, avant de reprendre :

– Imagine que tu doives te faire opérer et que l'hôpital te propose deux médecins. L'un est un spécialiste avec trente ans d'expérience, diplômé de Harvard. L'autre est à peine diplômé d'une obscure faculté de médecine et n'a même pas remonté sa braguette quand tu le rencontres. Lequel choisirais-tu ?

— C'est stupide, grommelai-je.

— Non, c'est réaliste. Tu choisirais le médecin expérimenté, n'est-ce pas ?

— Oui, mais ce n'est pas la même chose que juger les gens en fonction de leur race ou de leur sexe.

Nicki secoua la tête d'un air agacé.

— Je me fiche de la race et du sexe – je parle de *valeur*. Connor avait une valeur très limitée – il était superficiel, vaniteux, et c'était un branleur. Même si tu ne veux pas l'admettre, la scientifique en toi sait que c'est vrai. Certaines choses valent plus que d'autres, pareil pour les gens. Au fond de toi, tu sais que tu vaux mieux.

Je me pinçai le nez.

— Non. Et même si je le pensais ça ne signifie pas que tu peux… tuer quelqu'un que tu considères comme inutile, complétai-je en baissant la voix.

— Certainement pas tout le monde. Juste ceux qui se mettent en travers de mon chemin.

Elle s'exprimait d'un ton léger, comme si nous discutions du choix d'un cocktail.

— Connor ne s'était pas mis en travers de ton chemin !

— Non, il était en travers du tien ! répliqua-t-elle en me montrant du doigt. Ma mère est en travers de mon chemin, ce qui nous ramène au début de cette discussion. Tu me dois un meurtre.

Nicki rajusta une mèche de cheveux derrière son oreille, puis elle poursuivit :

— Elle passe son temps à boire – ça devrait être facile de maquiller ça en accident, mais tu dois choisir un moment où j'ai un alibi en béton. Sinon, la police me soupçonnera – j'ai un sacré mobile.

Je me reculai de la table si vite que mon fauteuil émit un grincement.

— Il faut que j'aille aux toilettes.

Je me précipitai vers le fond du pub, suivant les petits panneaux WC.

J'ouvris la porte à la volée, soulagée qu'il n'y ait personne. Je me penchai sur la cuvette, certaine que j'allais vomir, mais rien ne vint à part de la salive acide. Au bout d'une minute, j'allai m'asperger le visage d'eau froide.

Nicki était folle. Il était déjà assez grave qu'elle puisse avoir tué Connor pour se venger s'il lui avait fait du mal, mais le tuer sans aucune raison personnelle, c'était sacrément tordu.

Je me regardai dans le miroir et me demandai ce que je devais faire. J'eus alors l'idée parfaite. J'allais la prendre en photo, pour au moins pouvoir la montrer à Alex. Cela prouverait son existence, et nous pourrions établir un lien entre elle et l'article qu'elle m'avait envoyé.

Je sortis en trombe des toilettes et faillis renverser une serveuse qui portait un grand plateau. J'esquivai un groupe attroupé au bar, brandissant mon téléphone devant moi, prête à la photographier. Puis je m'immobilisai et j'abaissai lentement le bras.

Notre table était vide, à part deux verres dont la condensation commençait à former une petite flaque sur la table et mon manteau toujours posé sur le dossier du fauteuil. Nicki avait disparu. Je regardai autour de moi, scrutant les visages dans le pub bondé, mais aucune trace d'elle.

— Elle est partie, murmurai-je.

— Voilà pour vous, dit une serveuse en posant l'addition sur la table.

— Vous avez vu une fille assise à cette table ?

— Non, désolée, répondit-elle en haussant les épaules.

Je l'écartai pour regarder vers le bar.

— Où est notre serveur ? Cheveux noirs, moustache ?

— Simon ? Il a terminé son service. Il est parti.

J'avais envie de l'attraper par les épaules, de la secouer.

— Il faut que je lui parle.

Il avait vu Nicki – peut-être même qu'il avait entendu une partie de notre conversation.

La serveuse eut un sourire en coin.

— Désolée, ma belle, il a déjà quelqu'un.

— Je ne veux pas sortir avec lui – je dois lui poser une question.

Elle s'essuya les mains sur son tablier.

— Vous pouvez lui laisser un mot si vous voulez.

Je m'effondrai dans le fauteuil.

— Laissez tomber, marmonnai-je.

Elle tapota l'addition de son ongle effilé.

— Vous voulez encore un verre ou vous réglez ?

Nicki m'avait laissé l'addition. Le gin qu'elle avait choisi coûtait cher, en plus. Je posai des billets sur la table. Ce n'était pas ainsi que j'avais imaginé dépenser le salaire de mon boulot d'été. Je devrais me montrer plus maligne la prochaine fois que nous nous verrions. Si je voulais qu'on me croie, il me faudrait des preuves.

Elle reviendrait. Ça, j'en étais sûre – elle croyait que j'avais une dette envers elle. Elle n'abandonnerait pas, et moi non plus.

SEIZE

22 AOÛT
J-9

Mon professeur d'informatique préféré, Mr Donald, disait toujours que face à une question difficile en maths il fallait commencer par définir le problème.

Je repensai à ce conseil, assise sur un banc dans un parc à regarder défiler les passants. C'était de loin le problème le plus ardu que j'avais jamais eu à résoudre. Il n'était pas surprenant que je sois dans tous mes états, mais si je voulais m'en sortir il fallait que j'arrête de laisser libre cours à mes émotions et que j'affronte la situation comme une équation de haut niveau.

Je m'étais assise à côté de la mauvaise personne dans l'avion. Je n'étais pas en psychologie, je ne connaissais pas le mot compliqué pour la diagnostiquer, mais je savais qu'elle était complètement tarée. Elle avait tué Connor, elle attendait que je tue sa mère, et elle n'avait pas l'air de trouver ça dingue du tout.

Je passai en revue mes options. La solution la plus évidente consistait à alerter la police, mais je n'étais pas convaincue qu'on me croirait. Si on fouillait dans mon passé et qu'en plus on découvrait que Miriam avait fait chanter Connor parce qu'il s'était comporté comme un porc, j'aurais l'air suspecte. Miriam avait été assez loin de lui sur le quai, mais moi, plus proche, j'aurais très bien pu l'avoir poussé, peut-être pour notre bénéfice commun. Et à moins que Nicki avoue, il n'existait aucun lien entre elle et moi ou Connor.

Le plus sûr était de rentrer à la maison. J'envoyai un e-mail à ma mère pour lui demander de regarder les billets. Je reçus presque aussitôt un long message qui se résumait à *Tu peux rentrer si tu en as absolument besoin, mais je pense que ce serait une erreur.* Je me tordis les mains. Comment lui expliquer pourquoi j'avais tant besoin de rentrer sans lui révéler la vérité ? Ma mère pensait déjà que j'étais un échec – si elle apprenait cette histoire, sa déception atteindrait des sommets. Elle se dirait qu'elle, au moins, ne s'était jamais laissé manipuler par une psychopathe quand elle avait mon âge et qu'elle savait que mes frères et sœurs zygotes congelés n'auraient sûrement jamais fait ça non plus. J'imaginais les titres de son blog : « Que faire quand votre enfant devient ami avec un assassin », ou bien : « Quand vos enfants déraillent, ce n'est pas votre faute. »

Je fermai ma messagerie et j'envisageai de monter une opération pour coincer Nicki. Je m'arrangerais pour la voir et la faire avouer pendant que j'enregistrerais la conversation. Je jouai avec la fonction « enregistrer » de mon téléphone. Hmmm. Ça pouvait marcher. Quand la police l'entendrait, elle l'arrêterait.

Il faudrait que je la pousse à dire quelque chose de compromettant. Cependant, elle risquait de deviner ce que je mijotais et, si elle découvrait que je l'enregistrais, elle réagirait très mal.

C'est alors que la solution m'apparut. Si simple que je m'étonnai de ne pas y avoir pensé avant. J'éclatai de rire et m'écriai :

— Problème résolu !

Une vieille femme qui passait me jeta un regard inquiet et s'éloigna sur le trottoir. Je m'en moquais. J'avais envie de sauter de joie.

Je me demandais comment pousser Nicki à avouer, mais ce n'était pas la bonne question. Mon problème n'était pas ce qu'elle avait fait, ni de l'avoir rencontrée. Mon véritable problème était ce qu'elle voulait me faire faire. Il me suffisait de refuser.

Non. Je ne vais pas tuer ta mère alcoolique. Va te faire voir.

Que pourrait-elle faire alors ? Ce n'est pas comme si nous avions signé un contrat. Elle ne pouvait pas me traîner devant le tribunal pour m'obliger à tuer quelqu'un. Elle ne pouvait pas me dénoncer à la police pour ne pas avoir tenu parole – après tout, *elle* était coupable de meurtre. Tant que je prenais garde à ne jamais me trouver seule avec elle, elle ne m'attaquerait pas physiquement.

Il faudrait bien qu'elle comprenne que je n'étais pas comme elle. Peut-être qu'elle finirait par disparaître, par chercher un autre psychopathe pour assouvir ses envies de meurtre. Si elle me contactait à nouveau, je refuserais. Je ne pouvais pas revenir en arrière pour sauver Connor, mais au moins je pouvais faire en sorte que les choses n'empirent pas.

Je gravis les marches du perron de Metford quatre à quatre, plus légère que lorsque je les avais descendues quelques heures plus tôt. J'avais juste le temps de me rafraîchir un peu avant d'aller retrouver Alex. Je rêvais de rouleaux de printemps.

Dès que j'entrai dans le hall, je retombai sur Terre. Tasha était assise sur le canapé avec Alex. Tous deux avaient le visage tendu, sérieux.

Quand elle m'aperçut, Tasha se leva.

— Kim, j'aimerais te parler.

Alex se précipita vers l'escalier sans croiser mon regard. *Que lui a-t-il raconté ?*

Tasha me fit signe de m'asseoir dans un fauteuil en face d'elle.

— Tu veux une tasse de thé ?

Mais qu'avaient donc les Anglais avec leur besoin compulsif de boire du thé dès qu'une situation stressante se présentait ?

— Non, merci.

Tasha se recula dans son siège, faisant tinter ses bracelets.

— Tu n'as rien à me dire ?

Ce que Tasha ignorait, c'était que ma mère était experte à ce petit jeu. Elle m'avait fait avouer un certain nombre de méfaits avant que j'apprenne à me taire jusqu'à savoir de quelles informations elle disposait exactement. Je secouai la tête. Nous nous observâmes en silence.

Tasha passa les mains dans ses cheveux.

— Pourquoi tu ne m'as pas prévenue que tu étais sortie avec Connor ?

Alex, comment tu as pu ? Mon rythme cardiaque s'affola. Si j'avais été reliée à un électrocardiogramme, il se serait mis à biper de partout.

— Ça ne me paraissait pas important.

Elle leva un sourcil très bien épilé.

— Ça ne te paraissait pas important d'indiquer que vous aviez eu une relation ? Même quand la police t'interrogeait à propos de lui ?

— On n'était plus ensemble.

— Quand même, vu ce qui lui est arrivé, perdre quelqu'un qui a été important pour toi doit avoir été terrible.

Je me mordis les lèvres. Je devais faire attention à ce que je racontais.

— C'était dur, mais je n'avais pas envie d'en parler.

Tasha hocha la tête.

— Je comprends. Alex s'inquiète pour toi. Il pense que tu es un peu obsédée par la mort de Connor... que tu veux à tout prix comprendre ce qui s'est passé. D'après lui, tu es convaincue qu'il ne s'agit pas d'un accident.

A-t-il aussi évoqué Nicki ?

Je croisai les bras devant la poitrine.

— Je ne suis pas obsédée. J'ai l'impression que tu m'accuses de quelque chose.

Elle se pencha vers moi.

— Écoute, je suis de ton côté.

— Je ne suis pas dans un camp, répliquai-je. Je suis juste perturbée. Pas parce qu'on sortait ensemble, mais parce que c'est horrible. Je n'aurais peut-être pas dû me taire, mais je te le répète, je n'avais pas envie d'en parler.

— Et cette personne qui t'a envoyé l'article ?

Je serrai les dents.

— Je ne sais pas qui a fait ça.

— Il faut en informer la police. À mon avis, Alex a raison, quelqu'un croyait te rendre service avec cet article, mais il faut que les autorités soient au courant.

J'eus envie de la supplier de ne pas le faire, mais je savais que ça ne fonctionnerait pas. Tasha n'était pas du genre à se laisser émouvoir par les larmes.

— D'accord, marmonnai-je.

Je me levai de mon fauteuil et me dirigeai vers l'escalier principal sans me retourner. C'était vrai, il n'y avait pas grand-chose à dire sur ma relation avec Connor, mais ce n'était pas l'impression qu'auraient les policiers quand ils commenceraient à poser des questions.

DIX-SEPT

22 AOÛT

J-9

Alex se leva dès que j'entrai dans le restaurant thaï peu après quatre heures. Il se trémoussait, mal à l'aise, comme s'il ne savait pas quoi faire de ses bras et de ses jambes, pareil à un chiot – aussi maladroit qu'adorable.

— Je t'ai commandé un Coca Light.

— Merci.

Dès que je m'assis, je me mis à déchiqueter ma serviette en papier, arrachant de fines lanières roses que je laissais tomber sur mes genoux. L'odeur du curry et des épices flottait dans l'air tel un brouillard.

— Je suis content que tu sois là. Je n'étais pas sûr que tu viendrais.

Je ne répondis pas. Alex prit une profonde inspiration, comme s'il s'apprêtait à se jeter dans le vide.

— Écoute, je suis désolé d'avoir parlé à Tasha. Je comprendrais que tu sois en colère et que tu ne veuilles plus me parler, mais je devais le faire. J'étais inquiet pour toi.

— Tu n'as pas à t'inquiéter.

Mon cœur vibra d'entendre qu'il se préoccupait de moi. Je m'aperçus que je n'étais pas en colère contre lui. J'ignorai mon reflet dans le miroir à l'autre bout du restaurant. Je ne voulais pas voir les cernes sous mes yeux. J'agitai la main, faisant tomber les lambeaux de serviette au sol.

— Je vais bien.

Alex cilla, mais ignora mon mensonge.

— Ce que tu éprouves pour Connor est normal. Il t'a fait du mal, et maintenant il est mort, ça doit être très dur…

— Tu n'as pas idée, murmurai-je, puis je me forçai à fermer la bouche pour ne pas en dire trop.

Alex fit la grimace. La serveuse posa une assiette remplie de rouleaux de printemps sur notre table, et l'atmosphère parut se détendre un instant.

— Pas de crevettes, dit-elle avant qu'Alex pose la question.

Elle était habituée à ses allergies à présent.

J'attendis qu'elle s'éloigne.

— Désolée. Je sais que je suis stressée, que je me comporte bizarrement et que tu voulais juste m'aider, mais ça pourrait m'attirer des ennuis.

— Tu n'en auras pas.

— Et si les policiers croient que j'ai fait quelque chose à Connor ?

— Ils ne penseront pas ça.

Je secouai la tête. Ce n'était pas si simple. J'avais un mobile pour me venger de Connor.

— Ils ne peuvent pas croire que tu as fait quoi que ce soit. Tu as un alibi.

Il saisit un rouleau de printemps et le déposa dans son assiette.

— Fais attention, ils sont très chauds. J'ai dit à Tasha que tu étais juste à côté de moi quand Connor est tombé. Ils ne peuvent pas t'accuser. Je suis témoin de ton innocence.

Alex n'était pas à côté de moi. La foule sur le quai nous avait séparés et au moins cinq ou six personnes se trouvaient entre nous. J'étais plus proche de Connor que de lui. Je compris alors l'impact de ses mots.

— Pourquoi mentir pour moi ?

— Parce que je sais que tu n'as rien fait à Connor. Ce n'est pas un mensonge. Je fais simplement en sorte qu'ils ne se lancent pas sur une fausse piste.

Mon cœur s'arrêta. Je n'arrivais pas à croire qu'il fasse une chose pareille pour moi. Il me croyait. Assez pour mentir, pour me protéger.

Alex se pencha vers moi.

— Ce que les flics devraient se demander, c'est pourquoi quelqu'un t'a envoyé cet article. Elle t'a contactée à nouveau, hein ? C'est pour ça que tu as disparu aujourd'hui.

— Non.

Au fond, ce n'était pas un mensonge. C'était moi qui avais contacté Nicki, pas l'inverse. J'avais envie de tout raconter à Alex. Je rêvais de partager avec lui ce qu'elle m'avait dit, mais je ne pouvais pas lui faire confiance pour garder le silence.

— Je croyais avoir trouvé le moyen de la retrouver.

Alex plongea son rouleau de printemps dans la sauce aigre-douce.

— Qu'est-ce que tu aurais fait si tu l'avais trouvée ? Même si elle n'est pas coupable de meurtre, elle a clairement un problème. Sinon pourquoi t'avoir envoyé cet article ? Pour une raison ou une autre, elle fait une fixation sur toi. Les gens comme elle peuvent être dangereux.

— Alors tu me crois, quand je dis qu'elle existe ?

Ma voix sortit si ténue qu'elle se perdit presque dans le fracas de vaisselle de la cuisine ouverte.

Alex posa sa fourchette.

— Bien sûr. Mais je n'étais pas sûr que ce soit elle qui t'avait envoyé l'article.

Il baissa les yeux puis secoua la tête et m'effleura la main.

— Je veux t'aider, mais j'ai l'impression que je m'y prends de travers.

Je lui donnai un léger coup de pied sous la table.

— Ça va. Je ne suis pas en colère.

— Vraiment ?

— Comment pourrais-je en vouloir à un homme qui porte ce tee-shirt ?

De ma fourchette, je désignai sa poitrine, où était écrit : « IL Y A DEUX CATÉGORIES DE PERSONNES : CEUX QUI COMPRENNENT LE BINAIRE, ET CEUX QUI NE LE COMPRENNENT PAS. »

Alex regarda son tee-shirt.

— Je me suis dit que si quelqu'un pouvait comprendre une blague de programmateur, ce serait toi.

— Merci d'avoir proposé de me fournir un alibi. Personne ne m'a jamais protégée comme ça.

C'était vrai. Mes parents s'inquiétaient pour moi, mais ils se préoccupaient surtout de ce que les autres pensaient d'eux en tant que parents. Alex se préoccupait de moi. Il savait que j'avais de la valeur, et ça commençait à me donner confiance en moi.

— Tu es mon prince charmant.

Alex rougit, ce qui fit disparaître les taches de rousseur sur son nez.

— J'ai toujours su que ces années à jouer à des jeux de rôle et à regarder *Le Seigneur des anneaux* finiraient par payer.

La serveuse apporta un pad thaï.

— Vous partagez ?

Nous acquiesçâmes et elle posa le bol au milieu de la table.

— Je ne crois pas que ce soient les jeux, dis-je.

— Ça m'a appris à me comporter courageusement.

— Tu ne te comportes pas courageusement. Tu *es* courageux.

Il sourit. Puis il me prit la main et la serra fort.

DIX-HUIT

23 AOÛT
J-8

Je pensais encore à Alex et au contact de sa main en dévalant l'escalier, espérant que ma lessive soit terminée pour que je puisse mettre mes vêtements au sèche-linge et arriver à l'heure au rendez-vous avec Sophie. J'évitais tout le monde à part Alex, mais je ne voulais pas perdre le lien avec le reste du groupe. Sophie semblait être le point de contact le plus facile.

Au sous-sol, les machines n'en faisaient qu'à leur tête : elles enfermaient et faisaient tourner notre linge pendant une durée indéterminée avant de décréter qu'elles avaient accompli leur tâche. On avait essayé de chronométrer le cycle, mais il paraissait aléatoire. Parfois, le lavage durait quarante minutes, d'autres fois la machine faisait bouillir vos habits pendant des heures et refusait de s'ouvrir, quel que soit le bouton que vous enfonciez. En soi, rien de grave, sauf que, dès le signal de fin, quelqu'un sortait vos affaires et les entassait, humides, sur une table de pliage à la propreté douteuse.

— Ah, te voilà. Je commençais à croire que tu avais abandonné tes affaires.

Je me figeai sur place. Nicki était assise sur une table, les jambes croisées. Un rayon de soleil qui filtrait par l'une des fenêtres près du plafond empêchait de distinguer son visage. Elle décroisa les jambes telle une araignée se précipitant sur une proie prise dans sa toile. Elle s'immobilisa un instant au bord, puis sauta à terre.

— Tu sais, il faut faire attention dans les laveries, il y a toujours des pervers pour venir voler les petites culottes, lança-t-elle avec un clin d'œil.

Je tâtai lentement mes poches. Je n'avais pas mon téléphone. Je l'avais laissé en haut. Nicki sourit d'un air entendu. Tant pis pour l'enregistrement.

— J'ai mis tes affaires à sécher. Ne me remercie pas.

Ça, elle aurait pu attendre longtemps.

— J'ai un cadeau pour toi.

Je reculai d'un pas.

— Je ne sais pas ce que c'est, mais je n'en veux pas.

Sans se démonter, elle posa un petit carré de papier sur la table.

— C'est l'adresse où tu trouveras ma mère.

Je déglutis et fis de mon mieux pour rester calme et me rappeler ma stratégie.

— Je refuse de faire du mal à ta mère.

— Tu pourras la tuer ce soir, poursuivit Nicki comme si je n'avais pas parlé. Je ne serai pas à la maison, et puis elle a commencé à boire tôt. Elle avait entamé un pichet de mimosa quand je suis partie. Elle prétend que des amis doivent la rejoindre, mais c'est juste une excuse. Elle est déjà pompette et il n'est pas encore midi. Elle croit qu'elle ne peut pas être alcoolique si elle boit dans de jolis verres en cristal. Elle va continuer toute la journée, et ce soir elle sera KO. Ça sera de la tarte, conclut-elle en gloussant.

— Je ne m'introduirai pas chez toi par effraction.

— Ne t'inquiète pas, tu n'en auras pas besoin. La porte de derrière ne ferme pas à clé, elle est cassée depuis une éternité. La police ne manquera pas de le remarquer quand elle viendra chercher le corps. Dans cette ville, laisser une porte ouverte, c'est chercher les ennuis.

Nicki secoua la tête comme si la stupidité de sa mère la consternait. Puis elle arpenta la buanderie tel un général lors d'une inspection.

— Je peux te dessiner un plan de la maison pour que tu t'orientes plus facilement. Fais attention à la troisième marche en montant – elle grince. Le mieux, ce serait que tu fasses passer ça pour un accident. Mais je te laisse voir. Elle prend pas mal de médocs. Si elle dort, tu pourrais lui glisser des cachets dans la bouche, elle les avalera sans même s'en rendre compte. Assure-toi de lui en donner assez. Je ne veux pas qu'elle se réveille demain matin avec une simple migraine après avoir vomi.

Nicki marqua une pause et réfléchit.

— Je crois que l'idéal serait de monter à l'étage et de faire du bruit pour l'attirer sur le palier. Quand elle sera en haut de l'escalier, tu la pousses un bon coup. Elle ne tient déjà pas debout quand elle est sobre, alors bourrée, elle dévalera les marches comme un tonneau. Personne ne sera surpris si ça lui arrive. Le mois dernier, elle s'est cassé le nez en se cognant contre une porte. Elle a essayé de faire croire au médecin qu'elle courait pour répondre au téléphone, mais il ne l'a pas crue. Tu parles, elle transpire du gin !

L'odeur de lessive mêlée à la moisissure me donnait la nausée. Je secouai la tête pour tenter de m'en libérer, mais Nicki crut que j'objectais.

Elle leva les deux mains, comme pour déclarer forfait.

— Si tu ne veux pas t'y prendre comme ça, aucun problème – c'est toi qui vois. Je ne fais que te soumettre des propositions. Mais, rappelle-toi, on a des voisins, il ne faut pas faire trop de bruit.

Le sèche-linge tinta et elle l'ouvrit. Elle sortit mes habits, les posa sur la table et remit un jean à l'intérieur. Elle inséra quelques pièces, et la machine repartit avec un chuintement.

— Ces trucs-là ne sèchent jamais du premier coup.

Elle se mit à plier mes affaires avec maniaquerie, comme si elle travaillait dans un magasin de vêtements. Elle ramassa le morceau de papier avec l'adresse et le glissa dans la poche d'un de mes chemisiers, qu'elle tapota doucement à la manière dont on borde un enfant.

— Tu es cinglée.

Nicki éclata de rire. Elle brandit ma polaire grise.

— Je te conseille de mettre ça. Ce matin, j'ai vissé une ampoule grillée au-dessus de la porte de derrière, mais les voisins d'à côté éclairent leur jardin comme une grande roue. Ils ne sont pas trop fouineurs – ils ont l'habitude d'entendre ma mère se cogner, pleurer et tout ça, mais ils ouvrent l'œil. Ne te faufile pas. S'ils voient que tu fais trop attention, ils appelleront les flics. Les vieux sont parano.

Ne t'inquiète pas pour la maison de l'autre côté, elle est en vente, personne n'y vit.

Je lui arrachai ma polaire des mains. Mon cœur battait si fort que je m'attendais presque à ce que mon tee-shirt se gonfle sous ses coups contre ma cage thoracique.

— Dans quelle langue faut-il que je te le dise ? Je ne ferai pas de mal à ta mère.

Alors que ces mots sortaient de ma bouche, je visualisais la scène dans ma tête. M'introduire dans le jardin, refermer la grille derrière moi. La maison de Nicki serait plongée dans le noir. Je gravirais lentement l'escalier, me souviendrais au dernier moment d'éviter la troisième marche. Puis je me dresserais au-dessus de sa mère, dans l'odeur d'alcool rance qui flotterait dans la pièce, un coussin brandi au-dessus de son visage, et je me ferais violence pour l'enfoncer sur son visage jusqu'à ce qu'elle ne puisse plus respirer.

— Pourtant, tu me l'as promis, répliqua Nicki.

Je ramassai mes affaires sur la table, j'arrêtai le sèche-linge pour récupérer mon jean. Tant pis s'il était humide. Elle me faisait peur.

— Je ne t'ai rien promis.

Nicki me barra le passage. La décharge d'adrénaline me fit l'effet d'une flèche plantée dans le cœur.

— Pourquoi tu te comportes comme ça ? demanda-t-elle.

— Je ne veux plus jamais te voir.

Ma voix stridente résonna dans la pièce vide. Si elle m'attaquait, je crierais. Je me répétai qu'il y avait du monde à l'étage. Quelqu'un m'entendrait sûrement. Alex volerait à mon secours.

Nicki pinça les lèvres, elle paraissait au bord des larmes.

— Je ne comprends pas.

Elle avait l'air sincère. Je n'avais pas l'intention de lui donner d'explications. Je sortis dans le couloir, m'attendant presque à ce qu'elle me retienne, mais elle s'écarta. Mes mains tremblaient, je parvenais à peine à tenir mon tas de linge propre.

— Laisse-moi tranquille.

Je gravis les marches en courant, mais je l'entendis tout de même derrière moi.

— Tu sais que ce n'est pas possible.

DIX-NEUF

23 AOÛT
J-8

Je refusai de penser à Nicki pendant le reste de la journée, comme s'il s'agissait d'un démon qui apparaissait quand on prononçait son nom. Je savais que je devais faire quelque chose pour résoudre cette situation, mais je ne voulais pas d'elle dans mon esprit. Je me concentrai tellement pour l'éviter qu'à la fin de la journée je ne pensais plus qu'à des viennoiseries. Je choisissais un croissant dans mon café préféré quand j'entendis derrière moi :

— Prends-en plutôt un au chocolat – ils sont meilleurs.

Je reconnus aussitôt la voix de l'inspectrice.

— Mettez-en deux au chocolat, c'est moi qui invite, lança-t-elle au vendeur.

— Ce n'est pas la peine, grommelai-je.

Je serrai mon sac contre moi comme si je craignais qu'elle me l'arrache.

— Pas de problème. On pourra les manger ensemble à Metford pendant qu'on discute.

— J'ai rendez-vous avec des amis, tentai-je, sachant qu'elle ne me laisserait pas m'en sortir à si bon compte.

— Ce ne sera pas long.

— Je dois les retrouver ici. Je n'ai trop pas le temps.

— Très bien, parlons ici, soupira-t-elle. Assieds-toi.

Elle désigna deux tabourets face au bar, près de la fenêtre.

Le serveur appela mon nom et me tendit mon *latte*. La chaleur transperçait le gobelet en carton et me brûla la main. J'avais envie de m'enfuir en courant, mais je traînai les pieds jusqu'à l'endroit où l'inspectrice m'attendait. J'avais l'impression de porter des bottes en plomb, comme si j'étais morte.

Le reste de notre groupe entra en riant. Malheureusement, je ne mentais pas. Kendra donna un coup de coude à Jazmin, et tout le monde se tourna vers moi. Alex s'avança dans ma direction, mais je secouai la tête. Je devais régler ça seule.

Ils firent alors mine d'être absorbés par le choix d'un café et par la vitrine des viennoiseries, alors qu'ils tendaient l'oreille pour écouter ce que nous disions. Malgré mon regard noir, ils ne bougèrent pas. J'étais agacée qu'ils considèrent ma situation comme un divertissement.

— Je suis l'inspectrice Sharma, au cas où tu l'aurais oublié.

Elle prit un bout de sa pâtisserie et la mit dans sa bouche. Ses cheveux tirés en arrière étaient si serrés qu'ils semblaient peints à même son crâne, comme ceux d'une poupée. Nous en étions encore aux préliminaires amicaux.

Je sirotai mon *latte*.

— Tasha vous a parlé de Connor, commençai-je d'une voix aussi basse que possible. Vous vous demandez pourquoi je ne vous ai pas dit que j'étais sortie avec lui, ajoutai-je après qu'elle ait acquiescé.

— Oh, non. J'ai ma petite idée là-dessus.

Ma main trembla, renversant une goutte de *latte* sur le bar en bois. Sa réponse était inattendue.

— Oh.

L'inspectrice Sharma poussa l'assiette contenant les croissants vers moi.

— Je comprends parfaitement pourquoi tu n'en as pas parlé. Vous avez cassé, cette chose horrible est arrivée, tu as eu peur qu'on établisse un lien. Il se trouve que j'adore la police, mais ce sentiment n'est pas toujours partagé. La plupart des gens préfèrent nous éviter, si possible.

Elle sourit. Des miettes de croissant restaient collées à ses lèvres, qui me firent penser à des lambeaux de peau.

— C'est humain, enchaîna-t-elle. J'ai vérifié mes notes et j'en ai discuté avec l'inspecteur Fogg. Tu ne nous as pas menti. Tu n'as pas évoqué ta relation avec Connor, mais nous ne t'avons pas non plus posé la question.

J'inspirai profondément.

— C'est vrai, je ne vous ai pas menti, répétai-je à voix haute pour que le groupe à la caisse m'entende.

Alex m'adressa un hochement de tête encourageant.

— On dirait que ce jeune homme t'a brisé le cœur.

Je haussai les épaules.

— Ça m'a fait mal, mais ça arrive, il faut passer à autre chose…

Je laissai ma phrase en suspens. Je ne savais même pas où je voulais en venir. Elle attendit que je poursuive, mais je fixai le bar, comptant les cercles dans le bois vernis.

— Il paraît que le premier amour est le plus fort.

— Ouais, marmonnai-je. Mais ce n'était pas vraiment de l'amour. Tasha vous a parlé de l'article de journal, j'imagine.

— Tu l'as sur toi ?

— Non, je l'ai jeté.

L'inspectrice Sharma hocha la tête.

— Il n'y avait pas un mot, une adresse, rien ?

— Non.

— Dans ce cas, on ne peut pas faire grand-chose. Je voulais juste que tu saches qu'on s'est renseignés sur ton histoire avec Connor.

Elle sourit à nouveau, se lécha les lèvres pour en retirer les miettes, et j'eus soudain l'impression qu'elle cherchait à me mener quelque part, à la véritable raison de sa visite.

Je commençai à regretter de ne pas avoir accepté d'aller à Metford pour que nous puissions discuter en privé.

— J'ai aussi parlé à tes parents.

Je fermai les yeux. *Oh-oh*. La machine à espresso hurla, projetant de la vapeur en l'air.

— Ta mère a beaucoup insisté pour me faire comprendre que tu étais une fille exceptionnelle. Elle n'a pas une haute opinion de Connor.

J'aurais pu parier qu'elle avait eu beaucoup à dire sur le sujet. On ne pouvait pas accuser ma mère de dissimuler ses émotions.

— Il n'est pas inhabituel que les parents n'apprécient pas le compagnon de leur enfant. Évidemment, « personne n'est assez parfait pour ma petite fille ». Mais tu veux savoir ce que j'ai trouvé le plus intéressant dans tout ce qu'elle m'a raconté ?

Ma gorge se serra. Je peinai à faire sortir un « non » si faible que la policière dut se pencher pour m'entendre.

— Le plus intéressant, c'est qu'elle m'a appris que tu n'étais jamais sortie avec Connor O'Reilly.

J'entendis Alex hoqueter derrière moi, puis son gobelet se renversa à terre.

Ma mère clamait à qui voulait l'entendre qu'elle était écrivaine – elle se prenait pour Hemingway version blogueuse, la Jane Austen d'Internet. La plupart du temps, elle se cantonnait à son blog, mais parfois elle entrait dans une phase où elle se mettait en tête d'écrire un roman. Soit elle en commençait un nouveau, soit elle reprenait un projet qu'elle traînait depuis des années.

Elle se plongeait alors dans une atmosphère propice. Son bureau était rempli de bougies parfumées, de cristaux, et une vieille machine à écrire, une Underwood dénichée sur eBay, était supposée lui donner de l'inspiration. La pièce ressemblait plus à la photo d'un bureau d'écrivain sur Pinterest qu'à un véritable espace de travail.

Quand elle parlait de son livre, mon père prenait une expression peinée, prêt à devenir dentiste itinérant pour pouvoir quitter la ville jusqu'à ce que sa lubie passe. Nous faisions des efforts à la maison pour lui laisser plus de temps pour écrire, mais si elle voyait la moindre assiette dans l'évier elle fondait en larmes et se plaignait que personne ne la prenait au sérieux en tant qu'artiste.

La muse de ma mère était une vraie emmerdeuse.

Malgré tout, elle avait un jour dit quelque chose qui m'avait marquée : « Chaque mot fait une différence. »

Par exemple l'expression « sortir avec ».

Ce n'est certainement pas la seule manière de décrire ce type d'interaction. Ce n'était pas la description la plus juste de ma relation avec Connor. Moi-même, je le savais – même si je n'étais pas écrivaine comme ma mère. Toutefois je n'avais pas de meilleurs mots pour définir ce qui s'était passé entre nous. C'était si tordu que je ne le comprenais pas moi-même, sans parler de l'expliquer à quelqu'un d'autre.

— Comment as-tu rencontré Connor ?

Je fus brutalement rappelée à un présent insupportable. L'odeur du café, si attirante quelques instants plus tôt, me donnait la nausée.

— On a travaillé ensemble... Un boulot d'été..., marmonnai-je.

J'étais tombée amoureuse de Connor, ce qui était plutôt inattendu car je le connaissais depuis des années. Au lycée, nos casiers étaient côte à côte, et nous avions même été binôme de laboratoire pendant un an. Je ne me souvenais pas d'avoir eu des papillons dans le ventre pendant que nous disséquions une grenouille ou que nous tentions d'apprivoiser les microscopes antédiluviens. Nous fréquentions des groupes différents, mais nous avions des points communs. Nous étions intelligents, ni populaires ni impopulaires.

L'inspectrice Sharma consulta ses notes.

— Au Science Center, exact ?

Elle attendit que je confirme d'un hochement de tête.

— Je parie que c'était mieux que serveuse, ajouta-t-elle.

— Ouais. Ils organisent un stage d'été pour les enfants. On préparait les expériences : construire des bateaux propulsés par un ballon, faire dresser les cheveux sur la tête avec une lampe à plasma, ce genre de truc.

L'inspectrice Sharma avala le dernier morceau de son croissant puis s'essuya les lèvres.

— Ça a été le coup de foudre ?

— Non. Ça s'est passé à une fête.

Je ne pouvais pas regarder Alex. J'eus le désagréable sentiment que les autres tendaient l'oreille.

Je n'avais pas prévu d'y aller – je ne savais même pas pourquoi j'avais dit à Connor que je viendrais. Ce n'était pas mon genre de sortie, mais depuis qu'Emily était partie je me sentais seule, je m'ennuyais.

Dès mon arrivée, j'avais regretté d'être venue. Travailler avec Connor ne signifiait pas que j'appartenais à son groupe. J'avais vidé verre sur verre d'un punch qui m'avait semblé contenir autant de rhum que de jus de fruit.

L'inspectrice Sharma esquissa un sourire, le regard sévère.

— Donc tu l'as rencontré au travail, mais l'étincelle a jailli à cette fête ?

J'acquiesçai. J'étais déjà assez ivre quand Connor s'était assis près de moi, mais ce qui m'avait fait perdre la tête c'était quand il s'était penché pour m'embrasser. Un instant on discutait de notre chef, et l'instant d'après on s'embrassait.

Pas moyen que je raconte toute la vérité à l'inspectrice Sharma. Je ne voulais pas prononcer ces mots. Ce soir-là, j'avais couché avec Connor. Juste comme ça. Et juste comme ça, j'étais tombée amoureuse de lui… ou du moins de l'idée que je me faisais de lui.

Je souffrais de le voir au travail, comme si chaque atome de mon corps tentait de se libérer pour être plus proche de lui. Quand il passait à côté de moi, je fermais les yeux et inspirais son odeur. Je l'enfouissais au plus profond de moi, ivre de son parfum.

— On est sortis ensemble à la fête, dis-je.

Le serveur appela Sophie, mais je ne me retournai pas. Je savais que le groupe était suspendu à mes lèvres, je ne voulais pas leur montrer que cela m'affectait.

— Pourtant, votre relation ne s'est pas vraiment renforcée.

— Pas vraiment, murmurai-je.

Nous nous étions revus plusieurs fois la semaine suivante. Je m'étais rendu compte plus tard qu'on ne faisait presque que s'embrasser. Mais je refusais d'en prendre conscience, comme si être avec lui allait me permettre de devenir une personne différente. Le genre de personne avec qui Connor sortait. Je ne m'étais jamais autorisée à reconnaître qu'il ne méritait pas mon attention.

Je haussai les épaules.

— D'un coup, il était tout le temps occupé. Il m'évitait. Plus il essayait de prendre de la distance, plus j'essayais d'arranger les choses.

J'omis de préciser que c'est à ce moment-là qu'il avait annoncé qu'il partait en Angleterre. Et que j'avais renoncé au prix de science.

— J'ai cru comprendre qu'il te trouvait trop sérieuse pour lui, que c'était juste une passade, pour s'amuser. Qu'il avait besoin d'espace, qu'il ne voulait pas avoir de copine.

Ou du moins il ne voulait pas de moi. Je serrai les dents. Connor s'était excusé de m'avoir donné une *fausse impression*. Il l'avait dit si calmement. Comme si ce n'était pas grave. Comme s'il ne m'avait pas arraché le cœur de la poitrine pour le jeter à la poubelle.

— Du point de vue de Connor, on n'est jamais sortis ensemble. On était juste des collègues qui couchaient ensemble. Ce n'était pas comme ça que je voyais les choses. J'étais blessée.

— À l'époque, il racontait que tu étais plus que blessée. Il prétendait que tu étais un peu obsédée.

Je fis la grimace. Je ne pouvais pas le nier. Je l'avais harcelé au travail, pendant les pauses, je le traquais dans les couloirs pour sentir son parfum ou l'entendre parler. Je terminais mon travail plus vite pour l'observer avec son groupe. Je le suivais jusqu'au café près du centre, feignant d'être surprise de le trouver là.

Avec le recul, je voyais bien que mon comportement était tordu. Pourtant, personne n'avait l'air de comprendre que ce qu'il m'avait fait était tout aussi grave – avoir cette proximité avec moi sans y accorder aucune importance. Non seulement il me rejetait, mais il me volait l'avenir que je voulais. Je n'arrivais pas à affronter la réalité. Je m'étais persuadée qu'il était stressé par l'approche de la rentrée et que si je tenais bon les choses s'arrangeraient entre nous.

L'inspectrice Sharma replaça une mèche de cheveux de son chignon.

— Il en a parlé à ses parents ?

— En juillet. Il y a environ un mois, maintenant. Ils ont appelé le Science Center, qui a appelé mes parents. Nous avons eu une réunion, où on m'a demandé de le laisser tranquille.

Vous ne connaissez rien à l'humiliation tant que votre chef ne vous a pas convoqué dans son bureau avec vos parents et le responsable des ressources humaines pour vous expliquer que harceler votre collègue n'est pas « un comportement acceptable ».

La seule personne qui avait l'air plus gênée que moi était mon père, qui aurait pu ignorer jusqu'à sa mort que j'avais une vie sexuelle. Pour lui, ce type de problématique parentale aurait dû concerner exclusivement ma mère. Mais elle non plus ne voulait pas de ce problème. Elle s'était contentée de répéter : « Pourquoi nous as-tu raconté que tu sortais avec ce garçon ? »

Parce que je croyais qu'on sortait ensemble ! Et même quand il m'avait fait comprendre que ce n'était pas le cas j'avais refusé de l'admettre. Ma mère était ravie que j'aie un petit copain. Enfin, je faisais quelque chose qu'elle maîtrisait. Nous étions allées faire du shopping, et elle m'avait même emmenée au Planning familial pour que je prenne la pilule. Et voilà qu'une fois de plus je me comportais d'une manière anormale. Je n'étais même pas fichue de sortir avec un garçon comme n'importe quelle fille. En revanche, elle aurait adoré que Connor me brise vraiment le cœur.

— Ta mère a dit que tu avais beaucoup souffert.

Je hochai la tête. Elle savait que j'avais souffert, mais elle ne le comprenait pas. Elle aurait su gérer une rupture *normale* en m'achetant une glace et en me massant le dos pendant que je pleurais, assise sur le bord de mon lit. Elle m'aurait assuré que je trouverais quelqu'un de mieux, et elle aurait pondu deux ou trois posts sur comment soutenir son enfant au cœur brisé. « Recoller les morceaux : dix manières d'aider votre enfant à se remettre d'une rupture. » Ou bien : « Cinq activités à faire avec votre ado pour lui remonter le moral. »

Mais elle ne savait pas quoi faire face à une relation à sens unique. Ma mère avait accepté mes amis imaginaires quand j'étais petite, en revanche elle trouvait les relations imaginaires d'une adolescente pathétiques, voire pathologiques.

— Malgré tout, tu as décidé de participer à ce voyage, poursuivit l'inspectrice Sharma.

Sa voix indiquait qu'elle saisissait mal mes motivations.

— Ma mère a insisté. Elle pensait que c'était la meilleure façon de l'oublier. De passer à autre chose.

— Et tu es passée à autre chose ?

Mon cerveau lutta pour trouver la réponse que la policière attendait de moi.

— J'essaie, parvins-je enfin à articuler.

C'était la vérité. Le temps avait fait son œuvre. Je comprenais que mes sentiments pour Connor étaient dictés par le manque de confiance en moi. Alex m'avait montré qu'une relation pouvait être différente. Qu'une personne qui tient à toi te fait sentir mieux, pas pire.

J'entendis alors la cloche de la porte tinter quand Alex se précipita hors du café. L'inspectrice Sharma et moi le regardâmes disparaître dans la foule sur le trottoir. Je sentis mon cœur lui courir après, le lien qui nous unissait se faisant plus mince, menaçant de se briser.

VINGT

23 AOÛT
J-8

Je promis à l'inspectrice Sharma de l'informer si je quittais la ville et je rattrapai Alex. Il marchait d'un pas vif vers Metford, la tête enfoncée dans les épaules. Je tirai sur son tee-shirt.

— Hé, attends.

Il s'arrêta, et je l'entendis soupirer avant de se retourner.

— Je peux tout t'expliquer, affirmai-je, pas si sûre d'en être capable.

— Pourquoi tu m'as raconté que tu étais *sortie* avec Connor ? Je ne comprends pas. D'abord tu n'en parles pas, ensuite tu m'avoues que c'est ton ex, et maintenant j'apprends que vous ne sortiez même pas ensemble. Je ne comprends pas.

— C'était… compliqué.

Je ne trouvai pas de meilleure explication. Alex croisa les bras devant sa poitrine.

— Mais avec moi, ce n'est pas censé être compliqué. Pourquoi ne pas me dire la vérité ?

— Parce que moi, je ne supporte pas la vérité ! éclatai-je. La vérité, c'est que j'ai couché avec lui. Je croyais qu'on sortait ensemble, je croyais que c'était mon copain, mais ce n'était pas ça. Il n'y avait que le sexe, mais j'étais trop stupide pour m'en rendre compte !

Une femme qui marchait sur le trottoir s'arrêta, comme pour entendre la suite.

Alex me prit par le bras et m'emmena plus loin, pour fuir les passants qui nous dévisageaient.

— Tu n'es pas stupide, déclara-t-il enfin.

Ma combativité s'évanouit. J'avais beau tenter de fuir la situation, elle finissait par me rattraper. Comment appelle-t-on quelqu'un qui couche avec un garçon une heure après leur premier baiser et qui ne comprend pas qu'il continue de la voir juste pour le sexe ? Je ne m'aimais pas particulièrement, mais je m'étais toujours considérée comme intelligente, et cet épisode me révélait que je ne l'étais pas. En tout cas, pas avec les gens.

— J'avais envie de croire que je lui plaisais.

— Écoute, je ne sais pas ce qui s'est passé entre toi et Connor, et ça ne me regarde pas. Tu ne me dois pas la liste des mecs avec qui tu as été.

— C'est le seul, murmurai-je.

Connor était le seul que j'aie jamais embrassé, à moins qu'on compte Dex, qui avait introduit sa langue dans ma bouche au bal de printemps en troisième.

Alex m'attira à lui.

— Je suis désolé qu'il t'ait fait du mal.

Je fermai les yeux et me laissai fondre contre lui. Alex était la première personne à me réconforter. Connor se fichait des sentiments que m'inspiraient ses actions. Ma meilleure amie était loin et se sentait coupable de ne pas être là. Mon père ne savait pas quoi dire, et ma mère était agacée que la situation lui ait échappé et l'ait mise dans l'embarras. Les mots d'Alex étaient comme de l'eau froide sur une brûlure, ils firent évaporer la douleur.

Nous restâmes ainsi, moi dans les bras d'Alex, les yeux fermés, au milieu du flot des passants sur le trottoir.

— Hé, les amoureux, vous êtes mignons, mais j'ai besoin de retirer de l'argent.

Une espèce d'ours en débardeur se tenait devant nous. Ses biceps ressemblaient à des poulets surgelés. Il nous adressa un signe de menton et je m'aperçus que nous nous tenions à quelques centimètres d'un distributeur de billets.

— Désolée, marmonnai-je, et nous nous écartâmes.

Je jetai un regard par-dessus mon épaule. Le type avait une épaisse fourrure de poils noirs. On aurait dit un loup-garou qui retirait des sous avant de terminer sa transformation.

J'éprouvai de la compassion pour l'homme-loup-garou. Ça devait être dur d'avoir quelqu'un à l'intérieur de soi, une personne méchante qui sortait quand on s'y attendait le moins.

— Je t'ai menti sur autre chose, avouai-je alors.

Alex serra les dents.

— OK.

— Tu te rappelles quand je t'ai dit que mon cousin organisait les voyages de ce groupe ?

— Ouais, les Ravens.

— C'est pas vrai, révèlai-je en regardant mes chaussures.

— Pourquoi as-tu besoin de me mentir ? demanda Alex en secouant la tête.

— Parce que j'ai envie de te plaire.

Alex donna un coup de pied dans un caillou.

— Bon sang, Kim, pourquoi tu crois que tu ne me plairais pas sans ça ? Tu me plais.

— Ce n'est pas si simple. Le premier jour, tu m'as parlé parce que nous avions ce groupe en commun. Tu as accepté de te mettre en binôme avec moi *après* que je t'en ai parlé. C'est pour ça que tu m'as remarquée.

Il recula d'un pas.

— Tu ne comprends rien. Tu me plais depuis la réunion d'information, avant même qu'on arrive ici. J'ai compté les jours jusqu'au départ, j'ai fait des listes de sujets de conversation avec toi.

Je secouai la tête, surprise.

— C'est... pas vrai.

— Si, c'est vrai. Je peux te dire comment tu étais habillée la première fois que je t'ai vue. Tu portais un short en jean, celui que tu as apporté pour le voyage, et un tee-shirt bleu layette avec des cercles dessus. Tu as demandé si on visiterait le musée des Sciences, et quand tu as ri tu as fait ce truc où tu te caches le visage en reniflant.

Je clignai des yeux, tentant d'encaisser les mots d'Alex. Je ne me souvenais même pas de lui à la réunion d'information. Mais je me rappelais vaguement avoir porté ce tee-shirt. C'était l'un de mes préférés. Il avait remarqué des détails que personne ne voyait. Il n'avait pas perçu l'image que je cherchais à montrer d'habitude, mais mon vrai moi. Reniflements compris.

— Je t'ai trouvée intéressante parce que tu étais jolie et intelligente. Bon sang, tu as fait une blague sur Charles Darwin. Quand j'ai cité *Star Wars*, tu as ri et tu ne m'as pas pris pour un geek. Tu savais même que c'était *L'Empire contre-attaque* et pas *Le Retour du Jedi*. Tu es la fille de mes rêves. Le premier jour, j'ai demandé à Jamal de proposer à Sophie de faire équipe avec lui pour qu'on se retrouve ensemble. Je n'aime même pas tant que ça les Ravens – c'était juste un prétexte pour t'aborder.

Je le regardai, interdite.

— Ah bon.

Je lui plaisais. Je savais que quelque chose naissait entre nous, mais je n'aurais pas imaginé ça. Il aimait la somme de mes parties, le tout – il ne choisissait pas à la carte. Et j'avais gâché cela.

Des larmes emplirent mes yeux.

— Je comprendrais si tu ne veux plus me parler.

Alex leva les bras au ciel.

— Aaarg ! Tu es impossible. Ce n'est pas ce que je veux dire. Je peux être en colère contre toi sans vouloir rompre.

L'air gela dans mes poumons.

— Donc… tu penses qu'on sort ensemble ?

Alex enfouit sa tête dans ses mains.

— C'est pas vrai, tu cherches à me rendre fou !

— Désolée, murmurai-je.

— Écoute, j'ai besoin d'être seul un moment, d'accord ? Je ne sais pas quoi te dire, j'ai l'impression de ne faire qu'empirer les choses.

Je hochai la tête, serrant les lèvres pour m'empêcher de pleurer. Il s'avança vers moi et me prit par les épaules.

— Je suis en colère contre toi et je ne veux plus que tu me mentes, mais tu me plais. J'ai envie d'être avec toi. J'ai envie que tu aies envie d'être avec moi.

— J'ai envie, répondis-je.

Il m'embrassa doucement sur la joue.

— À plus tard.

Je le regardai s'éloigner.

Je désirais plus que tout le croire – mais je n'étais pas sûre d'y arriver.

VINGT ET UN

23 AOÛT
J-8

Je commettais peut-être une erreur, mais « le savoir, c'est le pouvoir ». Plusieurs heures s'étaient écoulées depuis ma conversation avec Alex, et je devais en apprendre autant que possible si je voulais reprendre la situation en main. J'avais attendu que le reste du groupe soit occupé avant de m'éclipser de Metford, puis j'avais passé plusieurs heures dans un café avant de venir ici. Personne ne semblait me prêter attention. Je m'arrêtai contre un immeuble et fis mine de consulter mon téléphone pour laisser se disperser la foule qui sortait du métro.

Un Indien svelte s'arrêta pour observer la vitrine d'une librairie de l'autre côté de la rue. Je me concentrai sur lui. Est-ce qu'il me suivait ? Il devait avoir la trentaine, pourtant il marchait comme s'il avait cent dix ans. Il portait trois cabas réutilisables en plastique bleu. L'un était rempli à ras bord de paquets de couches. Il avait plutôt l'air d'un jeune papa en manque de sommeil.

L'Indien s'éloigna dans la rue sans même m'accorder un regard. S'il me filait, il s'en sortait vraiment mal. Je vérifiai le plan sur mon téléphone, bien que j'aie mémorisé le trajet, puis j'empruntai Baker Street en direction de Regent's Park.

Le portail était fermé pour la nuit. Les arbres épais qui bordaient le trottoir donnaient un aspect surréel au parc, comme si on avait pu y trouver une maison en pain d'épice habitée par une sorcière attendant les promeneurs innocents. Je longeai le mur d'enceinte jusqu'à la ruelle que je cherchais.

L'espace d'un instant, j'envisageai de faire demi-tour, mais à présent que j'étais arrivée jusque-là je devais en avoir le cœur net. Je traversai la rue pour examiner les numéros du coin de l'œil, avec l'air de savoir où j'allais.

Voilà. Si Google Maps ne se trompait pas, je me trouvais devant l'adresse que m'avait donnée Nicki. La maison mitoyenne était en vente, comme elle me l'avait indiqué. Il s'agissait d'une rangée de maisons de ville, la plupart délimitées par une haie carrée et un portail en fer forgé. Impossible de les distinguer sans les numéros et la couleur de la porte.

Le rez-de-chaussée était plongé dans le noir, mais à l'étage une lumière filtrait entre les rideaux de la baie vitrée qui s'ouvrait sur le perron. Je distinguais à peine la grille qui menait sans doute vers le jardin. Je ne voyais pas si la lumière était éteinte à l'arrière, ainsi que Nicki l'avait promis, mais j'étais prête à parier que oui.

C'était la nuit parfaite pour commettre un crime. Peut-être était-ce pour cela que Nicki voulait que je tue sa mère aujourd'hui. La lune était presque inexistante, un fin croissant pareil à un rond d'eau sur une table en bois. Un tapis de nuages masquait les étoiles. Je portais une polaire comme Nicki l'avait suggéré, la capuche baissée pour cacher mon visage.

Quelqu'un se déplaça devant la fenêtre. Ce devait être la mère de Nicki, qui ne s'était pas effondrée, contrairement à la prédiction de sa fille. En fait, elle avait l'air plutôt en forme pour une alcoolique qui avait passé sa journée à boire, pas du genre à ne pas remarquer une intruse qui entrerait dans sa chambre armée de pilules ou d'un cousin.

Non que j'aie la moindre intention d'entrer. Je voulais juste voir l'endroit. Je ne savais pas à quoi m'attendre, c'était une simple maison, pareille aux autres de la rue. Je marchai jusqu'au coin puis revins sur mes pas. Le ramassage des ordures devait avoir lieu le lendemain, car tout le monde avait sorti sa poubelle. Je me penchai comme pour refaire mon lacet et j'inspectai le bac du recyclage devant la maison de Nicki. J'y trouvai une bouteille de chardonnay vide, des papiers et des boîtes éventrées.

Nicki m'avait raconté que la maison avait appartenu à ses grands-parents. Sa mère et elle avaient emménagé avec eux après le divorce. Du vivant de ses grands-parents, sa mère avait tenu le coup. Quand ils étaient morts, elle avait lâché prise, elle était passée du verre de trop à un alcoolisme effréné.

Du moins, d'après Nicki.

Comment être sûre qu'elle disait la vérité ? J'étais bien placée pour savoir que celle-ci pouvait être déformée. Nicki m'avait servi l'histoire d'une mère alcoolique qui ne la laissait pas vivre sa vie, mais ce n'était pas forcément vrai.

J'aperçus une femme qui promenait un petit corgi sur le trottoir d'en face. Je ne pouvais pas laisser passer l'occasion.

— Bonsoir, lançai-je en traversant, un sourire plaqué sur le visage pour qu'elle ne devine pas ma nervosité. Vous habitez par ici ?

— Oui..., répondit-elle en rajustant son pull rose.

— Mes parents réfléchissent à acheter cette maison, expliquai-je en désignant le panneau « À VENDRE » derrière moi. Ils sont au pub pour prendre le pouls du quartier.

— Au Hound and Whistle, à une rue de là ? s'enquit-elle tandis que son chien me reniflait les pieds. C'est le meilleur, sinon il y a le bar à vins, Sour Grapes, au bout de l'allée, mais il y a plus de touristes.

— Qu'est-ce que vous pensez du coin ? Ça a l'air plutôt calme.

Elle me dévisagea.

— Oui, et nous l'aimons comme ça. Pas de fêtes par ici – la plupart des habitants ont un certain âge.

Je hochai la tête, sérieuse.

— Vous connaissez les gens qui vivent dans la maison d'à côté ? demandai-je en désignant la maison de Nicki.

La femme tira un biscuit pour chien de sa poche et le tendit au corgi.

— Tiens, Winston. (Elle essuya sa main sur son pantalon.) La propriétaire est une femme bien. Elle a rencontré des difficultés, elle est assez discrète.

— Quelqu'un m'a dit qu'elle buvait, poursuivis-je, étonnée de ma facilité à mentir. Mes parents ne veulent pas d'un voisin à problèmes.

Elle leva un sourcil presque entièrement épilé et redessiné avec un crayon rouge-marron.

— Qui vous a raconté ça ? Encore ce ragot, comme si c'était leurs affaires. Avec son bon à rien de mari qui est parti au Canada, qui peut lui en vouloir de boire un verre ou deux dans son jardin ? Est-ce que c'était ces fouineurs au coin de la rue ?

Son chien s'allongea et parut s'endormir.

— Possible, éludai-je. Et sa fille ? Vous la connaissez ?

Elle tira sur la laisse de son chien.

— Je ne dirai pas un mot sur cette fille.

Sa réaction me surprit. Elle paraissait furieuse. *Qu'a fait Nicki pour rendre sa voisine si méfiante ?*

— Désolée, je…

La femme remonta ses manches, comme si elle s'apprêtait à se battre.

— Comment osez-vous poser des questions sur cette fille ? En quoi cela vous regarde-t-il ?

Je reculai d'un pas.

— Je me demandais juste si je pourrais être amie avec elle…

Elle fronça le nez.

— À quoi jouez-vous ? Comment avez-vous dit que vous vous appeliez ?

Je commençai à m'éloigner.

— Il faut que j'y aille, je dois retrouver mes parents.

— Non, attendez un instant…

Elle avança vers moi, mais son chien la retenait sur place telle une ancre à fourrure.

Je retournai d'un pas vif vers le métro. Pour la première fois depuis plusieurs jours, je me sentais légère. Le déplacement en valait la peine. J'avais obtenu des renseignements. Comme je l'imaginais, c'était un quartier riche. J'avais aussi découvert que, pour une alcoolique, la mère de Nicki n'avait pas beaucoup de bouteilles dans sa poubelle. Peut-être avait-elle honte et les jetait-elle ailleurs, toutefois les gens qui prenaient ce genre de précaution n'en étaient pas encore au stade d'alcoolisme avancé que décrivait Nicki. Pourtant, la voisine m'avait donné l'impression qu'il y avait un problème quelque part... Le problème de Nicki avec sa mère ne concernait peut-être pas l'alcool.

Peut-être son problème était-il que sa mère était vivante. En travers de son chemin. Si sa mère disparaissait, Nicki hériterait de sa maison et de son argent. Pas mal, comme départ dans la vie. Si ça se trouve, Nicki mûrissait ce plan depuis longtemps. Assez longtemps pour qu'elle se soit mise à chercher quelqu'un comme moi. Quelqu'un qu'elle croyait pouvoir manipuler. Elle avait touché le gros lot quand elle m'avait rencontrée à l'aéroport.

Mais elle allait découvrir que ce n'était pas si facile.

— Où crois-tu aller ?

Mon pied s'immobilisa quelques centimètres au-dessus de la marche. *Zut.*

Il y avait un couvre-feu à Metford House, même si personne n'y prêtait attention. L'unique gardien était âgé et ne quittait jamais son bureau près de l'accueil. Il restait assis les pieds sur un tiroir, la tête en arrière, et ronflait.

Sauf cette fois-ci.

Je me retournai lentement.

— Oh, bonsoir, dis-je.

Je formai un sourire, comme si j'étais ravie de le voir.

Le gardien battit du pied. Sa semelle en caoutchouc produisit un bruit sourd.

— Allez, qu'est-ce que tu fabriquais ?

— J'étais juste dehors...

J'indiquai derrière moi comme s'il n'avait pas bien compris d'où je venais. Je n'allais évidemment pas lui répondre que j'étais allée surveiller une maison en vue de commettre un meurtre. Je cherchai une excuse pour avoir dépassé le couvre-feu, mais ma capacité à mentir sur commande semblait s'être épuisée. J'avais déjà assez d'ennuis comme ça, et je sentais qu'il ne me croirait pas si je racontais que je faisais du bénévolat avec les sans-abris.

— Tu as trouvé mon briquet ?

Alex dévala l'escalier en trombe.

Je le fixai, la bouche ouverte, sans comprendre de quoi il parlait. Il se tourna vers le gardien.

— Je suis sorti fumer, et je dois l'avoir laissé tomber. Alors ? Tu l'as trouvé ? répéta-t-il en me souriant.

Je baissai les yeux comme si je m'attendais à voir un briquet par terre dans le hall. Je levai mes mains vides.

— Euh, non.

Alex soupira.

— Est-ce qu'on peut vous emprunter votre torche ? demanda-t-il en désignant la ceinture du gardien. Je veux vérifier une dernière fois.

Les sourcils touffus du gardien se rapprochèrent au-dessus de son nez comme deux chenilles amoureuses.

— C'est mon briquet porte-bonheur, ajouta Alex avec un sourire innocent.

Je devais reconnaître qu'il mentait à la perfection. Son visage s'y prêtait, avec ses taches de rousseur. Cela donne automatiquement l'air sincère. Moi-même, je le croyais alors que je savais qu'il ne fumait pas – la moindre pollution lui déclenchait une crise d'asthme.

Le gardien décrocha sa torche de sa ceinture et nous la tendit.

— Ne restez pas dehors trop longtemps, les jeunes. Et rapportez-moi la lampe.

Il remonta son pantalon sur ses hanches, sous son ventre proéminent.

Alex me poussa vers la porte de derrière, presque au garde à vous.

— Oui, monsieur. Je vous la rapporte tout de suite.

Nous sortîmes dans la cour arrière. Alex balaya le sol avec le faisceau lumineux au cas où le gardien nous aurait observés par la fenêtre. Le sol était jonché de mégots. Une cannette de gin tonic vide roula avec fracas. Je la suivis du regard – je n'avais jamais vu de cocktail en cannette avant de prendre le métro ici. Le bourdonnement des sèche-linge montait de la fenêtre de la laverie au sous-sol. Je frissonnai en me demandant si Nicki était là, à m'attendre.

Nous restâmes un instant en silence.

— Merci, soufflai-je enfin. Tu n'étais pas obligé de faire ça.

Alex s'assit sur un banc branlant.

— J'aime bien t'aider. Tu as passé une bonne soirée ?

J'acquiesçai.

— Ouais, je n'avais pas envie de rester ici.

— Je comprends. Tu n'as pas raté grand-chose. On est sortis manger indien et voir un film.

— Sérieusement, merci beaucoup de m'avoir couverte avec Capitaine Grognon. J'ai cru qu'il allait me menotter.

Il rit.

— Pas de problème. J'ai failli raconter que je sortais fumer une clope, mais ici ils disent *fag*. Chez nous, ça signifie « pédé », alors par respect pour mon copain Jordan qui est gay je n'ai pas pu. En tout cas, j'adore l'argot anglais. Tu as entendu *bollocks ?*

Je souris.

— Ouais.

— C'est un mot parfait pour les couilles. J'adore aussi *gormless*. Je m'en servirai en rentrant – c'est mille fois mieux que de dire à quelqu'un qu'il ne comprend rien. Je vais faire une liste !

Il agita la torche pour renforcer son propos. Je sentis mes lèvres s'étirer en un sourire.

— Tu vas écrire un article ?

— Tu sais, quand on est scolarisé à la maison, on ne rate pas une occasion d'apprendre. Tu rigoles, mais j'écrirai peut-être une thèse sur le sujet, un jour. Si ça se trouve, je deviendrai professeur d'expressions britanniques.

— Tu vas aussi changer d'accent ?

— Bien sûr, si j'y arrive. Si j'avais imaginé que j'apprendrais une autre langue en continuant à parler anglais !

Alex se mit à singer l'accent local, qui ressemblait un peu à un mélange d'irlandais et d'australien.

— *I say, good sir, tallyho, what-what.*

Je ne pus m'empêcher de rire. Je m'assis sur le banc et levai la tête pour contempler le ciel. Il y avait tant de lumières à Londres qu'il était impossible de distinguer les étoiles. Ici, il semblait que la nuit n'arrivait jamais vraiment. Mais c'était étrange de plaisanter avec Alex comme si tout allait bien, alors que nous essayions d'ignorer la gêne entre nous.

Quelque part dans la ville, Nicki attendait que je tue sa mère. Pour s'assurer que son alibi soit inattaquable, elle buvait des pintes avec des amis ou partageait un poulet tikka masala sous le regard d'une caméra de surveillance. Je me demandais si elle éprouvait le moindre regret ou si elle avait déjà décidé que sa mère ne méritait pas de vivre. Ce devait être agréable de se sentir aussi sûr de soi et de sa place dans le monde. Pour la millionième fois, je regrettai de ne pouvoir contacter Emily. Elle n'aurait pas su quoi faire non plus, mais j'avais quand même besoin de ses conseils.

— Un vrai natif, complimentai-je Alex. Avec un tel accent, on te croira tout droit sorti de Buckingham Palace.

— Pas vrai ? On me dit toujours que je pourrais doubler la voix du prince William.

Je me sentis soudain épuisée et me levai du banc.

— On ferait mieux de rentrer avant qu'il nous cherche et veuille fumer une cigarette avec toi.

Je tendis la main pour aider Alex à se redresser, puis le suivis tandis qu'il rendait la torche au gardien et lui demandait avec politesse de l'avertir si quelqu'un retrouvait un briquet en argent. Nous nous arrêtâmes au bas du tapis élimé de l'escalier. Les fils détachés formaient de petites moustaches.

— Demain, ça devrait être chouette, déclara Alex en donnant un petit coup de pied dans la balustrade.

— J'ai oublié ce qu'on avait de prévu.

— Le musée de la Guerre. Le souterrain.

— Ah, ouais.

L'idée de visiter un bunker de la Seconde Guerre mondiale ne m'excitait pas plus que ça, mais chacun son truc.

— Ça doit être marrant. À demain, lançai-je d'un ton que je voulus enjoué.

— D'accord.

Aucun de nous ne bougea. Ma main restait immobile sur la rampe en bois verni.

— Si tu veux, on peut prendre un café après, proposai-je enfin. On n'est pas vraiment sortis ensemble aujourd'hui.

Je retins mon souffle, attendant sa réponse. Je m'en voulais que mes mensonges aient créé une tension entre nous.

— J'ai déjà quelque chose de prévu, répondit Alex sans lever le regard.

Ce fut un coup de poing au ventre.

— Je plaisante.

— C'est pas drôle, grognai-je.

Il haussa les épaules.

— La communication n'est pas mon fort.

— Mais tu as ton accent.

— Ça, et mon charme naturel.

Il se pencha vers moi et m'embrassa tendrement.

— Je serai ravi de sortir avec toi. Bonne nuit.

— Toi aussi.

VINGT-DEUX

24 AOÛT
J-7

Le Churchill War Rooms Museum était plus intéressant que je ne l'avais imaginé, ce qui ne m'empêcha pas de traîner les pieds pendant la visite. L'histoire me passionnait modérément quand des affaires de meurtre m'empêchaient de dormir. Le bunker au plafond bas me procurait un sentiment de claustrophobie, pourtant ce n'était pas le souffle de Churchill que je sentais dans mon cou – c'était celui de Nicki.

Mon manque de sommeil me rattrapait. J'étais épuisée ; la nuit, au lieu de dormir, je me retournais en me demandant que faire. J'avais du sable dans les yeux, les nerfs à vif.

Maintenant que j'avais l'adresse de Nicki, j'avais décidé – à une heure du matin, en pleine insomnie – d'aller parler à l'inspectrice Sharma. C'était le genre de personne qui n'aimait pas laisser planer le moindre doute. Elle ne croirait peut-être pas ce que je lui dirais, mais elle ferait des recherches sur Nicki juste pour en avoir le cœur net.

Mon véritable coup de génie était venu une heure plus tard, vers deux heures, quand j'avais réalisé que je n'avais pas besoin de lui dévoiler toute l'histoire. Dans ce cas, la vérité aurait été trop incroyable.

Je pourrais raconter que j'avais rencontré Nicki dans l'avion, et qu'elle avait eu l'air de beaucoup s'intéresser à Connor. Que je l'avais revue en ville, et que j'avais eu l'impression qu'elle me suivait. Alors, quand j'avais reçu l'article, je m'étais dit que ça devait venir d'elle. Ça ne suffirait pas pour lui attirer des ennuis, et elle trouverait facilement une excuse pour tout expliquer, y compris pourquoi elle s'était présentée sous un faux nom, mais le fait que la police vienne lui poser des questions la calmerait.

Ce dont j'étais très fière, c'était que mon plan neutraliserait le sien. La police ne penserait pas que Nicki avait fait du mal à Connor. Ils n'avaient aucune raison de la soupçonner. Mais si son nom apparaissait dans l'enquête sur la mort de Connor et que sa mère se brisait le cou juste après en tombant dans l'escalier ? Là, cela pourrait paraître suspect.

Nicki ne pourrait plus aller au bout de son projet, ou du moins elle me laisserait tranquille. Quand je serais de retour chez moi, en sécurité, j'enverrais une lettre à sa mère pour la prévenir. Elle ne me croirait peut-être pas non plus, mais elle ferait plus attention. Toutefois, si elle avait des doutes sur sa fille, cela suffirait pour qu'elle prenne la précaution de l'éloigner. J'éprouvais une fierté absurde d'avoir été plus maligne que Nicki. Arrivée à ce point de mes réflexions, j'avais enfin réussi à m'endormir.

Après la visite du musée, Alex était allé dans un magasin de jeux vidéo avec Jamal. Nous avions prévu de nous retrouver pour le dîner. Je lui avais annoncé que je devais faire quelque chose avant. Je ne lui avais pas dit que j'avais rendez-vous avec les policiers à Metford House. J'étais un peu nerveuse, mais excitée à la fois. Je ne voulais plus que cette ombre plane sur moi. Quand Alex reviendrait, je lui expliquerais que j'avais parlé à la police. L'affaire ne me concernerait plus. Je pourrais passer à autre chose. Nous pourrions passer à autre chose. Il n'y aurait plus aucun obstacle entre nous.

Les inspecteurs Fogg et Sharma m'attendaient dans le hall de Metford. L'inspectrice Sharma se leva du canapé et rangea son téléphone dès qu'elle me vit.

Je m'avançai vers elle. L'employée de l'accueil m'appela.

– Kim ? Un appel pour toi.

Elle me tendit le combiné. Je m'apprêtais à lui demander de prendre le message, mais elle ajouta :

– C'est important.

J'adressai un signe à l'inspectrice Sharma pour lui faire comprendre que je l'avais vue, puis me dirigeai vers l'accueil. Mon estomac semblait rempli de plomb. Une seule personne pouvait m'appeler.

Je pris le combiné comme s'il s'agissait d'un serpent venimeux.

– Tu m'as laissé tomber, me reprocha Nicki.

– Je t'ai dit que je ne le ferais pas, répliquai-je.

Elle soupira comme si j'étais un enfant récalcitrant qui piquait une crise au rayon bonbons.

– Tu ne peux pas décider comme ça que tu ne veux pas. On a passé un accord. Qui serais-je si je te laissais t'en sortir à si bon compte ?

– Je n'ai pas envie d'en discuter avec toi.

— Je me doutais que tu ferais quelque chose de stupide, et j'avais raison. Pourquoi avoir appelé la police ? Tu te rends compte que ça va mal se passer pour toi ?

— Comment tu sais…

— Regarde vers la bibliothèque.

Je me retournai et regardai dans le couloir. Nicki se tenait contre la porte, le portable à l'oreille. Elle agita le doigt dans ma direction en guise de salut.

— J'ai vu les policiers en entrant. Crois-moi, tu as eu de la chance. J'imagine que tu ne leur as pas encore parlé de moi.

Je déglutis.

— Je ne ferais jamais une chose pareille.

Elle pencha la tête, un sourcil levé.

— Ouh, la menteuse, elle est amoureuse.

— Laisse-moi tranquille, murmurai-je.

— Je croyais qu'on pouvait être amies, mais si tu refuses tant pis. Pourtant, j'ai l'impression que tu aurais besoin d'un peu plus de monde dans ton camp.

Ce fut à mon tour de lever un sourcil, incrédule.

— Tu n'es pas mon amie.

— Bien sûr que si. Sinon, je l'aurais tout de suite donné à la police.

Mon cœur se glaça.

— Donné quoi à la police ?

— Demande à l'accueil. Je t'ai laissé quelque chose.

Nicki marqua une pause, elle m'observait du bout du couloir.

— Vas-y, demande-lui.

Je me tournai lentement, me raclai la gorge.

— Excusez-moi, est-ce que quelqu'un a laissé un message pour moi ?

La fille de l'accueil leva les yeux, comme si elle était surprise que je sois encore là.

— Je vais regarder.

Elle inspecta les casiers, en sortit une enveloppe blanche avec mon nom dessus et me la tendit.

— Tenez.

L'épaisse enveloppe était presque huileuse au toucher. Je coinçai le combiné sous mon menton pour ouvrir la lettre. Elle contenait une seule feuille de papier. Je la dépliai avec soin, comme s'il s'agissait d'une bombe à retardement. C'était une photocopie, penchée et un peu floue, mais on reconnaissait mon écriture.

Pourquoi je déteste connor o'reilly
Et pourquoi il mérite de mourir

Je tenais à la main la longue liste que j'avais écrite dans l'avion. Dans une autre vie. Ma bouche s'assécha, j'avais envie de lâcher ce papier toxique. Je me rappelai qu'elle l'avait mis dans son sac, avec la liste qu'elle-même avait dressée pour sa mère. Je n'y avais pas repensé à cause de la brume de vodka. Je glissai la feuille dans ma poche.

— Si la police obtient une copie, ça fera mauvais genre, non ? Je suis sûre qu'ils se sont interrogés sur tes rapports avec Connor, mais ils ne pensent sans doute pas que tu l'as tué. Tu n'es pas une personne violente. Et même si tu devais tuer quelqu'un, personne ne te croirait capable de le faire de cette manière. Trop sanglant. En plus, personne n'est sûr qu'il ne s'agissait pas d'un accident tragique. Pourquoi leur donner une raison de reconsidérer cette théorie ?

— Tu l'as gardé exprès.

— Bien sûr.

— Tu avais tout prévu.

Elle pinça les lèvres, comme si elle réfléchissait.

— Je ne dirais pas ça. Mettons que je l'ai gardé par sécurité. Je n'avais pas l'intention de m'en servir. Je ne compte toujours pas le faire, je ne veux pas t'attirer d'ennuis. Tu fais comme si c'était moi la méchante, alors que je te demande juste de tenir parole. Tu ne fais pas ce que tu m'as promis, et tu cherches à me causer du tort. (Elle secoua la tête.) Honnêtement, c'est toi qui compliques les choses. Que crois-tu que j'aie ressenti ce matin quand je suis rentrée chez moi et que j'ai trouvé ma mère à la cuisine en robe de chambre ? Puis j'arrive ici et je découvre deux policiers dans le hall. Tu ne me laisses pas le choix.

Je m'imaginai expliquant à la police que cette liste ne signifiait rien, qu'elle m'avait juste permis de relâcher la pression, que c'était Nicki qui m'avait poussée à écrire que Connor méritait de mourir. Les enquêteurs n'avaient pas décidé qu'il s'agissait d'un meurtre, mais ils n'avaient pas non plus déclaré qu'il s'agissait d'un accident. Si la police tombait sur ce mot, l'enquête pouvait changer de direction. S'ils mettaient la pression sur Alex, il risquait de ne plus accepter de mentir pour moi après les mensonges que je lui avais racontés. Pas s'il voyait ceci. En gros, j'avais harcelé Connor au travail, je l'avais suivi jusqu'en Angleterre, et de nombreuses personnes pourraient témoigner que je n'aimais pas la manière dont il m'avait traitée. Ensuite, j'avais menti en prétendant ne pas le connaître, puis en affirmant que nous étions sortis ensemble alors que ce n'était pas le cas. Cette feuille de papier serait la cerise sur le gâteau. « UNE ADO FOLLE TUE SON EX. »

Je m'agrippai au téléphone.

— S'il te plaît, ne dis rien, murmurai-je dans le combiné.

Nicki sourit.

— Je n'arrête pas de te le répéter : je ne veux pas d'ennuis. Maintenant, procédons dans l'ordre. Je vais raccrocher. Ensuite, tu vas expliquer à ces gentils inspecteurs pourquoi tu les as appelés, sans parler de moi. Si tu le fais, je leur envoie cette liste.

Je fermai les yeux.

— Je ne peux pas.

— Tu ne peux pas quoi ? Parler à la police ? Bien sûr que si. Tu n'as qu'à leur raconter une histoire.

Je jetai un regard à l'employée de l'accueil, occupée à taper sur le clavier de son ordinateur.

— Non, je veux dire... Je ne peux pas faire l'autre truc.

— Tuer ma mère ?

Je tressaillis, j'avais l'impression qu'elle avait crié ces mots dans le combiné.

— Oui.

— Nous nous en occuperons plus tard. Pour l'instant, débarrasse-toi des policiers. On discutera ensuite.

Elle raccrocha et me fit signe de l'imiter.

Je rendis le combiné à la fille de l'accueil.

Je rejoignis les inspecteurs Fogg et Sharma et leur serrai la main.

— Merci d'être venus, déclarai-je.

– Nous sommes contents que tu nous aies appelés.

L'inspecteur Fogg sourit. Un dépôt noir s'était coincé entre ses dents. Je me concentrai dessus pour éviter ses yeux.

— Tu avais quelque chose à nous dire ?

Nicki pouvait-elle entendre notre conversation depuis le couloir ? J'enfonçai mes mains dans la poche de mon jean et j'y sentis le papier roulé en boule. Cette liste sonnait ma condamnation.

— Oui, acquiesçai-je, cherchant à gagner du temps.

Ils attendaient que je parle.

— Est-ce que tu veux aller ailleurs pour discuter ? demanda l'inspectrice Sharma, rompant le silence gêné.

— Non. Je, euh… C'est juste que je trouvais ça important ce matin, mais maintenant ça me paraît stupide.

Je remontai mon sac sur mon épaule.

— On ne sait jamais ce qui peut être important dans une enquête, assura l'inspectrice Sharma.

Elle m'invita à m'asseoir sur le canapé, et les deux policiers prirent les fauteuils en face de moi.

— Je pensais à Connor. Il s'inquiétait beaucoup pour ses candidatures à l'université. Ses notes n'étaient pas assez hautes pour certaines des facs qu'il visait.

Les inspecteurs échangèrent un regard d'incompréhension.

— D'accord. Et alors ?

— Alors, vous vouliez savoir s'il avait des raisons d'être déprimé. Je n'y avais pas pensé sur le moment.

— Hum hum.

— Ouais. (Je grattai une déchirure sur le coussin du canapé en cuir.) Je me suis dit qu'il fallait que je vous en parle. Au cas où, ajoutai-je, croisant les doigts pour qu'ils ne me demandent pas « Au cas où quoi ? » Peut-être qu'il avait vraiment décidé de se suicider parce qu'il était trop stressé, ou qu'il a engagé quelqu'un pour le pousser sous le train parce qu'il avait peur de ne pas entrer à McGill, son premier choix.

Je m'interrompis et soupirai, embarrassée.

— Je sais. Ça me paraissait important ce matin quand j'y ai pensé, mais je crois qu'en voulant vous aider je me suis laissée entraîner par mon imagination.

Le rouge à lèvres de l'inspectrice Sharma était rouge vif, telle une méchante entaille sur son visage. Elle se tapa sur les cuisses et se leva.

— Très bien. Contacte-nous si tu as autre chose à nous dire.

L'inspecteur Fogg, lui, semblait moins désireux de me parler à nouveau.

— Désolée de vous avoir fait venir jusqu'ici. Je ne voulais pas vous faire perdre votre temps.

Je le pensais vraiment. Je regrettais de les avoir appelés. Je m'étais crue tellement maligne d'avoir trouvé une manière de me débarrasser d'elle. Je commençais à me rendre compte que c'était impossible.

— Notre priorité est de donner des réponses à la famille de Connor. Nous ferons tout ce qu'il faudra pour atteindre ce but.

Impossible de dire si l'inspectrice Sharma cherchait à s'en convaincre ou si elle me mettait en garde.

VINGT-TROIS

25 AOÛT
J-6

— Tu vas adorer !

Nicki s'agrippa au bastingage de la navette qui filait sur la Tamise. Elle sautait d'excitation.

— L'observatoire est l'un de mes endroits préférés dans la ville. On peut se tenir debout sur le méridien de Greenwich. Tu sais ce que c'est ? interrogea-t-elle.

— C'est la ligne qui sépare la Terre entre hémisphère Est et hémisphère Ouest, répondis-je sur un ton neutre.

Elle leva la main pour me féliciter, mais je refusai de taper dans sa paume.

— Du premier coup. Bien joué. L'observatoire a été construit en 1670.

Je ne supportais pas son bavardage incessant. Elle avait insisté pour qu'on se retrouve sur le quai. J'avais accepté parce que j'étais à cours d'idée pour lui échapper et avais dû prétexter une migraine pour ne pas participer à l'activité prévue par Tasha. Kendra avait fait une remarque désobligeante en disant que j'étais une petite fleur délicate. Non seulement je ratais l'occasion de voir Stonehenge et de passer du temps avec mon groupe, mais en plus je me retrouvais coincée avec une psychopathe.

— J'y suis allée avec mon grand-père, la première fois, poursuivit Nicki. Il était astronome amateur. Il avait un télescope, et quand je dormais dans leur maison sur les îles Orcades il me réveillait la nuit pour aller regarder les étoiles.

— Super, marmonnai-je.

— C'était excitant d'être debout si tard. Évidemment ma grand-mère était au courant puisqu'elle nous fournissait une épaisse couverture, une thermos de chocolat chaud et des biscuits au gingembre. Mais j'aimais penser que c'était un truc seulement entre mon grand-père et moi. Comme si je trichais. On restait dans le jardin, en pyjama, et il me parlait des constellations, de Newton, de Herschel et de Halley.

Nicki s'interrompit, comme si elle écoutait la voix lointaine de son grand-père.

— Je crois que c'est là que j'ai commencé à m'intéresser aux sciences. Son enthousiasme était contagieux. Et toi ? Comment es-tu venue à la robotique ?

J'observai l'eau marron qui défilait le long du bateau, formant une crème mousseuse dans notre sillage. La Tamise avait une odeur étonnante, aussi salée que l'océan, mais avec une apparence de boue épaisse.

— À cause de mon père, je crois, répondis-je en haussant les épaules. J'ai toujours été douée. J'ai toujours compris. J'aime ce qu'on peut mesurer, les chiffres, les statistiques.

— Ça a été dur pour ta mère ? Elle a l'air un peu plus... fofolle. Avec tout son bla-bla sur « crois en ton destin, trouve ta passion, connais ton cycle lunaire », elle a l'air du genre à lire dans les cristaux.

Je serrai les mains sur le bastingage jusqu'à ce que mes doigts deviennent blancs.

— Qu'est-ce que tu sais sur ma mère ?

Je chassai une vision de la collection de cristaux curatifs que ma mère avait alignés dans la cuisine, où ils reflétaient la lumière sur les murs.

Nicki écarta une mèche de ses yeux.

— Je t'ai cherchée sur Internet et je suis tombée sur son blog. Très instructif.

Mon cœur se contracta en une boule de feu dans ma poitrine. L'idée que Nicki ait lu les histoires de moi enfant me révulsait. Qu'elle ait disséqué mon passé. C'était aussi une manière de me rappeler qu'elle ne laissait rien au hasard. Elle pensait à tout. Elle en savait trop.

— Ah, les mères. Difficile de vivre sans, difficile de les tuer discrètement.

Nicki éclata de rire tandis que la navette accostait sur le quai de Greenwich.

— Viens, on est arrivées !

Elle m'entraîna dans la foule, nous frayant un passage jusqu'à l'observatoire, énumérant les monuments au passage. Je tentai de dégager ma main de la sienne, mais j'avais l'impression que nous étions liées par des menottes.

Nicki s'arrêta net au sommet de la colline.

— Pff, il y a la queue pour entrer.

Elle jeta un regard noir aux visiteurs qui patientaient pour visiter l'observatoire.

— Attendons pour voir si ça se dégage, décida-t-elle. C'est pas drôle de se promener au milieu d'une horde de touristes insipides. Sans vouloir te vexer, ajouta-t-elle en me donnant une bourrade dans les côtes. Je te considère comme une Londonienne d'honneur. Regarde un peu la vue.

Je me plaçai à côté d'elle. À nos pieds, un champ vert se déroulait jusqu'à un groupe de bâtiments anciens, puis c'était la rivière, et des gratte-ciel en verre de l'autre côté.

— Joli.

Pas moyen que je reconnaisse que c'était impressionnant, comme si nous avions été dans le passé, à regarder vers le futur. À Londres, le présent se mêlait sans cesse au passé, ils se confondaient.

— Ici on peut discuter, lança Nicki.

J'eus une remontée acide. Je savais que c'était pour cela qu'elle voulait me voir, mais maintenant j'avais envie de m'enfuir avant qu'elle puisse ouvrir la bouche.

— D'accord, acquiesçai-je.

Je me préparai.

— Tu vas peut-être trouver ça un peu grossier, mais il va falloir que tu me donnes ton téléphone, et je vais te fouiller. (Elle sourit.) Pas de mains baladeuses, promis.

— Quoi ?

Je reculai d'un pas.

— Je veux être sûre que tu n'enregistres pas ce que je dis. J'aimerais te faire confiance, mais étant donné les événements récents…

Nicki laissa sa phrase en suspens.

Je lui tendis mon téléphone, sentant mes espoirs s'évanouir. Elle eut un petit sourire quand elle vit l'application d'enregistrement ouverte, mais ne parut pas fâchée. Elle semblait même fière que j'aie tenté le coup. Elle effaça le fichier, éteignit le téléphone et le glissa dans son sac. Je me tins immobile tandis qu'elle fouillait mes poches et passait ses doigts dans mes cheveux pour s'assurer que je ne portais pas de micro.

— Tu as terminé ? demandai-je avec froideur.

— Ne fais pas ta mijaurée. Je veux juste que nous soyons à armes égales pour cette discussion. Plus de coups fourrés – on recommence à zéro, d'accord ?

— Une page blanche ?

— Voilà.

Elle passa son bras sous le mien.

— Parlons en marchant. On était bien parties, mais on a pris une mauvaise direction.

Je clignai rapidement des yeux pour dissiper la brume de ma colère.

— Une mauvaise direction ? Tu as tué Connor. Ce n'est pas *une mauvaise direction*. C'est un putain de désastre.

Je regardai autour de moi un peu trop tard pour m'assurer que personne n'était assez près pour entendre notre conversation.

Elle leva les yeux au ciel.

— Le désastre, ça aurait été de me faire prendre. On en a déjà discuté. Connor ne vaut pas une telle réaction.

— Il ne méritait pas ce qui lui est arrivé.

L'image de sa chaussure sur le quai me traversa l'esprit.

— Tu aimerais vivre dans un monde où les choses se produisent parce qu'on les mérite, mais tu sais que ça ne marche pas comme ça. Qui mérite un cancer ?

— Personne, répondis-je, furieuse.

— Et quelqu'un qui naît dans une famille riche à millions, est-ce qu'il mérite son privilège ?

Je retirai mon bras.

— Non, ce n'est pas ce que je dis...

J'avais envie de chasser ses mots de mes oreilles. Ils avaient tendance à s'y enfoncer, comme pour y prendre racine. Elle me révulsait, et en même temps elle me fascinait.

— Pourtant si. Tu t'entêtes à affirmer qu'il existe une justice suprême dans le monde. Moi, je pense que Connor n'était pas un mec bien. Mais comme il est mort tu te concentres sur ses bons côtés au lieu de voir son véritable caractère.

— Connor n'était pas parfait, mais il n'était pas mauvais.

Sans le vouloir, je repensai à ce que Miriam m'avait confié, qu'il avait manipulé des filles pour prendre des photos d'elles qu'il avait partagées avec le monde entier. Je repoussai l'idée dérangeante que Nicki avait peut-être raison, qu'il n'en valait pas la peine.

Nicki gloussa.

— Mauvais ? Eh ben, tu as quand même quelques gènes foufous de ta mère. Tu vas voir que tu vas me parler de son aura. Bien sûr qu'il n'était pas *mauvais* – on n'est pas dans une série de la BBC avec des anges et des démons. Il te gênait, et maintenant il ne te gêne plus. C'est aussi simple que ça. Si ça avait été un accident, tu ne l'aurais peut-être pas admis, mais une partie de toi aurait pensé qu'il avait eu ce qu'il méritait.

Je me refusai à imaginer ce que j'aurais ressenti. Ça n'avait aucune importance. Ce n'était pas un accident.

— Et ta mère te gêne.

Nicki hocha la tête avec enthousiasme, comme une prof face à son élève qui résout enfin un problème de géométrie ardu.

— Exactement.

— Je ne peux pas tuer quelqu'un.

Je fis craquer mes jointures dans l'espoir que cela libérerait la tension qui s'accumulait dans mon corps.

— Tu sais comment l'armée entraîne les gens à tuer ? m'interrogea Nicki. Quelqu'un a étudié ça – un Américain, je crois. Il a appelé ça *killology*.

Elle scruta mon expression avant de poursuivre :

— Je n'invente pas. Je ne me rappelle pas le nom du mec, mais il a écrit un livre après avoir fait des recherches sur la Seconde Guerre mondiale. Certes, c'est compliqué, mais c'est une question d'entraînement. Si tu veux transformer des gens qui ne sont pas des tueurs en une unité militaire capable de tirer sur un ennemi, il faut modifier leur façon de penser.

— C'est ce que tu as fait ?

— T'as l'air de croire que j'ai une cave remplie de cadavres, répliqua-t-elle en haussant les épaules. D'après toi, un soldat regarde le type du camp d'en face en se demandant s'il a une famille, s'il a un chien qui l'aime ou si c'est un grand peintre ? Bien sûr que non. Il pense : « Ce type est en travers de mon chemin. Ce type est mon ennemi. » Il ne le considère même pas comme un humain, mais comme un obstacle. Voilà de quelle façon on gagne une guerre.

— En tout cas, voilà comment on obtient ce qu'on veut.

— Si c'est le meilleur moyen, oui.

Nicki indiqua un stand devant nous.

— Tu veux boire quelque chose ?

Sans attendre ma réponse, elle s'approcha, commanda et sortit son porte-monnaie.

— Un Perrier et…

Elle se tourna vers moi. Je secouai la tête. Je savais que si j'avalais quoi que ce soit le liquide ferait aussitôt le chemin inverse. Quand elle eut pris sa bouteille, nous continuâmes à faire le tour de l'observatoire.

— Pourquoi ta mère est-elle en travers de ton chemin ?

Nicki dévissa le bouchon en métal dans un cliquètement et but une gorgée avant de répondre :

— Tu sais qu'il faut faire très attention quand on essaie de sauver quelqu'un qui se noie ?

— Non.

Le mal de tête que j'avais prétexté pour échapper à mon groupe se matérialisait. Suivre le cheminement de la pensée de Nicki ressemblait au parcours de la maison hantée dans une fête foraine. On prenait un tournant, et on se retrouvait dans un cul-de-sac. Puis on empruntait une autre direction, se croyant sorti d'affaire, et on se cognait dans un miroir. Le haut et le bas, la gauche et la droite, plus rien n'avait de sens.

— J'ai travaillé comme sauveteuse pendant un été. Boulot pourri d'ailleurs, ce n'est pas aussi bien que ça en a l'air, précisa Nicki. Pendant notre formation, on nous a appris que quand les gens coulent ils font n'importe quoi. Ils sont en mode survie. Ils peuvent essayer d'escalader ton corps pour pouvoir respirer. Tout ce qui compte pour eux, c'est de sortir la tête de l'eau.

— D'accord.

Nicki but une longue gorgée.

— Ça, c'est ma mère. Comme si ça ne lui suffisait pas de couler, elle m'entraîne avec elle. Elle se noie dans les regrets pour ses erreurs. Elle boit trop. Et puis elle tombe amoureuse de véritables nases, et elle est surprise à chaque fois qu'ils apparaissent sous leur vrai jour. Alors elle boit encore plus, ce qui la pousse à commettre encore plus d'erreurs. Mon père lui a versé une somme correcte quand ils se sont séparés, et mes grands-parents lui ont légué de l'argent. Elle n'a pas besoin de travailler, mais elle dépense son fric comme si elle cherchait à punir quelqu'un. Sauf qu'elle se fait souffrir elle-même.

— Pourquoi tu ne déménages pas ?

Nicki se balança sur ses talons.

— Ce n'est pas si facile.

J'eus envie de m'arracher les cheveux.

— C'est bien plus facile que de l'assassiner.

Je remarquai que j'avais haussé le ton et me forçai à me calmer.

— Bon sang, tu as le goût du drame.

Nicki jeta sa bouteille vide dans une poubelle, produisant un grand bruit.

— Je t'ai choisie parce que je te prenais pour une scientifique, reprit-elle, mais tu te comportes comme si tu passais un casting pour le Globe Theatre. Ma mère est en train de dilapider son argent. De l'argent que mes grands-parents destinaient à mes études universitaires, peut-être même à l'achat d'un petit appartement en ville. Si je pars, je n'aurai rien. Ma mère me coupera les vivres pour me punir. Je n'aurai que des reproches. Pour l'avoir abandonnée comme mon père.

Nicki plissa les yeux, et son attitude habituellement calme se fissura quand elle cracha ses derniers mots.

— Elle a l'habitude d'obtenir ce qu'elle veut. Elle croit qu'elle mérite ce qu'elle a, mais j'ai l'intention de lui prouver qu'elle se trompe.

Je pris la balle au bond.

— Donc c'est une question d'argent.

Elle poussa un soupir théâtral, laissant ses épaules s'affaisser.

— En partie. C'est aussi une question de liberté, qui après tout a un prix. C'est une question de justice. Je sais que tu ne me crois pas, mais c'est aussi pour aider ma mère.

Je m'étranglai.

— Tu plaisantes ? Tu me demandes de lui ôter la vie pour lui rendre service ?

— Oui.

Nicki marqua une pause avant de reprendre doucement :

— Tu crois que les choses s'amélioreront un jour pour elle ? Moi, non. Elle va continuer à boire. Elle va se retrouver sans un rond, le foie en miettes. Si elle part maintenant elle met un terme à ses souffrances avant qu'elles n'empirent, avant d'échouer dans un studio miteux qu'elle pourra à peine se payer avec son chômage. Ma mère est dans une spirale descendante. Elle finira malheureuse. Et elle essaie de m'entraîner avec elle. Comme une victime de noyade.

— Elle peut changer.

— Je t'en prie. Ne perdons pas de temps à parler de choses qui ne se produiront jamais. Concentrons-nous plutôt pour te trouver une manière de le faire qui ne te perturbe pas trop. Je ne veux pas que tu t'en ailles avant d'en avoir terminé.

— Tu ne me convaincras jamais que te débarrasser de ta mère est la bonne solution.

Je sentais ma voix trembler.

Nicki s'arrêta et me fit face.

— Tu n'as pas besoin de croire que c'est la meilleure solution pour moi, ni pour ma mère. Mais tu as intérêt à comprendre que c'est la seule solution à *ton* problème.

Elle me jeta mon téléphone, qui rebondit sur ma poitrine. Je le rattrapai juste avant qu'il ne tombe au sol. Elle me salua de la main et se fondit dans la foule des touristes.

Je reculai. Je refusais de croire que je n'avais pas d'autre solution, mais j'avais peur. Je ne pouvais pas aller voir la police, sinon elle leur ferait croire que j'avais tué Connor. Je ne supportais pas l'idée d'en parler à Alex – la dernière chose dont j'avais envie, c'était de l'entraîner dans cette spirale infernale. Emily était trop loin pour me donner des conseils, et ce n'était pas le genre de chose que je pouvais écrire dans une lettre. Où que je me tourne, une porte se fermait. Je me sentais prise au piège, prête à hurler.

VINGT-QUATRE

25 AOÛT
J-6

Je n'ai volontairement tué qu'une seule chose dans ma vie. J'en fais encore des cauchemars. Ça s'est passé pendant l'été entre la seconde et la première. Ma mère m'avait trouvé un petit boulot pour aider une femme qu'elle connaissait de l'église. Betty était vieille. Pas vieille comme les parents, très ancienne – genre arrière-arrière-arrière-grand-mère. Son corps s'était rabougri en un point d'interrogation et sa peau était fine, comme si elle disparaissait couche après couche. Je n'osais pas la toucher, de peur que sa chair se décolle de ses os.

Betty était gentille, et malgré ses airs de vieille dame innocente elle jurait comme un charretier. Mon boulot d'été consistait à lui tenir compagnie, ce qui était un terme plus sympa que « baby-sitter ». J'aimais bien passer du temps avec elle, ça ne ressemblait pas à du travail. Je l'emmenais à ses rendez-vous et faire ses courses. Je faisais un peu de ménage, mais pas tant que ça car une entreprise de nettoyage venait une fois par semaine. Surtout, je l'écoutais me raconter des histoires de sa jeunesse, et on regardait beaucoup *Judge Judy*. Le seul inconvénient était qu'elle habitait au fin fond de Deep Cove. Pour arriver chez elle, je devais quitter l'autoroute et emprunter les routes qui serpentaient dans les collines.

Un jour, je rentrais chez moi après le travail en pensant à ce que j'allais faire le soir quand j'avais aperçu une tache floue sur le côté de la route, puis j'avais entendu un choc écœurant. J'avais freiné, regardé dans mon rétroviseur, mais je n'avais rien vu.

La portière avait grincé quand je l'avais ouverte, et j'étais descendue prudemment. On aurait dit une scène de film d'horreur : une route déserte bordée de hauts pins noirs, et une adolescente débile qui se balade. C'est là que j'avais découvert le lapin.

Allongé sur le flanc. Il n'était pas mort, mais à l'évidence il ne s'en remettrait jamais. Sa fourrure gris clair était imbibée de sang et une partie de ses intestins – petites spirales roses – gisait hors de son ventre. L'une de ses pattes arrière battait follement comme s'il voulait s'enfuir, mais de l'autre dépassait un os, pointu comme une lance.

Il m'observait d'un œil paniqué.

J'avais couru vers ma voiture, puis vers le lapin. Je pleurais, de grosses larmes et de la morve coulaient sous mon nez. La terreur enflammait mon ventre. Je roulais trop vite. C'était ma faute. Mais j'étais aussi en colère contre le lapin. Pourquoi avait-il traversé la route juste au moment où je passais ?

J'avais scruté la route, espérant que quelqu'un arrive, quelqu'un qui aurait su gérer la situation. Je n'avais pas de boîte dans la voiture, et je n'étais même pas sûre de réussir à ramasser le lapin. Il avait les entrailles à l'air, je savais qu'un vétérinaire ne pourrait rien faire pour lui, même si je fonçais à la clinique de Burnaby.

J'avais alors envisagé de m'en aller, mais je ne supportais pas l'idée d'abandonner cet animal agonisant. Il haletait, et l'œil que je voyais regardait partout avec anxiété. Quant à sa patte, bon sang, sa patte ne s'arrêtait pas. Elle courait, courait sur place. J'avais fermé les yeux pour ne plus la voir. Puis je les avais rouverts, car je devais regarder – tout était ma faute.

— S'il te plaît, meurs, avais-je murmuré.

Le lapin continuait à me fixer comme s'il avait voulu que j'agisse. Je m'accroupis à côté de lui. Je me demandais s'il me mordrait si j'essayais de le caresser. Je ne savais même pas si le lapin se sentirait mieux si je le caressais. Ce n'était pas un chien, c'était un animal sauvage. Être câliné par un humain ne rendrait pas ses derniers instants plus faciles.

J'avais alors compris ce que je devais faire. J'étais remontée en voiture et j'avais fait demi-tour sur la route étroite, prenant soin de ne pas basculer dans le fossé. Je voyais le lapin dans mes phares. J'avais prié pour qu'il reste immobile, mais je voyais sa patte bouger. J'avais aligné la voiture et roulé. Il y avait eu un nouveau choc quand la voiture était passée sur le corps du lapin. Peut-être que j'avais crié. Je ne me rappelle pas vraiment.

J'étais descendue, tremblante. Si ça ne l'avait pas tué, ça allait me rendre folle. Je n'aurais jamais eu le cran de lui rouler dessus à nouveau.

Le lapin était mort.

J'avais vomi plusieurs fois, jusqu'à ne plus cracher que de la bile jaunâtre. Sur le bord de la route, j'avais trouvé un grand bâton, que j'avais utilisé pour pousser le lapin sur le côté. Je ne voulais pas que quelqu'un d'autre écrase son corps. J'avais empilé de gros cailloux dessus. J'avais presque le sentiment de devoir dire quelque chose, une oraison funèbre, mais mon cerveau était vide. Ma mère avait toujours été plus douée pour trouver les mots justes.

— Désolée, avais-je fini par murmurer avant de remonter en voiture.

J'avais tout raconté à mes parents en rentrant chez moi, sans parvenir à exprimer à quel point ça avait été horrible.

Si cet accident m'avait autant bouleversée, comment pourrais-je jamais tuer une personne ? Impossible d'écraser quelqu'un. Pour commencer, je n'avais pas de voiture ici, et puis je ne savais pas conduire de l'autre côté de la route. Sans compter que je devrais trouver une route déserte, or je n'avais jamais vu un endroit à Londres qui ne grouille pas de gens, de bus à deux étages et de voitures. Impossible de m'échapper. On me rattraperait avant que j'atteigne le coin de la rue.

Je me retournai dans mon lit étroit et donnai un coup de poing dans mon oreiller pour le rembourrer. Je n'envisageais pas de faire ce que voulait Nicki. Je n'étais pas une meurtrière. Je n'en étais pas capable. Jamais je n'aurais pu accomplir ce geste… Cependant, depuis ma rencontre avec Nicki, mon cerveau ne pouvait s'empêcher de passer les options en revue.

Je soufflai pour chasser les cheveux de mon visage. Peut-être, à l'extrême rigueur, *peut-être* aurais-je pu tirer sur quelqu'un. Surtout de loin, comme un sniper. Mais où trouver une arme à feu ? L'Angleterre n'était pas comme les États-Unis, où on pouvait acheter un fusil à Walmart en même temps qu'un flacon de vernis à ongles et un paquet de chips. Même si – et c'était un gros *si* – j'arrivais à me procurer une arme illégalement, je ne savais pas tirer. Regarder des films de guerre avec mon père le dimanche après-midi ne faisait pas de moi une tireuse d'élite.

Quant au feu, il était incontrôlable. Nicki et sa mère habitaient une maison mitoyenne. L'incendie se répandrait vite ; les bâtiments étaient anciens. Le plâtre, le papier peint, les grands meubles en bois – tout ça s'embraserait à la moindre étincelle. Si je me sentais mal à l'idée de tuer la mère de Nicki, la pensée d'emporter ses voisins avec elle était encore pire. En plus, quand je jouais à « Est-ce que tu préférerais... », je choisissais toujours de mourir congelée plutôt que brûlée vive. *Hum*. Non, il n'y avait aucun moyen d'attirer la mère de Nicki sur la banquise.

Je plissai les paupières. J'avais mal au cœur. J'essayai de penser à autre chose, n'importe quoi, pour interrompre le train de mes idées noires. *Un train*. Nicki connaissait le métro. Elle savait où se trouvaient les caméras et où se placer pour pousser Connor sans être filmée. Je n'y connaissais rien. Sans compter que sa mère m'avait plutôt l'air du genre à prendre ces énormes taxis noirs et à ne jamais mettre le pied dans les transports publics. Je n'avais pas le temps de la suivre pendant des semaines, à attendre qu'elle soit seule en haut d'un escalier, déséquilibrée.

Je me levai et ouvris la fenêtre pour laisser entrer l'air frais. Le couteau, hors de question. L'hésitation, juste une seconde, avant que la peau cède et que la lame s'enfonce me donnait la nausée. En plus, je devrais m'y reprendre à plusieurs fois. J'avais peu de chances de trancher une artère du premier coup.

Je me remis au lit. La meilleure option était le poison. Indolore. Elle s'endormirait pour ne jamais se réveiller. Si je m'y prenais bien, la police croirait à un accident. C'était une vieille maison – rien d'étonnant si on y trouvait de la mort-aux-rats. La ville entière était infestée de rongeurs, on les apercevait dans les tunnels du métro, ils se promenaient dans les rues la nuit. Si la mère de Nicki avait vu un rat dans son jardin, elle avait pu acheter le produit pour s'en débarrasser ; si elle rangeait le poison à la cuisine, elle pouvait l'avoir ingéré… un accident est vite arrivé.

Non que j'allais le faire.

Je me tournai sur le ventre, roulant mon oreiller pour tenter de lui donner une forme confortable. La fenêtre était grande ouverte. Je voulais faire entrer la brise, mais seul le bruit de la circulation me parvenait. J'étais écœurée. Nicki avait réussi à rentrer dans ma tête. Les draps s'étaient entortillés autour de mes jambes, je m'en débarrassai d'un coup de pied. L'image du lapin battant de la patte sur la route me revint à l'esprit.

Le lapin aussi avait cru qu'il s'en sortirait.

VINGT-CINQ

26 AOÛT
J-5

Je restais assise, j'essayais de lire, mais je fixais le vide. Les murs de la bibliothèque de Metford étaient couverts de livres, et les deux longues tables auraient eu leur place dans la salle à manger d'un château. Quelques étagères contenaient des volumes de référence, mais le gros de la collection était constitué de poches abandonnés par les résidents : de nombreux romans de Stephen King, d'Agatha Christie ou de P.D. James, des histoires d'amour et toutes les nuances de science-fiction imaginables.

Je me tenais recroquevillée dans un coin du canapé en velours vert près de la fenêtre. Les coussins étaient durs comme de la pierre, et chaque fois que je changeais de position des nuages de poussière entraient en éruption. Pourtant, j'aurais pu m'endormir sur place. J'étais épuisée. Je m'étais retournée dans mon lit la nuit entière, incapable de calmer mon cerveau en ébullition. Si je ne dormais pas un peu, j'allais m'effondrer.

J'avais fini par céder et j'avais tenté d'appeler Emily. Elle me connaissait depuis toujours et savait dénouer les problèmes les plus complexes. Certes, le pire dilemme moral que nous ayons dû affronter était de savoir si nous devions dire à ses parents que son frère comptait organiser une fête pendant qu'ils seraient en vacances. Mais, quand j'avais joint le camp de vacances et supplié la secrétaire de me laisser parler à Em, la femme avait refusé. J'avais regardé le combiné, stupéfaite. J'avais répété qu'il s'agissait d'une urgence et elle avait *ri*. Elle avait répliqué que si elle devait appeler un animateur chaque fois que l'une de ses amies avait une urgence ils ne feraient jamais rien. Puis elle s'était radoucie et avait précisé qu'ils ne transmettaient aux animateurs que les appels de leurs parents. Politique de la colonie. À cet instant, j'avais détesté Em d'être partie à cet endroit. Parmi des millions de boulots d'été, elle avait choisi celui qui l'éloignait autant que si elle était partie sur la Lune.

Je ne supportais plus de rester dans ma chambre, mais je ne voulais pas non plus rejoindre les autres à la cafétéria. Je m'étais donc dirigée vers la bibliothèque, où j'avais pris un livre, qui restait fermé sur mes genoux. Je fixais le vide.

Des mains couvrirent mes yeux, plongeant la pièce dans le noir. Je criai et donnai un coup de coude en arrière, heurtant quelqu'un qui poussa un grand *oumpf!*.

Je me levai d'un bond, prête à jeter mon livre sur Nicki, mais c'était Alex, qui se frottait les côtes.

— Note pour moi-même : ne jamais te faire de surprise, lança-t-il. Tu as un sacré crochet.

Mon cœur battait à mille à l'heure.

— Je ne savais pas que c'était toi, soufflai-je, piteuse – *pourquoi devais-je toujours tout gâcher?* Je suis vraiment désolée.

Mes yeux s'emplirent de larmes.

Alex contourna le canapé, les mains dans ses poches.

— Hé, ne t'inquiète pas. Je ne suis pas en sucre, je suis plus dur que j'en ai l'air. Tout va bien.

Son odeur – lessive, soleil et quelque chose d'épicé – fit ralentir mon cœur. On aurait dit un Xanax humain vêtu d'un sweat-shirt.

— Désolée, je suis bizarre.

— Tu sais que ça m'excite, quand tu dis que tu es bizarre ?

Je lui donnai un léger coup de poing dans le ventre. Il recula en riant.

— C'est pas parce que je t'ai autorisée à me frapper qu'il faut en faire une habitude.

— Écoute, je me sens...

— Je suis désolé que l...

Nous avions commencé à parler ensemble, et nous éclatâmes de rire. Alex leva une main.

— Je suis désolé que les choses soient étranges entre nous.

— Moi aussi, répondis-je.

— Oublions tout ce qui s'est passé.

Je hochai la tête. « Tout ce qui s'est passé », c'étaient mes mensonges et son besoin d'aller me dénoncer à Tasha. Je me demandai comment il réagirait s'il voyait la liste des raisons de tuer Connor que j'avais dressée. Nous détournâmes le regard. Clairement, nous étions nuls pour parler de nos sentiments.

— Au fait, j'avais une idée, j'ai un plan pour faire quelque chose ensemble. Si tu as envie.

Les coins de sa bouche se relevèrent, et je sentis mon cœur papillonner dans ma poitrine.

— Quel genre de plan ?

— Une surprise. Prends ton téléphone. On sort.

Il sauta sur place comme un petit enfant. Je plissai les yeux et tentai de deviner ce qu'il mijotait.

— Où ça ?

— Tu comprends le concept de surprise, pas vrai ?

Quand j'ouvris la bouche pour protester, il me prit par la taille et me fit faire demi-tour en direction de l'escalier. La chaleur de ses mains me brûla à travers le tissu de mon tee-shirt, marquant ma peau. J'appréciais le contact de ses mains sur mes hanches.

— Trêve de bavardages, prends ton téléphone. À moins que tu ne veuilles plus y aller ?

— Je veux y aller.

— Bien sûr. Qui n'aime pas l'aventure ?

— Est-ce que tout le monde vient ?

Il secoua la tête.

— Non. Juste toi et moi.

J'eus envie de lui rétorquer que je me moquais des aventures. Pour moi, nous pouvions rester assis sur ce canapé toute la soirée, il pouvait me décrire un jeu de rôle débile qu'il aimait, et je serais ravie. C'était sa compagnie que j'adorais.

— C'est parti, dis-je.

Alex m'entraîna dans la rue. J'aimais la sensation de ma main dans la sienne, comme si c'était sa place.

— Allez, il ne faut pas qu'on arrive en retard, lança-t-il.

Alex se fraya un chemin entre les passants sur le trottoir puis s'arrêta net.

— Ta-da !

Nous nous trouvions au pied du London Eye, l'énorme grande roue vitrée au bord de la Tamise. Elle tournait lentement, très haut dans le ciel, ses nacelles en verre remplies de gens.

— Tu es sérieux ? m'écriai-je d'une voix perçante – ma voix intérieure qui souffrait de vertige criait déjà *Oh non !* Il paraît que c'est impossible d'avoir des places.

Mon estomac se liquéfiait. *Pitié, faites qu'il n'ait pas de tickets.*

— Est-ce que je te traînerais jusqu'ici sans m'assurer qu'on puisse y aller ? répliqua Alex en sortant deux billets de sa poche et en les brandissant devant moi. J'ai fait des folies : option VIP. On a droit à un verre de cidre et à un chocolat en haut, parce qu'on est des personnes très importantes.

— Ouah, c'est super-haut, soufflai-je en masquant mes yeux alors qu'il n'y avait plus de soleil.

— Cent cinquante mètres ! C'est la plus grande roue d'Europe.

— Eh ben.

Pas moyen que je fasse ça. Je risquais de vomir ou de m'évanouir. Ou de vomir *puis* de m'évanouir.

Alex s'inclina et m'indiqua l'entrée. Une sueur moite perla sur mon corps. Je me forçai à avancer, raide comme un soldat de plomb. Alex tendit nos billets et on nous fit entrer pour attendre notre nacelle.

— Tu vas bien ? demanda-t-il.

À l'évidence, je n'arrivais pas à avoir l'air détaché.

— J'ai un peu le vertige.

Je tentai un faible sourire. Son expression changea.

— Oh, je ne savais pas. On peut faire autre chose.

Je me sentis soulagée. Puis la tension revint. Les billets coûtaient cher. Il avait tout prévu pour me faire une surprise, pour passer un moment hors du commun. Je me redressai.

— Non, je veux y aller.

— Tu es sûre ? Ça ne me dérange pas si tu n'as pas envie.

Je pris une profonde inspiration. Ce n'était pas seulement le prix du billet. Avoir peur était illogique. Ce truc avait passé un million de contrôles de sécurité. Mon seul obstacle, c'était ma peur. Je devais arrêter d'avoir peur de tout. Je n'avais pas envie de le faire parce qu'il avait organisé un moment hors du commun, je le croyais quand il disait que ça ne le dérangeait pas qu'on fasse autre chose. Ce qui comptait, c'était que moi, j'avais envie de dépasser mes peurs.

— Non, je viens.

Notre nacelle arriva en bas, et le guide fit monter notre groupe. La roue tournait à un rythme assez lent pour ne pas avoir besoin de s'arrêter. Alex hésita, mais quand il lut la détermination dans mon regard, il me tendit la main.

— Tu peux le faire, m'encouragea-t-il.

J'hésitai avant de franchir le seuil. Ensuite, impossible de redescendre. Ils ne stopperaient pas la roue parce que j'avais peur. Une fois à l'intérieur, je crus que mes genoux allaient céder. Je serrai la main d'Alex comme un étau.

— Tu veux t'asseoir ? demanda-t-il en indiquant le banc au centre de la nacelle.

— Non. Je veux regarder.

Je m'agrippai à la rambarde tandis que nous nous élevions. Ce serait la demi-heure la plus longue de ma vie.

Alex parla tout le temps, décrivant ce que nous voyions et racontant des anecdotes. Ses mots entraient par une oreille pour disparaître dans le brouillard, mais ils étaient réconfortants. Il ne marqua aucune pause, il avait l'air de savoir que je voulais qu'il continue.

Quand nous arrivâmes au sommet, je fermai un instant les yeux. J'avais réussi. Un éclair de joie me parcourut. J'avais réussi ! Je me retournai et remarquai qu'Alex m'observait.

— Ça va ?

Je souris.

— Ouais. Ça va.

Du moins ça irait tant que mon regard resterait fixé sur l'horizon et non sur le sol.

Il me serra la main.

— Tu as l'air d'aller plus que bien.

— Tu te rappelles ce que dit Yoda ? « Fais, n'essaie pas », déclarai-je en me trompant exprès pour l'amuser.

Il secoua la tête, mimant l'agacement.

— Presque. Je suis fier de toi.

Je rougis.

— Tu es fier que je sois montée dans une pauvre roue de fête foraine ?

— Non, que tu aies fait ce qui t'effraie.

Je lui rendis son sourire et me redressai.

Après la roue, nous traversâmes la Tamise pour entrer dans un pub. Par chance, nous trouvâmes une table libre juste à côté de la porte. Alex jeta sa veste sur le dossier de l'une des chaises.

— Ça te va ? Je vais nous chercher à boire. Un coca ?

Je hochai la tête et m'assis, puis j'essuyai la table humide avec ma manche. Sans mauvais jeu de mots, je flottais sur un nuage depuis mon aventure sur le London Eye. J'avais réussi.

Alex revint une minute plus tard et posa deux verres sur la table.

— J'ai aussi commandé des frites.

— Des *chips*, le corrigeai-je avec un sourire. Ici, ce sont des *chips*. Il faut que tu notes ça dans ton dictionnaire d'expressions locales.

Le pub était bruyant. Quelques gars suivaient un match de foot à la télé et n'arrêtaient pas de crier des conseils ou des insultes aux joueurs. Alex et moi étions assis côte à côte, nous nous tenions la main sous la table.

La serveuse posa un panier devant nous. Les frites étaient chaudes comme de la lave en fusion, je me brûlai le palais en mordant dans la première. J'inspirai pour essayer de refroidir ma bouche.

— C'est ça d'être gourmande, se moqua Alex.

Je pris deux autres frites, les brandis devant son visage et les enfournai dans ma bouche, sachant que ça le ferait rire. Il toussa par le nez, ses épaules montaient et descendaient. Mon cœur bondit.

Puis quelque chose attira son regard et il adressa des signes frénétiques au bout du bar pour attirer l'attention de quelqu'un.

— Tu connais Erin ?

Je secouai la tête.

— Erin qui ?

— Elle est à Metford aussi. Je l'ai rencontrée une ou deux fois. Je dois la remercier – c'est elle qui m'a donné l'idée pour ce soir. Je l'ai croisée à la buanderie et elle m'a parlé de l'option VIP.

Je me retournai et fouillai la foule à la recherche d'un visage que j'aurais vu à la cafétéria.

— Elle est américaine ?

— Non, elle est écossaise. Elle fait un truc d'histoire de l'art ici avant de commencer l'université là-bas l'année prochaine. Elle va te plaire.

Il agita à nouveau la main.

Je n'avais pas très envie de faire connaissance avec une inconnue. Je voulais Alex rien que pour moi.

— Hey, tu es venue ! lança une voix à l'accent écossais. Tu as aimé la vue ?

— C'était su…

Ma langue s'immobilisa. C'était Nicki. Je me sentis aussi déstabilisée que si j'avais été à nouveau en haut de la roue, à tourner lentement au-dessus de la ville.

— Erin, se présenta-t-elle en me tendant la main.

Elle prit place sur une chaise et me sourit.

— Merci, c'était une super-idée, déclara Alex.

— Tu as aimé aussi ? me demanda-t-elle. Certains trouvent que c'est trop haut.

Je ne réagis pas. À quoi jouait-elle ?

— Ils réfléchissent trop, imaginent des risques là où il n'y en a pas. Tu as plus de chances de te faire écraser par un train que de tomber de ce truc.

Nicki eut un sourire suffisant.

À l'aéroport, je lui avais révélé que j'avais le vertige. Elle trouvait le moyen d'utiliser tout ce que je lui avais dit. Comme si elle pouvait lire dans mon cerveau.

Nicki secoua son verre, faisant tinter les glaçons. Puis elle arrondit les lèvres autour de sa paille et creusa ses joues en buvant tout ce qu'il restait au fond.

— Je crois qu'il n'en reste plus une goutte, déclara-t-elle avec un clin d'œil à Alex.

Puis elle se lécha les lèvres.

Sous la table, je serrai les poings.

Alex rougit.

— Je vais t'en commander un autre.

Il fit quelques pas puis revint vers moi.

— Pardon, tu voulais quelque chose, Kim ? s'enquit-il en désignant mon verre à moitié vide.

Je parvins à secouer la tête et attendis qu'il soit parti. Puis je pris Nicki par le bras et l'attirai à moi.

— Alors maintenant tu t'appelles Erin ?

Elle haussa les épaules et retira mes doigts de sa manche.

— Il est adorable. Geek chic. Je vous ai vus ensemble, et je me suis dit : « Tiens, c'est peut-être ça qui fait perdre la tête à Kim. » J'ai voulu le rencontrer.

— Laisse-le tranquille, sifflai-je.

— Tu as peur que je te le vole ? (Elle retroussa les lèvres, puis me tapota la main.) Ne t'inquiète pas, il est fou de toi. Il a des étoiles dans les yeux dès qu'on prononce ton nom – je te jure. C'est très mignon. C'est pour ça que tu as perdu ton objectif de vue ?

— Je ne vois pas de quoi tu parles.

La foule du bar laissa échapper un grognement angoissé. Quelqu'un avait raté une occasion de marquer un but.

Nicki secoua la tête.

— Ne fais pas l'idiote. Je comprends qu'un nouveau mec puisse être grisant, mais il ne faut pas oublier les priorités.

— C'est toi qui l'as fait m'emmener sur la roue.

Elle se recula en soupirant.

— Je ne lui ai rien fait faire. Je l'ai juste prévenu que c'était une expérience unique. Le genre de truc qu'il faut partager avec quelqu'un qu'on aime.

— Je t'ai confié que j'avais le vertige quand on s'est rencontrées.

Elle leva un sourcil.

— Vraiment ? (Elle se tapota les lèvres de son doigt.) Tu sais, maintenant que j'y pense, c'est peut-être vrai. Mais regarde les choses du bon côté : tu as réussi à affronter ta peur. Je me doutais que tu ne reculerais pas devant lui, et j'avais raison. Cette petite expérience a été un succès.

— Tu lui as fait croire que tu étais étudiante en histoire de l'art ?

Nicki gratta son vernis à ongles.

— Quoi ? J'adore l'histoire de l'art. Je l'étudierai peut-être un jour. Tout dépend si j'ai l'argent pour aller à l'université, ajouta-t-elle en me lançant un regard accusateur.

— Je ne sais pas comment faire, soufflai-je d'une voix aussi tendue qu'une corde d'arc. Je vais me faire prendre.

Nicki marqua une pause pour laisser passer deux femmes vêtues de jupes incroyablement courtes et de talons incroyablement hauts.

— J'apprécie qu'on parle de *comment* plutôt que de *quoi*. C'est déjà un progrès. On dirait qu'affronter une peur te fait avancer.

— Je n'arrête pas de te répéter que je ne suis pas la bonne personne pour ça. Si je me fais prendre – ce qui arrivera sûrement –, ça ne se passera pas bien pour toi non plus.

Les policiers voudront savoir pourquoi je l'ai fait. La vérité finira par sortir. Tu te retrouveras en prison avec moi. Il faut que tu embauches un professionnel.

Je baissai la voix même si personne ne pouvait nous entendre dans le brouhaha :

— Il te faut un tueur à gages.

Elle rit.

— Un tueur à gages ? Tu te crois dans un mauvais film de gangsters ? Mais je dois reconnaître qu'au moins tu ne parles plus de ce que les gens méritent ou pas. Que c'est mal. Bla bla bla. Honnêtement, toute cette morale commençait à m'ennuyer.

— Être honnête n'est pas ennuyeux.

— Dit celle qui a fait une liste des raisons pour lesquelles Connor méritait de mourir. À l'évidence, ta morale était plus souple à ce moment-là.

Elle fit claquer ses ongles sur la table.

— Ça ne signifie pas que je souhaitais qu'on le pousse sous un train, répliquai-je.

— Si, c'est exactement ce que tu voulais ; mais tu avais trop peur pour le faire. Ou alors tu pensais que tu te ferais prendre. Tu sais quoi ? (Elle me toucha les épaules, telle une reine adoubant un chevalier.) Je crois en toi. Je sais que tu es intelligente. Tu vas trouver une solution. Mais il ne te reste pas beaucoup de temps.

— Je ne peux pas…

— Je ne veux plus d'excuses.

Sa voix était tendue, cassante. Ses dents semblaient effilées dans la lumière tamisée du pub.

— Je sors demain soir, reprit-elle. Je ne veux pas être déçue en rentrant chez moi.

Alex s'approcha de la table, un verre à la main. Nicki releva la tête et étira ses lèvres en un sourire digne d'une citrouille d'Halloween.

— Super ! Bien joué.

Elle prit la boisson de la main d'Alex, but une longue gorgée et se leva.

— Bon, je ne vais pas tenir la chandelle plus longtemps. Je vous laisse, les tourtereaux. Je dois filer.

— Tu veux rentrer avec nous ? Il se fait tard, proposa Alex.

Je m'efforçai de ne pas réagir.

Nicki sourit.

— Ah, quelle galanterie. Il a raison – c'est une ville dangereuse…

Elle laissa sa phrase en suspens.

— Je suis sûre que tu vas t'en sortir, grommelai-je.

— Tu me connais bien.

Nicki vida son verre et quitta le bar.

VINGT-SIX

27 AOÛT
J-4

Chaque seconde de la journée suivante, je sentis un immense chronomètre défiler au-dessus de ma tête : le compte à rebours jusqu'au moment où Nicki attendait que je fasse quelque chose. Pas *quelque chose* – que je commette un meurtre.

À mesure que la journée se traînait, je consultais mon téléphone au cas où la secrétaire de la colonie aurait cédé et dit à Emily que je cherchais à la joindre, mais rien. Rien que la pendule, qui avançait vers le point de non-retour. Les exigences de Nicki se faisaient plus lourdes, plus pressantes, m'étouffaient.

On frappa à ma porte juste avant minuit. Ma gorge se serra comme si on m'étranglait. Ça devait être elle. Apparemment, elle n'avait aucun mal à entrer et sortir du bâtiment, et à présent elle se demandait pourquoi je n'étais pas chez elle en train de pousser sa mère dans l'escalier.

Je fermai les yeux et priai pour qu'elle s'en aille, mais on frappa à nouveau.

Il n'y avait pas de judas aux portes, je dus donc entrouvrir la mienne. C'était Alex. La tension de mes muscles se relâcha.

J'ouvris.

— Qu'est-ce que tu fais ici ?

Je scrutai le couloir pour voir si quelqu'un l'avait repéré à l'étage des filles en pleine nuit.

— Je m'inquiétais pour toi.

Je lui fis signe d'entrer. La pièce était si petite que son corps frôla le mien quand il se faufila à l'intérieur. Nous nous assîmes sur le lit. Je portais un sweat-shirt qui aurait eu besoin de passer à la machine, et un vieux short avec lequel je dormais. J'espérai qu'il ne s'attendait pas à me trouver en nuisette.

— Ce n'est pas la peine de t'inquiéter pour moi, dis-je.

— Tu as eu l'air perdue toute la journée. Et ce soir tu m'as à peine adressé la parole. J'ai fait quelque chose ?

— Quoi ? Non ?

Alex déglutit.

— Je me demandais si ça avait un rapport avec Erin hier soir. On s'amusait bien avant que je l'invite à notre table, mais ensuite tu n'as plus prononcé un mot au pub, et tu as été comme ça aujourd'hui aussi. Tu sais que c'est juste une copine, hein ? Enfin, même pas une copine, je ne lui ai parlé qu'une fois ou deux. Je sais qu'elle peut être un peu… euh… exubérante. Mais elle ne me plaît pas ni rien.

Il haussa les épaules, gêné.

Je fis la grimace. Je n'avais pas envie qu'il se sente coupable. Alex était la seule chose positive dans ma vie.

— Je suis désolée.

Je triturai la couverture du lit. J'avais envie de lui dire qu'Erin était plus qu'une allumeuse « exubérante » – elle était dangereuse –, mais il ne m'aurait pas crue.

— Ce n'est pas toi. Je ne sais pas ce que j'ai. Je suis distraite. Je dors mal ces derniers temps. Pourtant, avec une suite aussi chic, je ne vois pas le problème, ajoutai-je en embrassant la petite chambre du regard.

Toutefois je voyais très bien le problème. Nicki voulait que je tue sa mère cette nuit, mais ça n'arriverait pas. Nicki perdait patience, et ça ne me vaudrait rien de bon.

— Pourquoi tu dors mal ? demanda Alex.

Nous étions assis côte à côte, nos jambes se frôlaient. Je pris soudain conscience que nous étions sur mon lit. L'espace entre nous était chargé de tension.

— Je sais pas. Rien.

Il soupira.

— Ça va aller, tu sais.

Il tourna mon menton pour que nous soyons face à face.

Je hochai la tête, mais je ne le croyais pas. Mon cœur s'accéléra quand il me toucha, cependant il y avait autre chose : j'étais terrifié de ce qui arriverait si je n'obéissais pas à Nicki ou, pirc, si jc commettais l'irréparable pour me débarrasser d'elle. J'avais retourné le problème dans tous les sens, je ne voyais aucune solution. Ma lèvre inférieure se mit à trembler.

— Viens là.

Alex m'attira à lui, dénouant ainsi ma crispation. Il était chaud, la pression de ses bras autour de moi m'enveloppa de sécurité. Ma chair s'enflamma à son contact.

Alex posa son menton sur ma tête.

— Dis-moi ce qui te fait peur.

Je fermai les yeux.

— Tout, j'ai l'impression.

— Pas moi, j'espère.

Je serrai ses bras autour de moi, savourant sa chaleur.

— Pas toi. Désolée, je gâche toujours tout. Il paraît que je suis intelligente, mais je ne me comporte pas comme telle.

Ma voix fut étranglée par les larmes qui voulaient sortir.

— Tu n'as rien gâché. C'est juste que certaines choses sont déjà tordues.

Il commença à masser doucement mon épaule. Mon bras était dans une position inconfortable, mais je ne voulais pas bouger car je craignais qu'il s'éloigne.

La poitrine d'Alex se soulevait et retombait, m'entraînant comme une vague.

— Rappelle-toi que, souvent, les choses se règlent seules. La vie sait ce qu'elle fait. Réfléchis. Quelles étaient les chances qu'on s'inscrive l'un et l'autre à ce voyage ? Vois plus large : quelles étaient les chances qu'on naisse à peu près en même temps ? Imagine, si je t'avais trouvée et que tu avais quatre-vingt-dix ans. On t'aurait traitée de cougar si tu étais sortie avec moi.

Je ris.

— Tu aurais aussi pu naître dans un autre pays et parler une autre langue, poursuivis-je.

— Peut-être que j'aurais parlé français, la langue de l'amour.

Ses mains descendirent le long de mes bras, y laissant un sillon de chair de poule.

— Ce que je veux dire, reprit-il, c'est qu'on ne sait pas de quoi demain sera fait.

— Tu as raison, acquiesçai-je.

Sa bouche était contre mon oreille, son souffle me fit frissonner.

— Tu me plais beaucoup. Je ne te ferai pas de mal. Promis.

— Toi aussi, tu me plais, murmurai-je.

Dans ce silence, j'imaginais qu'il entendait mon cœur battre.

— On verra comment ça évolue. La situation est bizarre parce qu'on est ici et à cause de tout ce qui s'est passé. On rentre chez nous dans quelques jours. Là-bas, les choses seront différentes.

— J'aimerais bien rencontrer ta famille, reconnus-je. Ton petit frère a l'air incroyable.

— Tu ne m'as pas écouté : mon petit frère s'est enfui d'un des cercles de l'enfer. C'est un demi-démon. Et il sent mauvais. Je t'ai dit ça ? On croirait qu'il est allergique au savon. Par contre, il faut absolument que je te présente mon chien. Mon chien est super.

— Je suppose qu'il sent meilleur ?

— Hum, peut-être pas. Chewbacca a tendance à se rouler dans des trucs pourris sur la plage. Ça rend ma mère folle. Mais je l'adore.

— Dans ce cas, je vais l'adorer aussi.

Je me blottis davantage contre la poitrine d'Alex.

— Ça va mieux ? demanda-t-il.

— Ouais, marmonnai-je, m'autorisant enfin à me détendre.

— Tu vas réussir à dormir ?

J'en doutais.

— Tu vois, quand tu n'arrives pas à éteindre ton cerveau ? Pour moi, c'est plus facile quand tu es là.

— Alors je reste.

Je me dégageai de son étreinte.

— Tu ne peux pas.

— Bien sûr que si. Ce n'est pas comme s'ils venaient contrôler nos lits la nuit. (Puis il rougit.) Enfin, si tu veux que je m'en aille, pas de problème. Je n'insinuais pas qu'on ferait quoi que ce soit, je voulais juste rester jusqu'à ce que tu t'endormes.

Je lui pris la main.

— Tu ferais ça ? Chasser les monstres ?

Il posa sa main sur son cœur.

— Il se trouve que je suis un tueur de monstres professionnel.

— Mon père faisait ça quand j'étais petite.

— Il tuait les monstres ?

— Il faisait le tour de la pièce avec une torche, demandait à tous les monstres de sortir de sous mon lit et du placard. Ensuite, il passait le pschitt à monstres. Enfin, c'était un simple désodorisant.

— Tu ne sais pas – peut-être qu'il a déposé le brevet de ce truc. Je n'ai rien contre ton père, mais je préfère affronter les monstres au corps-à-corps. C'est plus viril.

Alex retira ses chaussures et son sweat-shirt, de sorte qu'il se retrouva en tee-shirt et il montra les muscles.

Je me levai pour qu'Alex puisse se glisser sous les couvertures. J'éteignis la lumière et me glissai au lit à côté de lui.

— Tu es sûr ? murmurai-je.

Je ne voulais pas insister, mais j'avais tellement envie qu'il reste que j'en avais mal.

— Pour toi, je suis sûr.

Il m'attira à lui, son corps couvrant le mien. Il formait une boule derrière moi, me protégeait.

— Que vont dire les autres ?

— Je partirai tôt, avant qu'ils se lèvent.

Nous demeurâmes ainsi en silence dans le noir.

Au bout de quelques instants, notre souffle se synchronisa. Je n'avais jamais dormi avec quelqu'un avant. Avec Connor, nous devions chercher un endroit pour être seuls. Chez un copain à lui, une fois dans sa voiture. Dans sa chambre quand ses parents étaient au travail. Toujours en vitesse. Être allongée à côté d'Alex était plus intime. Je me sentais vulnérable d'une manière différente. Alex m'enlaçait, sa paume sur ma taille. Son pouce suivait l'os de ma hanche à travers mon short. J'eus envie de me retourner pour l'embrasser, de relâcher définitivement la tension en moi, de me perdre en lui, dans la sensation qu'il me procurait. Je savais que si je le faisais, je ne pourrais pas m'arrêter. Déjà, tout mon coprs brûlait à son contact. Mais je ne voulais pas que nous soyons ensemble de cette manière, pas avec Nicki entre nous.

Son souffle était chaud, je sentais son poids contre moi. Mes yeux se fermèrent, je comptai nos respirations. Puis le miracle se produisit : je m'endormis.

VINGT-SEPT

28 AOÛT
J-3

Le lendemain, je me réveillai l'esprit clair pour la première fois depuis plus d'une semaine. Le soleil filtrait par l'interstice entre les rideaux. J'entendis le *flap-flap* des tongs qu'on enfilait pour aller à la salle de bain sur le parquet du couloir. Nous ne nous étions pas réveillés.

Nous étions encore enlacés dans un cocon tiède au milieu de mon lit. Comme dans une cabane en couvertures. Alex dormait profondément, son souffle chaud dans ma nuque, sa main sur ma cuisse.

Je bougeai à peine et Alex se retourna, les bras au-dessus de la tête. Il paraissait plus jeune, endormi, la bouche entrouverte. Je longeai sa mâchoire avec mon doigt et sentis la piqûre de sa barbe. Il cligna des yeux.

— Bonjour, murmurai-je.

— Salut.

Il passa la main dans ses cheveux noirs.

— Les filles sont réveillées, l'avertis-je. Elles te verront sortir.

Il s'assit.

— Je peux attendre ici jusqu'à ce que tout le monde descende prendre le petit déjeuner. J'irai ensuite dans ma chambre.

— Tu arriveras en retard. Tu es sûr d'avoir envie d'affronter la colère de Tasha ?

Il se frotta le menton, sa barbe naissante crissa sous sa main.

— Ça ira.

Je réalisai que je me moquais de ce que pensaient les autres. Je touchai à nouveau le visage d'Alex.

— Non. Ne t'inquiète pas.

Il se leva et s'étira. Les bras levés au-dessus de la tête, son tee-shirt remonta, découvrant son ventre. Cet aperçu de sa peau mate me donna un coup au cœur.

— Merci d'être resté, dis-je. J'ai bien dormi pour une fois.

Il sourit.

— C'est tout moi – je suis généreux. Endormir les femmes par l'ennui, c'est un vrai talent. Je suis content que tu aies dormi.

Il me prit dans ses bras, me serra un instant, puis se recula. Nous étions au ralenti, groggy, comme ivres d'être ensemble.

— Je dois y aller. On se retrouve en bas. Je ne sais même plus ce qu'on a aujourd'hui. Et toi ?

— Non. Un autre musée ?

La réalité me rattrapa brusquement.

Nicki.

Pendant la journée, j'attendrais qu'elle apparaisse, exigeant des réponses pour ce qui ne s'était pas passé. Maintenant que j'avais l'esprit clair, peut-être trouverais-je un meilleur plan pour l'affronter, une solution ?

Le tee-shirt d'Alex était froissé, ses cheveux ébouriffés, ses boucles partaient dans toutes les directions.

— Il faut que je te parle, déclarai-je.

Quand les mots furent sortis, je m'aperçus qu'ils étaient vrais. Le voilà, mon plan. J'allais me confier à Alex. Pas seulement parce que j'avais tant besoin de son aide, mais aussi parce que je comprenais qu'il comptait pour moi. Je voulais que ça fonctionne entre nous, mais c'était impossible si ce secret restait entre nous comme une tache immonde. Ensemble, on déciderait quoi faire. J'avais eu peur de l'impliquer, mais j'avais besoin de lui. Je ne pouvais pas la laisser contrôler la situation.

Je lui dirais tout. Que j'avais parlé avec Nicki dans l'avion, que j'avais souhaité la mort de Connor, même si ce n'était pas sérieux. Je ne voulais pas perdre Alex, mais je ne pourrais pas le garder si je continuais à mentir. Je ne devais pas avoir peur, il fallait que je croie qu'il me protégerait. Nous allions trouver une solution ensemble. Nous allions la battre.

— D'accord. Qu'est-ce qu'il y a ? demanda Alex en enfilant ses chaussures.

Je jetai un regard au réveil près du lit. Ce n'était pas le moment. Nous devions être en bas dans une demi-heure. Je devais faire ça bien.

— C'est une longue histoire. On peut sortir plus tard ? Juste toi et moi.

— On peut aller déjeuner chez notre thaï, si tu veux.

J'inspirai profondément.

— Ça serait super.

Mon téléphone sonna. J'espérais que c'était Em.

Je décrochai.

— On se voit en bas, dit Alex.

— Ça explique où tu étais hier soir, gronda Nicki. Ne cherche pas d'excuse. Je l'entends derrière toi. Tu t'es amusée avec lui au lieu de faire ce que tu avais promis. Ça ne me dérange pas que tu voies quelqu'un, mais pas quand tu as du travail.

Alex s'arrêta à la porte, il attendait une réponse. Ma bouche était sèche. Je hochai la tête et forçai mes lèvres à former ce que j'espérais ressembler à un sourire. Il m'envoya un baiser et referma la porte.

— Eh ben, regardez qui voilà ? lança quelqu'un.

— Ouh, c'est chaud, au troisième étage ! cria une autre voix.

Avant que la porte se referme, j'entendis Alex marmonner tandis que les autres se moquaient de lui sur son chemin vers l'escalier.

— Tu vas regretter qu'on se soit rencontrées, poursuivit Nicki. Sa voix s'enfonçait dans mes oreilles comme des lames de glace.

— C'est déjà le cas, répondis-je, mais elle avait raccroché.

Avec un peu de chance, avant la fin de la journée, je trouverais un moyen de *lui* faire regretter encore plus de m'avoir rencontrée. Je savais ce que j'avais à faire. Alex voudrait que j'aille voir la police. Mais il viendrait avec moi. C'était risqué, cependant, avec lui, j'aurais moins peur.

Quelques heures plus tard, je me glissais sur une banquette au fond du restaurant. J'avais choisi d'être assise contre le mur pour être sûre que Nicki ne me sauterait pas dessus par-derrière. J'avais passé la matinée à réfléchir à la manière de tout raconter à Alex.

La serveuse ne prit pas la peine de nous tendre les menus usés. Elle connaissait nos habitudes.

— Deux thés thaïs, un rouleau de printemps végétarien, un pad thaï, sans crevettes ? demanda-t-elle en remplissant nos verres d'eau avec un pichet en plastique ébréché.

Nous acquiesçâmes, et elle s'éloigna.

— Il faut que je t'avoue quelque chose : je crois que je ne comprends pas l'art moderne, lança Alex, en référence à notre visite à la Tate Gallery le matin.

Il prit sa fourchette et son couteau et les essuya avec sa serviette.

— J'ai bien aimé certains tableaux.

— Je ne voyais pas de quoi parlaient la plupart.

La serveuse apporta nos boissons et Alex la remercia d'un sourire. Il versa le lait condensé dans son thé, les couleurs se mêlèrent en un tourbillon.

— Je ne suis pas sûre que l'art soit censé *parler* de quelque chose. Peut-être qu'il cherche juste à nous faire sentir quelque chose.

Je me frottai les mains sur mon pantalon et ajoutai doucement :

— Merci d'être venu.

— Alors, qu'est-ce qui se passe ?

Je déglutis. Je pouvais le faire.

— J'ai besoin de ton aide. Je dois te dire quelque chose qui changera peut-être tes sentiments pour moi.

Alex posa la fourchette avec laquelle il jouait.

— D'accord.

— Promets-moi que tu m'écouteras jusqu'au bout avant de t'en aller ou quoi.

— Je ne vais pas...

— Promets-moi.

J'attendis qu'il hoche la tête.

— Je t'ai déjà parlé de Connor, commençai-je.

Il hocha à nouveau la tête. Je voyais dans son regard qu'il se demandait où je voulais en venir.

— J'étais très en colère contre lui pour ce qu'il m'avait fait. Pour la manière dont il m'avait traitée.

— Je comprends.

— Je ne l'ai pas tué, précisai-je, au cas où Alex aurait eu un doute.

— Je n'ai jamais pensé ça, s'empressa-t-il de dire, l'air inquiet.

Je marquai une pause en attendant qu'un groupe d'hommes d'affaires qui réglait l'addition à la caisse finisse de se disputer pour savoir qui avait commandé le bœuf satay avec un supplément de sauce cacahuète. Puis je continuai :

— Tu t'es déjà retrouvé dans une mauvaise situation sans savoir comment les choses en étaient arrivées là ?

— Euh, bien sûr.

Alex avait posé les mains à plat sur la toile cirée, comme s'il se préparait à encaisser un choc.

La serveuse apporta nos assiettes.

— J'ai rencontré quelqu'un...

Alex se recula et je m'empressai d'expliquer :

— Non, ce n'est pas ce que tu crois. Je parle de Nicki, la fille de l'avion. Je t'ai dit que je lui avais raconté ma rupture avec Connor. Et elle m'a raconté son histoire avec sa mère.

— Je ne comprends pas…

— J'ai besoin que tu m'écoutes.

— Pardon. Je vais me remplir la bouche pour me taire.

Alex leva les mains en signe de capitulation et se mit à enrouler les nouilles de riz autour de sa fourchette.

— Bref, Nicki avait l'air de partager mon ressentiment. Je lui ai confié à quel point j'étais en colère, que je pourrais le tuer.

Alex arrêta sa fourchette devant sa bouche.

— Sérieusement ?

— C'était juste une façon de parler. Je ne le pensais pas.

— Mais ensuite…

— Ensuite Connor est mort.

Alex s'immobilisa, et je me demandai s'il commençait à comprendre, mais il plongea sous la table.

— Alex ?

Il se redressa, haletant, et renversa le contenu de son sac à dos devant lui.

— Quoi ?

— Il doit y avoir des crevettes…

Il luttait pour respirer, les tendons de son cou saillaient. Je me levai d'un bond et me mis à chercher la seringue orange et bleue parmi ses affaires, jetant les objets à terre. Sa seringue n'était nulle part.

— Tu l'as toujours sur toi ! m'écriai-je.

Alex écarquillait les yeux, il s'asphyxiait. Ses doigts parcouraient les derniers objets sur la table.

— Il y a un problème ? demanda la serveuse en s'approchant.

— Appelez le 911 ! hurlai-je.

— 9 quoi ?

Non ! C'était quoi, le numéro des urgences ici ? Alex ne bougeait presque plus. Plié en deux, il avalait l'air avec de petits couinements.

— Appelez une ambulance ! suppliai-je.

Je m'agenouillai à côté de lui et parcourus rapidement le sol à nos pieds au cas où nous ayons manqué la seringue, mais elle n'était pas là. Je le tirai par la manche.

— Tu en as une autre dans ta chambre ?

Alex hocha la tête. Il n'avait plus assez d'air pour parler.

Je m'étais déjà levée.

— J'y vais. Ils appellent de l'aide. Tiens bon.

Le cuisinier sortit de la cuisine et la serveuse apporta un verre d'eau à Alex d'une main tremblante.

— Restez avec lui. Je vais chercher ses médicaments.

Sans attendre de réponse, je poussai la porte, arrachant la petite clochette en cuivre suspendue au-dessus, et me précipitai dans la rue. J'entendis la clochette rebondir sur le sol dans un tintement. Je courus aussi vite que je pouvais. Je tendais l'oreille, à l'affût d'une sirène, mais je n'entendais que la circulation qui emplissait les rues. Comment une ambulance pourrait-elle passer ? La résidence était au coin de la rue, mais j'avais l'impression de courir des kilomètres.

Je gravis les marches de Metford House quatre à quatre et fis irruption dans le hall.

— Il me faut la clé de la 450 ! hurlai-je. J'ai besoin de ses médicaments, tout de suite !

L'homme qui travaillait à l'accueil leva le regard une fraction de seconde, puis saisit le trousseau de passe-partout sur le tableau derrière lui et me le lança.

— Appelez Tasha ! criai-je derrière moi en gravissant les escaliers.

Mon cœur battait contre mes côtes ; moi aussi, j'avais du mal à respirer. Comment le restaurant avait-il pu se tromper ? Il le leur avait dit ! Ils savaient !

Mes mains tremblaient si fort que je dus m'y reprendre à trois fois pour faire entrer la clé dans la serrure. J'ouvris la porte à la volée. La disposition de sa chambre était la même que la mienne. Jamais je n'avais été aussi contente de trouver un espace réduit. Je me précipitai d'abord vers le bureau, fouillant dans les affaires posées dessus. Quelques livres, un iPad, des bonbons, mais pas de seringue.

Je pris le seau en plastique que nous utilisions pour ranger nos affaires de toilette et le renversai sur son lit. Shampooing, déodorant, un rasoir, du savon, mais pas de seringue. L'odeur de son après-rasage m'emplit la tête.

Je balayai ses vêtements de l'étagère au-dessus des cintres accrochés au mur, slips, tee-shirts et jeans volèrent dans la pièce. Je donnai des coups de pied dans les piles de tissus, mais pas de seringue.

— Qu'est-ce qui se passe ? demanda Jamal depuis la porte en me découvrant au milieu du chaos que j'avais semé en si peu de temps.

Je tournais sur moi-même en essayant de réfléchir à l'endroit où Alex pouvait ranger son médicament dans une si petite chambre. Je haletais. Je tombai à genoux pour regarder sous le lit. Sa valise était là. Je tirai sur la poignée, mais elle était coincée.

— Allez ! criai-je en tirant.

Combien de temps s'était-il écoulé ? Toujours pas de sirène d'ambulance, mais je pouvais l'avoir manquée. La valise vint avec un *plop* et je tombai en arrière. J'ouvris le compartiment principal, il était vide.

— Qu'est-ce que tu fiches dans la chambre d'Alex ? insista Jamal.

Je l'ignorai et fouillai les poches de la valise. Soudain, je sentis quelque chose sous une fermeture Éclair. J'y passai la main et me mis à pleurer. Brandissant la seringue telle une torche olympique, je sortis en courant, bousculant le groupe qui s'était amassé devant la porte.

L'homme de l'accueil me cria quelque chose que je n'entendis pas quand je traversai le hall. Je glissai sur la première marche extérieure, dévalai le reste de l'escalier sur les fesses et me cognai le coude à la rampe avant de m'arrêter. Je hurlai de douleur, mais je ne lâchai pas la seringue – elle était comme soudée à ma chair. Je me relevai et repartis vers le restaurant. Mon coccyx m'élançait et je sentais du sang couler de mon coude et de mes mains écorchées. Je devais avoir l'air ahurie, car les gens s'écartaient de mon chemin.

Une ambulance état garée devant le restaurant. *Oh, Dieu merci*. J'entrai comme une furie.

— J'ai, j'ai…, haletai-je en brandissant la seringue.

Les ambulanciers se levaient déjà pour soulever la civière sur laquelle se trouvait Alex. Les roulettes se mirent en place et ils commencèrent à rouler vers moi. Je vis qu'il avait vomi par terre. Tout mon corps fut pris de tremblements. Les tables avaient été poussées sur le côté et un groupe de clients se tenait près de l'aquarium dans le coin.

Les ambulanciers remarquèrent ma présence.

— On lui a déjà fait une injection, me dit l'un d'eux.

Alex avait les lèvres bleues et les yeux fermés. Son visage était gonflé, et les brancardiers avaient glissé un tube dans sa bouche. Son sac à dos et son contenu éparpillé se trouvaient sur le brancard, à côté de ses pieds. Je tins la porte tandis que l'autre ambulancier annonçait dans son talkie-walkie :

— On a un choc anaphylactique.

— Est-ce qu'il va s'en sortir ? demandai-je.

— Vous savez à quoi il est allergique ?

— Les fruits de mer.

— Et le latex ?

Je secouai la tête.

— Des médicaments ?

— Non. Enfin, je ne crois pas. Il est allergique à plein de trucs – les chats, la moisissure, l'herbe, les fraises – mais les fruits de mer sont la seule chose qui...

Je regardai Alex étendu là, inconscient.

— On l'emmène à l'hôpital Cromwell, m'annonça l'homme par-dessus son épaule tandis qu'ils hissaient le brancard à l'arrière de l'ambulance.

Il resta avec Alex et l'autre sauta à l'avant. J'avais encore plein de questions, mais l'homme à l'arrière fermait déjà les portes, et le hurlement de la sirène noya mes pensées.

J'eus l'impression que tous mes os avaient fondu et m'effondrai sur la chaise la plus proche.

— Tenez, prenez ça.

La serveuse me tendit un verre d'eau. J'essayai de boire, mais ma main tremblait tellement que j'en renversai plus que je n'en bus.

— Il a arrêté de respirer, mais ils l'ont réanimé. Il a respiré à nouveau.

Il avait arrêté de respirer ? Oh mon Dieu.

Le cuisinier se tenait devant moi.

— Pas de crevettes dans le plat.

Ses mains tordaient le torchon passé dans le cordon de son tablier.

— Il devait y en avoir – il est allergique, répliquai-je.

— Pas de crevettes, insista le cuisinier, au bord des larmes. Regardez !

Il prit l'assiette de pad thaï et la retourna sur la toile cirée. Il sépara les nouilles, les cubes de tofu et les pousses de haricot. Des larmes coulaient sur ses joues.

— Pas de crevettes.

Je touchai le tas de nouilles. La nourriture était encore chaude. Je mis le doigt dans ma bouche et goûtai le mélange épicé et amer.

La garce.

Je secouai la tête. Je refusais de penser à elle maintenant. Je devais rester concentrée sur Alex.

Tasha fit irruption dans le restaurant et regarda autour d'elle d'un air affolé avant de m'apercevoir.

— Qu'est-ce qui s'est passé ?

— Alex a fait une réaction allergique.

— Pas de crevettes ! insista à nouveau le cuisinier.

— Pourquoi n'avait-il pas sa seringue sur lui ? demanda Tasha en enfouissant ses mains dans sa masse de cheveux, comme pour l'arracher. Il sait qu'il doit toujours l'avoir sur lui.

Elle abattit un poing sur la table qui fit bondir les verres.

— Je ne sais pas. J'ai couru dans sa chambre pour chercher celle de secours.

Je la tendis mollement.

— Pourquoi l'a-t-il laissée dans sa chambre ?

Tasha me prit la seringue.

— Il croyait qu'elle était dans son sac, mais il ne l'a pas trouvée. Elle a dû tomber quelque part, je ne sais pas.

— Bon sang. Je ne peux pas appeler une autre famille. Je ne peux pas.

Tasha s'assit à côté de moi et but mon verre d'eau en une longue gorgée.

Elle parlait d'une voix plate, regardant droit devant elle comme si elle ne me voyait plus. Comme si elle ne voyait même plus le restaurant.

— Il va s'en sortir, hein ?

Tasha n'en savait pas plus que moi, mais j'avais besoin qu'elle me dise que tout irait bien.

Mes mots parurent la ramener à elle.

— Bien sûr qu'il va s'en sortir. Il ira bien, répéta-t-elle, plus assurée. Est-ce qu'on sait dans quel hôpital ils l'emmenaient ?

Trou de mémoire.

— Cromwell, intervint la serveuse.

Tasha se leva de la table.

— D'accord, j'y vais. Je t'appelle dès que j'ai du nouveau.

— Je viens avec toi.

Je me précipitai pour ramasser mon sac, et en sortis de l'argent pour payer le repas, mais la serveuse s'empressa de reculer en secouant la tête, comme si je lui proposais une vipère.

— Tu ferais mieux de retourner à Metford.

Je fixai Tasha.

— Je viens à l'hôpital. Si tu ne m'emmènes pas, je trouverai le moyen d'y aller seule. Tu ne m'en empêcheras pas.

Elle dut lire quelque chose dans mon regard, car elle capitula.

— D'accord, allons-y.

VINGT-HUIT

28 AOÛT
J-3

Il était presque minuit quand nous rentrâmes à Metford. Tasha avait payé un taxi, à mon grand soulagement car je n'aurais pas supporté de prendre le métro. Le chauffeur dut même se racler la gorge pour que je comprenne que nous étions arrivés devant le bâtiment et que je devais descendre.

Le reste du groupe nous attendait dans le hall. Sophie paraissait avoir pleuré. Ils se levèrent à mon arrivée.

— Il va bien, dis-je.

— Qu'est-ce qui s'est passé ?

Jamal avait l'air en colère, comme s'il voulait que quelqu'un lui donne des explications.

Je leur racontai la réaction allergique d'Alex, à quel point c'était grave.

Kendra marmonna quelque chose à Jazmin, le regard tourné vers moi. Jazmin la rcpoussa d'un geste. Mes poings se serrèrent. Kendra pensait que c'était ma faute.

— Il faudrait faire un procès au restaurant thaï ! s'écria Jazmin. En gros, ils ont essayé de tuer Alex.

Je haussai les épaules.

— Le cuisinier m'a affirmé qu'il n'y avait pas de crevettes dans le plat. Le médecin a dit qu'il s'agissait sans doute d'une contamination indirecte. Si le cuisinier a utilisé le même couteau pour couper des crevettes puis le tofu d'Alex, ça peut suffire à avoir causé sa réaction.

Encore une fois, je chassai l'image de Nicki.

— Mais il va s'en sortir ? questionna Sophie, les bras croisés.

— Il a arrêté de respirer, mais les médecins pensent que ça n'a pas duré longtemps. L'ambulance est arrivée assez vite. Ils le gardent pour la nuit en observation parce qu'il a dû être réanimé. Il était conscient quand on est parties.

J'avais voulu lui parler, cependant ni les médecins ni Tasha ne m'y avaient autorisée. J'avais dû me contenter de passer la tête par la porte pour l'apercevoir. Je devais lui demander s'il avait vu « Erin » quelque part avant que ça ne lui arrive.

— Ils ont indiqué qu'il ne pouvait pas encore parler.

— Ce voyage est maudit, intervint Kendra.

Jazmin lui donna un coup de poing dans l'épaule.

— Arrête avec ces conneries. Personne n'a besoin de tes paranos vaudous.

— Je remarque juste que c'est bizarre. Connor meurt, et puis ça.

Le malaise envahit ma poitrine. Les heures passées dans une salle d'attente stérile avec des magazines périmés, du mauvais café et des conversations étouffées m'avaient laissé beaucoup de temps pour réfléchir.

Quelles étaient les chances qu'Alex fasse une réaction allergique juste après mon refus de céder aux exigences de Nicki ?

Mon prof de maths m'avait toujours répété que la corrélation n'implique pas la causalité. Si ton chien aboie quand tu manges une banane, ça ne signifie pas que cette banane a fait aboyer ton chien. C'est juste arrivé en même temps. Confondre les deux n'est pas scientifique. Mais ce cauchemar sentait Nicki à plein nez.

— Et maintenant, qu'est-ce qui va se passer ? voulut savoir Sophie.

— Tasha a appelé les parents d'Alex. Ils vont venir. Ils espèrent trouver un vol dès que possible.

Je ne précisai pas l'expression de Tasha quand elle les avait appelés ; clairement, elle aurait préféré s'arracher la peau que de le faire.

— Alex restera à l'hôpital jusqu'à demain pour s'assurer que ses analyses sont normales, expliquai-je.

— Et nous ? s'enquit Jazmin.

— Il ne reste que deux jours, fit remarquer Jamal. J'imagine qu'ils vont nous faire terminer le programme. Il faudrait presque autant de temps pour s'organiser autrement.

— Peut-être. C'est juste que ça fait bizarre de jouer les touristes avec... (Jazmin se tourna vers moi.) Tu sais.

— Je vais me coucher, déclarai-je.

Sophie m'effleura le bras.

— Tu as besoin de quelque chose ?

Je secouai la tête et gravis l'escalier, comme si mes jambes pesaient cinq cents kilos. Je décidai de retourner à l'hôpital le lendemain matin, ils devraient bien me laisser voir Alex.

Je refermai ma porte derrière moi et m'adossai contre. Je n'avais qu'une envie, me déshabiller. Mes vêtements sentaient l'hôpital, un mélange de produit de nettoyage au pin et de pourriture. Je regardai autour de moi. Il me paraissait impossible qu'on se soit réveillés ici ensemble ce matin.

C'est alors que je remarquai que mon lit était fait. Ou plutôt, bordé avec une précision militaire. Les couvertures étaient lissées, les coins pliés, l'oreiller vertical contre le mur. Je ne faisais pas mon lit comme ça. Je le faisais rarement, et quand ça m'arrivait je me contentais de tirer la couverture à la va-vite.

Il y avait quelque chose à l'intérieur. Je tirai la couverture dans un bruissement, comme si je faisais un tour de magie. Un petit pot, pareil à ceux de purée pour bébé, roula sur le matelas. Je le ramassai.

La plupart des inscriptions étaient en japonais, mais il y avait quelques mots en anglais. Juste assez pour savoir de quoi il s'agissait.

POUDRE DE CREVETTES

VINGT-NEUF

29 AOÛT
J-2

Je m'assis sur l'un des bancs qui bordaient les allées de Kensington Gardens. J'avais posté sur Instagram une photo de la statue de Peter Pan pour que Nicki sache où me trouver. Je ne pris pas la peine d'ajouter un message. Elle était intelligente. Elle comprendrait où j'étais et pourquoi je voulais la voir. J'attendis.

Il n'y avait pas beaucoup de monde à cette heure matinale. Quelques coureurs et des mères avec des poussettes. Je serrai les poings puis les desserrai, mes ongles laissèrent des croissants rouge sombre dans mes paumes.

— Te voilà ! lança Nicki.

Elle descendait déjà de vélo en s'approchant. Les roues crissèrent sur le gravier, comme des céréales dans du lait. Avec sa longue robe à fleurs, elle paraissait tout droit sortie d'un roman d'amour.

Je lui jetai le petit pot, qui la heurta à la poitrine avant de tomber au pied de la statue pour se fracasser dans un feu d'artifice d'éclats de verre et de poudre.

Nicki laissa tomber son vélo et se frotta le sternum.

— Tu m'as fait mal…

Elle ne termina pas sa phrase, car j'avais parcouru la distance qui nous séparait et lui avais mis un coup de poing au visage. Ma main heurta sa mâchoire avec un *paf* assourdi. Sa tête partit en arrière.

Elle trébucha sur son vélo et s'écorcha un genou avant de se relever rapidement et de reculer de trois pas.

— Hé, les filles, qu'est-ce qui se passe ? cria un vieux au fort accent, presque inintelligible.

Je reculai à mon tour. Je haletais de rage. Les os de ma main semblaient avoir explosé sous le choc. Je la secouai pour tenter d'apaiser la brûlure. Je n'avais jamais frappé quelqu'un de ma vie. L'adrénaline envahit mon corps ; je sentais le moindre muscle rempli d'énergie. J'avais envie de la frapper à nouveau. Si l'homme n'avait pas été là, je l'aurais peut-être fait.

— Tout va bien, assura Nicki.

L'homme s'éloigna mais continua de nous jeter des regards par-dessus son épaule en remontant son pantalon de jogging, jusqu'à ce qu'il disparaisse.

— Montre-moi ton téléphone.

Je le sortis pour lui prouver que je n'enregistrais pas puis le remis dans mon sac. Elle indiqua ma poitrine et je soulevai mon tee-shirt pour qu'elle voie que je ne portais pas de micro. Nicki me toisa des pieds à la tête puis effleura le coin de sa bouche. Quand elle retira ses doigts, ils étaient maculés de rouge. Elle lécha le sang d'un coup de langue. Puis elle sourit.

— Je ne t'en croyais pas capable.

— Ne t'approche pas de lui, soufflai-je.

La colère qui s'était accumulée depuis que j'avais découvert ce petit pot sur mon lit avait disparu, engloutie dans ce coup. Je serrai le poing, la douleur remonta dans mon poignet, dans mon coude, jusqu'à mon épaule. J'avais peut-être un doigt cassé. Je m'en moquais.

— Il aurait pu mourir.

Ma voix se brisa sur le dernier mot.

Nicki se pencha et redressa son vélo, mit la béquille et le posa sur le côté de l'allée. Elle épousseta sa robe d'une saleté imaginaire.

— Comme si ça devait me surprendre. C'était le but. Il fallait que tu saches que je suis sérieuse. J'ai compris qu'en te menaçant de dire à la police que c'est toi qui as tué Connor, je m'y prenais de travers. Tu te fiches de ce que pensent les gens, maintenant. Clairement, l'idée d'aller en prison ne suffisait pas.

Elle leva un doigt, comme pour insister.

— Mais menacer le petit génie, ça a changé la donne.

— Il s'appelle Alex.

Elle me dépassa, effleurant mon épaule. Son parfum sentait l'orange et le talc pour bébé. J'aurais voulu arracher cette odeur douceâtre de mon nez. Nicki s'assit sur le banc.

— C'est un truc pour l'humaniser et que je me sente coupable ? Comme quand les vegans appellent un cochon Wilbur ? Si l'animal porte un nom, tu es censé préférer les brocolis au bacon ?

C'est comme ça qu'elle nous voit ? Comme du bétail ?

— Laisse-le en dehors de ça.

Elle rangea une mèche derrière son oreille. Ses cheveux avaient poussé depuis notre première rencontre : ils restèrent coincés.

— Ce n'est pas moi qui l'y ai mêlé – c'est toi. C'est toi qui joues à Roméo et Juliette avec le roi des nerds…

Mon expression lui arracha un sourire sarcastique.

— Mes excuses – c'est toi qui joues à Roméo et Juliette avec *Alex*, au lieu de faire ce que tu as à faire.

— Je vais voir la police.

— Pour lui dire quoi, au juste ? Tout le monde croit que c'est un accident. Quelle qualité de service peut-on attendre d'un restaurant comme celui-là ?

— Ta gueule, grognai-je.

— Je ne veux pas vexer tes amis thaïs, je fais simplement remarquer que c'est le genre de chose qui peut arriver. Si tu vas voir la police avec une vague théorie du complot, ça leur donnera d'autres idées.

— Comme quoi ?

— Que c'est peut-être toi qui l'as fait.

J'eus envie de m'arracher les cheveux.

— Pourquoi aurais-je fait ça ?

— Tu es une fille perturbée. Peut-être que tu l'as empoisonné pour pouvoir le sauver. Pour qu'il tombe amoureux de toi. Il y a un nom pour ça – je l'ai lu dans un de ces magazines débiles que ma mère adore. Les articles portent un titre du type : « La fille qui l'aimait à mort », avec plein de photos en couleur et de points d'exclamation.

Nicki s'interrompit pour sourire à une mère avec un enfant dans une poussette. Elle salua la fillette, qui lui rendit son geste de sa petite main rose qui s'ouvrait et se refermait comme une étoile de mer.

J'attendis que la mère ait disparu.

— Je ne ferais jamais de mal à Alex. Je suis amoureuse de lui.

Dès que les mots sortirent de ma bouche, je compris qu'ils étaient vrais. Une autre chose que Nicki avait gâchée. J'aurais dû exprimer ce sentiment pour la première fois en face d'Alex, pas d'elle.

— Je le sais, mais vu la situation et les indices…

Je serrai la mâchoire. Le vent fit bruire les feuilles des arbres.

— Quels indices ? articulai-je.

Elle désigna mon sac. Je l'ouvris. La seringue gisait sur le dessus.

Je jetai le sac par terre comme s'il avait été en feu. Elle devait l'avoir glissée dedans en passant près de moi.

— Bon, ce n'est pas vraiment la sienne, c'en est une autre que j'ai trouvée. Mais ça pourrait être la sienne, et de quoi tu aurais l'air ? fit-elle d'un air réprobateur.

— Comment ? demandai-je. Comment as-tu mis la poudre de crevettes dans son assiette ?

Nicki se balança d'avant en arrière sur le banc, excitée.

— À ton avis ?

— Tu as corrompu le personnel de cuisine ?

Elle parut déçue.

— Bien sûr que non. Ne jamais impliquer d'autres personnes – ça ne fait qu'attirer des ennuis. Regarde tous les problèmes que tu me causes, par exemple. Ça me fait regretter de ne pas pouvoir m'occuper de ma mère moi-même. Ça serait plus facile.

— Tu t'es faufilée dans la cuisine ? Mais ça veut dire que tu savais qu'on irait. Et tu étais au courant pour son allergie.

Elle regarda ses ongles.

— Il m'en a parlé il y a des siècles. Ou plutôt il en a parlé à Erin. C'est remarquable, ce que les gens racontent quand on fait semblant de s'intéresser à eux. On ne sait jamais à quoi peuvent servir ces informations. Ça vaut presque la peine d'écouter les gens déblatérer.

Nicki tapota la place à côté d'elle.

— Viens, assieds-toi.

Je croisai les bras devant ma poitrine.

— Non.

Elle soupira comme si je faisais un caprice.

— Au fait, j'ai remarqué ton petit jeu.

— De quoi tu parles ?

— Tu évites le problème. Tu espères qu'il va se volatiliser, que tu pourras prendre l'avion dans deux jours, rentrer chez toi et que tout ça ne sera plus qu'une sorte d'affreux cauchemar. (Elle agita les mains devant son visage.) Tu te prends pour un magicien ? Tu crois que tu peux faire disparaître les choses juste en attendant ?

— Tu ne peux pas m'obliger à faire quoi que ce soit. Tu ne peux pas m'obliger à être comme toi.

Elle se leva.

— Oh, je t'en prie. Tu es déjà comme moi. C'est pour ça que je t'ai choisie. Tu n'as jamais trouvé ta place avec les autres. Tu ne les as jamais compris. C'est toi qui me l'as dit. Tu as toujours manipulé la réalité pour essayer de t'intégrer parmi *eux*... (D'un geste, elle désigna les gens qui marchaient au loin.) Ce que j'essaie de te faire comprendre, c'est que ça ne sert à rien de chercher à t'intégrer. Ces gens ne servent à rien. Toi seule as de la valeur. Si tu n'es pas passée à l'acte, c'est seulement parce que tu as peur.

Nicki s'approcha de moi. Seuls quelques centimètres nous séparaient, nous étions assez proches pour que je sente l'odeur de menthe de son dentifrice et que je voie la marque rouge là où je l'avais frappée. Elle leva la main et écarta d'un geste tendre les cheveux de mon visage.

— Tu es plus intelligente qu'eux. Ce sont eux qui auront besoin de toi un jour, pas le contraire, alors pourquoi ne pas les utiliser pour obtenir ce que tu veux ?

— C'est ce que tu veux toi, crachai-je sans reculer.

Si j'avais bougé, elle m'aurait sans doute attaquée, comme un serpent.

— Peut-être. Mais je t'ai donné ce que tu voulais, ce n'est qu'un juste retour des choses. Je crois à l'équité. Quand je fais quelque chose pour quelqu'un, j'attends qu'il me rende la pareille. Et quand quelqu'un m'arnaque je le lui fais payer. Cependant, tu as raison, je ne peux pas t'obliger à agir.

— Mais ?

— Mais je peux te faire regretter de ne pas avoir agi.

Je reculai comme pour me soustraire au sort qu'elle tissait.

— Qu'est-ce que ça veut dire ?

Nicki se dirigea vers son vélo et retira la béquille.

— Ça veut dire que tu me dois un meurtre. Tu peux aller voir la police, mais tu n'as aucune preuve. Tu peux rentrer chez toi à Vancouver si tu veux, mais tu finiras par payer. Ce sera presque pire si tu t'obstines à repousser l'échéance, parce que tu ne sauras jamais quand je viendrai réclamer mon dû. Peut-être qu'Alex aura un nouveau problème d'allergie. Il ne peut pas arrêter de manger. Et ton père, il ne va pas au travail à vélo ? Je crois avoir lu ça sur le blog de ta mère. Comme c'est écoresponsable ! Un accident de vélo est si vite arrivé...

Tout le sang de mon corps reflua vers mes pieds. J'étais pâle et glacée tandis qu'elle parlait.

— J'ai encore ta liste sur Connor. Je pourrai l'envoyer à la police plus tard. Par exemple, quand tu passeras ton bac : il n'y a pas de prescription pour meurtre. Mais tu sais de quoi tu peux être sûre à cent pour cent ?

J'ouvris la bouche, mais rien ne vint. Je dus déglutir.

— Non… Quoi ?

— Je n'oublierai pas ta dette. Et je me ferai rembourser. En fait, ça sera encore plus amusant d'attendre, de te laisser mariner, te demander quand ta vie va voler en éclats. Je peux me montrer très patiente.

Elle monta sur son vélo, un pied à terre, l'autre sur la pédale.

— À moins que tu saisisses ta dernière chance et que tu tues ma mère ce soir. Dernière occasion. Si tu le fais, je te promets de disparaître.

— Comment puis-je être certaine que c'est vrai ?

— Il faut que tu me fasses confiance, répondit-elle.

— Ah, parfait ! crachai-je.

Elle fit la grimace.

— Ce n'est pas juste. J'ai tenu toutes mes promesses envers toi. Fais-le, et c'est terminé. Considère ça comme un cadeau de ma part.

— Un cadeau ?

— Après ça, tu sauras de quoi tu es vraiment capable. Ensuite, plus rien ne t'arrêtera.

Nicki commença à s'éloigner.

— Pense à ce que tu peux accomplir !

TRENTE

29 AOÛT
J-2

J'ignorais si les hôpitaux britanniques avaient des horaires de visite, mais je n'avais pas l'intention de poser la question, au cas où.

La forte odeur de détergent mêlée à quelque chose d'acide et de musqué que je ne voulus pas identifier me fit froncer le nez. Au troisième étage, je m'arrêtai devant l'ascenseur pour observer la porte fermée au bout du couloir. Je pris une profonde inspiration avant de perdre courage.

Je dépassai une infirmière qui poussait un homme âgé dans un fauteuil roulant et j'ouvris la porte. Alex se redressa en me voyant. Dans le lit voisin, un type d'âge moyen ronflait.

— Salut !

Alex agita la main. Le tube de sa perfusion heurta la rambarde en métal de son lit.

Je me glissai dans la chambre et tirai une chaise près de lui. Je lui touchai le bras comme pour me convaincre qu'il était vraiment là.

— Salut. Tu as l'air d'aller mieux que la dernière fois que je t'ai vu.

Alex se frotta le menton, faisant crisser sa barbe.

— Désolé.

Je reculai, étonnée.

— Désolé pour quoi ?

— J'imagine que ça a dû être choquant de me voir me débattre, vomir, m'évanouir, répondit Alex sans croiser mon regard. Ce n'est pas une attitude conseillée quand on cherche à impressionner une fille.

— Je sais pas, dis-je en choisissant mes mots avec soin. Tu te rappelles la serveuse ? Elle avait l'air de te trouver assez sexy. Après tout, il y a des gens qui aiment des trucs bizarres.

Sa lèvre tremblait, je vis qu'il se retenait de rire.

— Je n'ai rien contre elle, mais ce n'est pas la fille que je cherchais à impressionner.

Mon cœur craqua comme de la glace fine.

— Je suis contente que tu ailles bien.

— Moi aussi. Je pourrais me donner des claques pour avoir perdu cette seringue débile. Ma mère va faire une crise en arrivant ici.

Je lui pris la main à travers la barrière du lit. Inutile de lui révéler qu'il n'avait pas perdu sa seringue. J'ignorais comment Nicki la lui avait volée, mais je n'étais pas surprise de ses talents de pickpocket. Elle pouvait l'avoir bousculé dans la rue ou avoir fouillé son sac dans le métro, tel un personnage de Dickens.

— Ta mère ne sera pas en colère – elle sera soulagée que tu sois en vie.

— C'est ce que tu crois, mais tu ne la connais pas. Elle ne voulait pas que je parte à cause de mes allergies. On ne mange presque jamais dehors parce qu'elle ne fait pas confiance aux restaurants. Quand on se déplace, même pour aller chez ma grand-mère, elle emporte notre propre nourriture dans un Tupperware. Ça va la convaincre que sa paranoïa est justifiée. Elle va me ramener à la maison et m'enfermer dans une bulle étanche.

— Je suis désolée..., murmurai-je.

Mon cœur se brisa en mille morceaux. C'était ma faute.

Alex tendit la main et essuya une larme sur ma joue.

— Hé, c'était juste une stupide contamination indirecte.

Je hochai la tête pour lui faire plaisir, mais tout était ma faute. Nicki s'en était prise à lui pour m'atteindre.

— Tu as failli mourir, dis-je doucement.

— Mais je ne suis pas mort. Qui sait, peut-être que cette exposition aux crevettes m'a donné des superpouvoirs ?

— Comme Batman.

Alex ferma les yeux.

— Il va vraiment falloir que je t'emmène à un comic con un jour. Pour une connaisseuse de science-fiction, tes références sont nulles en super-héros. Batman ne s'est pas fait mordre par une chauve-souris. Je pensais à Spiderman. On pourra m'appeler Crustacéman. Shrimpman, ça fait un peu mou.

— Ça serait dommage, les méchants n'auraient pas peur de toi.

J'aimais sa vision du monde de dessin animé ; les méchants étaient faciles à identifier. Pas comme dans la vraie vie, où ils se présentaient sous la forme d'une personne sympa avec qui attendre un avion en retard.

— Il faut que je réfléchisse à ma tenue. Le rose me va bien, c'est un début.

Il me caressa la main et je tressaillis – elle me faisait encore mal depuis que j'avais frappé Nicki –, mais je ne la retirai pas. Je méritais cette douleur.

— Ils devraient me laisser sortir tout à l'heure, quand mes parents arriveront. C'est la première fois que je passe une nuit à l'hôpital, je ne tiens pas à recommencer.

— Tu rentres chez toi demain ?

Il hocha la tête.

— J'ai essayé de dire à mes parents que je voulais rester, mais il n'y a pas eu moyen. Ma mère prépare déjà ma bulle hypoallergénique.

Ma gorge se serra.

— Tu vas me manquer.

J'étais triste qu'il parte, cependant c'était mieux, c'était plus sûr.

Il eut un geste exagéré.

— Pauvre toi, tu vas devoir vivre sans moi pendant quelques jours.

— Oui, à propos...

Je n'avais aucune envie de faire ça, mais je n'avais pas le choix. Je devais penser à lui avant tout, mettre autant de distance que possible entre nous, c'était le moins que je pouvais faire. Tant que Nicki savait qu'il comptait pour moi, il était en danger.

Et si je tuais cette femme comme elle me le demandait, je ne pourrais plus jamais regarder Alex dans les yeux. Comment tuer une innocente et continuer à vivre comme si de rien n'était ? Alex était un garçon bien, il méritait quelqu'un de bien. Je n'avais pas le choix.

Alex se redressa sur son coussin.

— Qu'est-ce qui se passe ?

— Je crois qu'il vaut mieux qu'on fasse une pause, dis-je en forçant chaque mot à sortir.

Il cligna des yeux.

— Tu plaisantes ?

— Je veux dire, ça a été super, mais quand on rentrera on sera occupés avec l'école et le reste, ajoutai-je.

Je n'arrivais pas à le regarder.

— Tu es en train de me larguer ?

Alex parlait fort, son voisin se réveilla avec un grognement liquide, comme si sa langue avait glissé dans sa gorge. Il eut l'air surpris de me trouver là.

Je baissai la voix.

— On a tous les deux pleins de choses à penser et...

— Ne dis pas « on » alors qu'il s'agit clairement de toi, répliqua Alex.

— Euh, vous voulez que je vous laisse ? demanda l'homme du lit voisin en écartant sa couverture, révélant ses jambes maigres comme s'il était prêt à partir.

Alex lui adressa un geste de refus sans même lui répondre.

— D'accord, j'ai plein de choses à penser. Je ne suis pas sûre de pouvoir assumer une relation maintenant. Je n'ai pas les ressources émotionnelles.

Alex croisa les bras devant sa poitrine.

— Non mais tu t'entends ? « Les ressources émotionnelles » ? On se croirait dans un mauvais épisode de *Dr Phil*. C'est parce que j'ai été malade ? Je suis *allergique*, je n'ai pas la peste.

— Ce n'est pas ça.

— Je peux descendre boire une tasse de thé..., proposa l'homme.

— Tu es en train de me larguer alors que je suis à l'hôpital. Tu veux que je croie à une coïncidence ?

— Je peux aller téléphoner.

L'homme avait les pieds sur le sol. L'élastique de son pantalon de pyjama gris délavé était trop large et menaçait de lâcher. J'aurais préféré qu'il s'en aille sans demander la permission. Alex avait raison. Je le larguais à cause de sa réaction allergique, mais pas parce que ça m'avait dégoûtée. Il fallait que je le fasse souffrir pour qu'il reste en sécurité, même si chacun de ses mots était un coup de poing dans mon cœur.

— Ton allergie n'a rien à voir là-dedans, affirmai-je. C'est de ça que je voulais te parler hier.

— Donc tu avais prévu de me larguer autour d'un pad thaï pour que je ne fasse pas un scandale ? Tu me manipulais. (Il secoua la tête.) Super. Tu n'aurais pas pu me dire quelque chose quand j'ai passé la nuit chez toi ?

Je fis la grimace. Le voisin de chambre ne parlait plus de partir. Il avait l'air prêt à sortir le pop-corn.

— Ce n'est pas que je ne t'aime pas...

— S'il te plaît, épargne-moi la scène « Je tiens à toi mais ». Si tu ne veux pas être avec moi, pas de problème, va-t-en.

— Alex...

Je lui touchai le coude, mais il recula le bras, faisant trembler la perche de sa perfusion.

— Tu ferais mieux de partir. Tu m'as dit ce que tu avais à me dire. Merci pour ces jolis moments, c'était bien, on gardera un bon souvenir de Londres, bla bla bla.

— Je suis désolée.

Je me levai, les jambes tremblantes.

— Pars.

— Je voudrais que les choses se passent autrement.

— Dégage ! hurla Alex.

Je me précipitai hors de la chambre, poursuivie par sa douleur et sa colère. Je bousculai une infirmière robuste juste devant sa porte.

— Il y a un problème ? demanda-t-elle en jetant un regard dans la chambre d'Alex.

Je l'esquivai pour emprunter le couloir et dévalai l'escalier jusqu'au premier étage. Où que je regarde, il y avait du monde. J'aperçus alors le panneau indiquant la chapelle non confessionnelle où je me réfugiai, priant pour y trouver le calme.

Par bonheur, la pièce était vide. Je refermai la porte derrière moi et glissai sur la moquette. Heureusement que je me trouvais déjà dans un hôpital, car mon cœur m'abandonnait. Je le sentais se déchirer dans ma poitrine, se détacher. Je me pressai les tempes pour retenir un cri.

Je m'en voulais d'avoir blessé Alex. J'avais vu dans ses yeux qu'il ne comprenait pas. Il pensait que c'était sa faute, que je trouvais son amour des bandes dessinées trop geek, sa connaissance de la stratégie des jeux vidéo trop nulle, ou que je méprisais le fait qu'il ait appris l'elfique en lisant *Le Seigneur des anneaux*. Pourtant j'adorais toutes ces choses. J'adorais qu'il soit différent, qu'il voie l'aventure et la magie partout. J'adorais son incisive ébréchée, et que son corps soit si chaud, comme s'il avait possédé son propre système nucléaire pour émettre des vagues de chaleur.

Je m'essuyai le visage du dos de la main et tentai de me ressaisir. Mon souffle revint dans un hoquet et je me concentrai pour inspirer profondément par le nez et souffler par la bouche. Je ne pouvais pas me permettre de perdre mes moyens maintenant. Je ne doutais pas que Nicki était sérieuse. Si je ne tuais pas sa mère, elle me pourchasserait. Pire, elle s'en prendrait aux personnes qui comptaient pour moi.

Aller voir la police était désormais hors de question. On ne me croirait pas. J'avais trop crié au loup. Sans mentionner le fait que je savais comment Nicki s'en sortirait à l'interrogatoire. Tranquillement. Comme un canard, calme en surface, mais qui palmait comme un fou sous l'eau. Elle m'accablerait et s'en sortirait. Et qui sait ce qu'elle ferait pour se venger. J'étais prête à risquer ma vie, mais pas celle des autres. Je devais affronter la situation seule.

Nicki avait dit qu'elle m'avait choisie parce qu'elle me trouvait intelligente et rationnelle. Parce que je savais prendre de la distance avec mes émotions pour faire ce qu'il fallait. Avec une froideur clinique. Si je voulais survivre, il fallait que je sois cette personne. Je devais me concentrer sur ce que j'allais faire. Sur ce qui me permettrait d'obtenir ce que je voulais. Les larmes séchèrent sur mon visage et je vis les possibilités dans mon esprit aussi clairement que si je les avais écrites sur le tableau blanc dans la classe de Mr Donald. Je déroulais les calculs. Ma respiration se fit plus régulière.

Il fallait que je résolve ce satané problème. Et ce n'était pas comment tuer la mère de Nicki. Mon problème, c'était Nicki.

TRENTE ET UN

29 AOÛT
J-2

Tasha me cherchait. Elle m'avait envoyé plusieurs textos m'ordonnant de la rappeler, et quand je me glissai dans ma chambre à Metford un mot d'elle m'attendait sous ma porte. C'était normal qu'elle s'inquiète. Un adolescent placé sous sa responsabilité était mort, un autre s'était retrouvé à l'hôpital. La dernière chose dont elle avait besoin était que je disparaisse. J'étais partie sans dire à personne où j'allais, et après avoir vu Alex j'avais erré dans la ville pendant des heures pour élaborer un plan.

Je regardai ma montre. Si Tasha s'en était tenue au programme, elle devait être en train de visiter le Parlement avec le groupe. Cela me laissait suffisamment de temps, même s'ils n'allaient pas au restaurant comme prévu. Je lui envoyai un texto pour lui dire que j'avais envie d'être un peu seule, mais que j'allais bien. J'espérai que ça l'apaiserait un moment.

Je passai ma chambre en revue et sortis mes affaires. J'ignorais ce qui se déroulerait après cette soirée, mais je ne voulais pas prendre de risque si d'autres venaient fouiller plus tard. Je déchirai les pages du journal de bord que je tenais, même s'il n'y avait pas grand-chose dedans – je n'avais rien écrit sur Nicki, il était surtout question d'Alex. Je jetai les feuillets dans la poubelle en métal et les enflammai avec une allumette, soufflant sur la fumée pour la chasser par la fenêtre. Je brûlai aussi l'article de journal sur Connor et la photocopie de la liste que Nicki m'avait envoyée. Je les regardai se consumer jusqu'à ce qu'il n'en reste que des cendres.

Je repliai mes vêtements et les alignai à nouveau sur l'étagère après les avoir inspectés un à un, pour m'assurer que je n'avais rien laissé dedans et que Nicki n'avait rien glissé dans une poche. Elle en était capable.

Si la salle de bain commune n'était qu'à quelques portes de ma chambre, je décidai de monter deux étages jusqu'à l'autre quartier des filles pour être sûre de ne croiser personne de ma connaissance. Je me déshabillai et me douchai rapidement. Londres était une ville sale, mais si j'éprouvais le besoin de me nettoyer ce n'était pas à cause de la pollution qui s'incrustait dans ma peau et mes cheveux.

En rentrant dans ma chambre, je consultai mon téléphone. Il était encore bien trop tôt pour faire quoi que ce soit, à peine quatre heures de l'après-midi. Je devais attendre la nuit. J'avais donc plusieurs heures à tuer. Impossible de manger : mon ventre était dur comme une pierre. Je m'allongeai sur mon lit et fixai le plafond. Mon cerveau tournait à plein régime autour de l'idée que j'allais vraiment le faire.

Je me réveillai en sursaut. Ma chambre était plongée dans le noir. Je ne savais pas ce qui m'avait réveillée quand je m'aperçus que mon téléphone sonnait pour m'annoncer que j'avais reçu un message. Je cherchai l'appareil à tâtons et l'allumai. Tasha.

Je veux te voir. On se retrouve dans le hall?

Je roulai hors du lit. *Zut.* J'avais prévu de sortir avant leur retour. Jamais je n'avais envisagé de m'endormir. Je regardai l'heure – neuf heures passées. J'avais dormi cinq heures. Je secouai la tête pour m'éclaircir les idées. Mon cœur passa du ralenti au galop. Si je ne lui répondais pas, elle viendrait me chercher. J'enfilai ma polaire grise et mis ma sacoche en bandoulière. Il fallait que je sorte d'ici. Tout de suite.

Je descendis l'escalier avec discrétion et jetai un regard au coin. Tasha et le groupe se trouvaient dans le hall. Sophie était appuyée contre Jamal – il y avait anguille sous roche. Kendra et Jazmin avaient un débat animé, mais Tasha ne leur prêtait aucune attention. Impossible de sortir par la porte principale sans que personne ne me remarque.

Il me restait une possibilité : continuer par l'escalier jusqu'au sous-sol, avec le risque que le groupe me repère. J'attendis, immobile, un pied sur la marche, l'autre prêt à bouger, comme un flamant rose. Je fermai les yeux, inspirant et expirant lentement. Il fallait au moins que j'essaie.

Je remontai la sacoche sur mon épaule et dévalai les dernières marches, collée à la rampe. Personne ne semblait regarder dans ma direction.

Je croisai les doigts, mais la chance était avec moi : la buanderie était déserte. Une fenêtre haute et étroite surplombait la table de pliage. Je sautai dessus et déverrouillai la poignée rouillée. Elle était bloquée. Je m'arc-boutai et poussai pour ouvrir la fenêtre.

D'un regard, je vis que ce serait serré. Heureusement que je n'avais pas dîné. Je retirai ma polaire pour m'affiner et la jetai dehors avec mon sac. Puis je me hissai et passai une jambe jusqu'à me retrouver allongée sur le rebord, l'autre jambe pendant encore à l'intérieur. Ma main chercha une prise à l'extérieur, mais ne trouva rien. Je retins mon souffle et rampai pour m'en sortir. Mon bras frotta contre le ciment, et soudain je fus libre.

Je demeurai un instant allongée sur le sol. Je voyais la lumière allumée dans plusieurs chambres, soulagée qu'aucun élève ne soit à sa fenêtre. Je m'accroupis, renfilai ma polaire et pris ma sacoche.

L'heure était venue. Je marchai jusqu'au métro et vérifiai discrètement si j'étais suivie en empruntant l'escalator. J'attendis sur le quai, feignant de m'intéresser aux affiches qui présentaient des pièces de théâtre, des expositions ou des soldes chez H&M. Le train arriva, je montai à bord, puis, quand la sonnerie annonça la fermeture des portes, je tendis le bras pour les rouvrir, et je descendis en vitesse. Personne d'autre ne descendit du train. Si quelqu'un me surveillait, il n'avait pas pu anticiper ce mouvement. Deux minutes plus tard, une nouvelle rame s'arrêta devant moi, et je la pris.

Je changeai à Edgware, où j'empruntai l'escalier comme pour quitter la station avant de faire demi-tour pour prendre la ligne Circle. Personne ne semblait être sur mes talons. Je m'assis dans le métro, qui démarra lentement. Le wagon sentait l'huile de moteur et le citron. Pour me donner une contenance, je ramassai le journal abandonné sur le siège d'à côté et fixai une publicité pour Marks & Spencer. L'homme qui se tenait devant moi écoutait sa musique si fort que je reconnus la chanson qui sortait de ses écouteurs. Le train ralentissait en crissant dans les virages.

Je regardai par la fenêtre dans le tunnel plongé dans le noir. Les parents d'Alex devaient être arrivés à présent. Il était sans doute sorti de l'hôpital. J'imaginais sa mère le cajolant, et lui se soustrayant à ses caresses. J'aurais tant voulu lui faire comprendre... Je me pinçai la cuisse. Je ne pouvais pas me permettre de penser à lui maintenant. Le seul fait d'imaginer son visage provoquait une douleur sourde dans ma poitrine, comme si quelqu'un avait appuyé sur un bleu. Je devais rester concentrée.

Je descendis à Baker Street et laissai les gens me précéder dans l'escalier. Quand le train repartit, j'étais seule sur le quai. Je n'entendais que le bourdonnement des néons du plafond et le bruissement des ordures balayées par l'appel d'air sur les rails. Je m'avançai jusqu'au bord du quai et me penchai, sentant la brise rance du tunnel comme un souffle chaud sur mon visage. Connor avait-il compris ce qui lui arrivait avant que le train le heurte ? Tout devait s'être produit très vite. Il ne s'était peut-être même pas rendu compte qu'il avait été poussé.

À moins qu'à cet instant le temps n'ait ralenti. S'il avait levé le regard, il aurait vu les phares du train s'approcher, se serait senti partir en avant, perdre l'équilibre, tomber. Connor avait 20 de moyenne en physique. Il devait savoir qu'il ne pourrait pas survivre, la vélocité du train ne pouvant que provoquer l'explosion de sa chair et de ses os. Sa mort devait avoir été rapide, pas plus d'une seconde.

Un Mississippi, comptai-je dans ma tête. Pas si rapide que ça.

Un train grinça au loin et un mouvement d'air venant du tunnel souleva mes cheveux et fit frémir les détritus au sol. Les rails étaient posés sur un lit de cailloux couleur charbon. Je baissai les yeux, les détritus frémirent à nouveau, mais cette fois à cause des rats, agents d'entretien officieux du métro, qui nettoyaient tout ce qui était comestible. J'en avais déjà vu courir sur les voies. J'avais entendu qu'à Londres on se trouvait toujours à moins de deux mètres d'un rat, mais ça ressemblait à une rumeur que les gens propageaient sur Facebook.

En sixième, notre prof de sciences gardait des rats domestiques dans la classe. Ils s'appelaient Mickey et Minnie (très original). Minnie était gentille, tandis que Mickey n'était pas très affectueux. Je n'avais pas le souvenir qu'il ait mordu quelqu'un, mais il n'était pas câlin non plus. Quand ils étaient morts, j'avais suggéré de les autopsier pour comprendre ce qui s'était passé. L'idée avait dégoûté mes camarades. Mais, bon sang, on était dans un cours de sciences ! Leur réaction m'avait donné le sentiment d'être une personne bizarre. Pourtant les scientifiques font ce qu'ils ont à faire – et c'est ce à quoi je me préparais. Désagréable, mais nécessaire.

Un Mississippi.

Le rugissement augmenta dans le tunnel à l'approche du train.

Deux Mississippi.

Le courant d'air aigre souffla du tunnel, me piquant le nez.

Trois Mississippi.

Les rats quittèrent les voies.

Quatre Mississippi.

Je pris une inspiration, fis un pas.

Cinq.

TRENTE-DEUX

29 AOÛT
J-2

Je reculai d'un autre pas quand le train entra dans la station. Je savais que je ne pourrais pas me tuer. Même si j'étais terrifiée, je devais régler cette situation. Les portes s'ouvrirent dans un chuintement et le quai s'emplit à nouveau de gens. Je pris une profonde inspiration. Je ne pouvais pas repousser l'échéance plus longtemps.

Cette fois, je n'eus pas besoin de mon téléphone pour trouver la maison. Mon cerveau avait mémorisé le trajet, et mes pieds me dirigèrent sans hésiter. Le clic de la barrièrc latérale me fit l'effet d'un coup de tonnerre et je sursautai, mais il n'y avait personne dans la rue. Le volume de la télévision était si fort dans la maison d'à côté que je doutais que les voisins puissent même s'entendre penser. Je reconnus le jingle des informations sur la BBC.

Je m'engageai sur le chemin d'un pas léger. L'air sentait la lavande, plantée de part et d'autre des dalles de l'allée. Je m'arrêtai à l'arrière de la maison. Le jardin était à l'abandon : un lierre fou avait envahi de larges portions de la pelouse, une table en teck et quatre chaises étaient entreposées dans un coin, et je distinguais un grand parasol à rayures adossé à la clôture. Au fond, je remarquai dans la lueur de la lune ce qui devait avoir été un potager. Peut-être les arrière-grands-parents de Nicki l'avaient-ils planté comme « jardin de la victoire » pour participer à l'effort de guerre. Des carottes et des patates pour vaincre Hitler. Si tel avait été le cas, ils auraient été choqués de voir l'état du jardin aujourd'hui. Les mauvaises herbes avaient pris le dessus, des plantes grimpantes montaient vers le ciel.

La lumière au-dessus de la porte arrière était éteinte, comme Nicki me l'avait assuré. Je m'approchai subrepticement de la maison, m'attendant presque à ce que quelqu'un ouvre la porte à la volée et me demande ce que je fabriquais là. Mais rien de tel n'arriva. Si Nicki ou sa mère avaient fermé le verrou, je ne pourrais pas entrer, et tout serait terminé avant même d'avoir commencé. La poignée en cuivre était froide. Je la tournai en retenant mon souffle. La porte s'ouvrit avec un faible grincement.

Je me retrouvai dans un vestibule juste assez large pour le petit banc à chaussures qu'il contenait. Je retirai les miennes, mais au lieu de les aligner à côté des autres Nike et bottes en caoutchouc, je les glissai dans ma sacoche. Je n'avais pas envie de les chercher si je devais partir à la hâte, et je voulais être aussi silencieuse que possible. Je ramassai une enveloppe et regardai à qui elle était adressée avant de la reposer à côté de vieux prospectus d'agences immobilières. Ce nom ne me disait rien, puisque Nicki n'était pas le vrai prénom de cette fille et que j'ignorais son nom de famille.

Je sortis le couteau du fond de mon sac. Son poids me surprit. Il était plus léger que ce qu'avait laissé présager son apparence. Je l'avais volé l'après-midi même dans la cuisine de Metford. Je n'avais trouvé que celui-là. De petite taille, il était sans doute destiné à couper le poisson.

Je traversai la cuisine, glissant sur le carrelage avec mes chaussettes. Le plan de travail était encombré d'assiettes et une odeur âcre flottait dans l'air. Quelque chose avait tourné dans la poubelle. Au pied de l'escalier, je jetai un regard dans le salon. Il avait l'air ordinaire ; un livre traînait sur le canapé – un thriller de Ruth Ware – et un verre presque vide sur la table basse avec un caillot gluant de vin rouge au fond.

Je comptai jusqu'à cinq cents en tendant l'oreille pour m'assurer que j'étais seule. Nicki ne devait pas être chez elle – tout cela n'aurait servi à rien si elle ne s'était pas fabriqué un alibi – mais je ne lui faisais pas confiance. Peut-être avait-elle décidé de rester pour s'assurer que j'irais jusqu'au bout. À moins qu'elle n'ait été du genre à aimer regarder.

Je n'entendis rien. L'endroit semblait désert. Un rire nerveux commença à monter en moi et je dus me mordre la lèvre pour l'arrêter. *Imagine que j'aie enfin le courage de faire ça et que la mère de Nicki ne soit même pas chez elle.*

En grimpant l'escalier, je me rappelai d'éviter la troisième marche, qui grinçait. Arrivée en haut, je comptai deux portes vers la droite. Une partie de moi fut tentée d'aller d'abord voir la chambre de Nicki. En fouillant dans ses affaires, je dénicherais peut-être des indices sur son mode de fonctionnement. Sa chambre était-elle toujours celle de son enfance, avec un ours en peluche nommé Oliver sur son lit, une boîte à bijoux avec une danseuse mécanique sur la commode, une couette à fleurs ? Ou bien avait-elle refait la déco : couleurs sombres, coussins sobres, ambiance impersonnelle ? Peut-être qu'à la place de posters de boys band mignons elle aurait des photos de tueurs en série célèbres. Un peu trop voyant. J'hésitai, mais au moindre bruit la mère de Nicki risquait de se réveiller. Je m'imaginai agenouillée pour regarder sous le lit de Nicki quand sa mère entrerait en titubant, sa robe de chambre battant derrière elle. Aucune explication ne pourrait rendre ma présence acceptable.

Je m'arrêtai alors que j'allais frapper à la porte de la chambre pour demander la permission d'entrer. Les habitudes ont la peau dure. Ma mère détestait quand j'entrais sans m'annoncer... Cette porte n'était pas fermée, je la poussai et elle s'ouvrit en silence.

La pièce n'était pas immense. La baie vitrée que j'avais aperçue de la rue se trouvait pile en face de moi, avec de longs rideaux blancs tirés. Ils s'agitaient comme s'ils avaient respiré de concert avec le vent. Les murs étaient blancs, et le rayon de lune qui filtrait dans l'interstice des rideaux éclairait juste assez les lieux pour m'éviter de trébucher. La mère de Nicki était allongée au milieu du lit, la bouche ouverte, la respiration lourde. Une fine couverture était emmêlée autour de ses jambes, comme si elle avait pédalé avec.

Je tendis la main vers elle. Étrangement, je ne tremblais pas. Maintenant que j'étais là, j'étais calme. Concentrée, les sens en alerte. Je percevais chaque bruit : le tic-tac de la pendule en bas, le léger bourdonnement du réfrigérateur dans la cuisine, jusqu'au son étouffé de la télévision du voisin à travers le mur. Même dans la faible lumière, je distinguais tout. Les petits motifs de myosotis roses sur le pyjama en coton, les pièces de monnaie sur la commode et les formes dessinées au sol par les phares d'une voiture de passage. Jamais je ne m'étais sentie si vivante.

Je me penchai à nouveau en avant et lui tapotai l'épaule. Elle ouvrit les yeux puis les écarquilla quand elle vit qu'elle n'était pas seule. J'étais prête. J'abattis ma main sur sa bouche, ses lèvres étaient sèches et chaudes contre ma paume, comme une peau de serpent. Elle tenta de reculer en voyant le couteau, mais elle ne pouvait aller nulle part, elle était collée contre le matelas.

— Chut, murmurai-je. Je ne vais pas vous faire de mal, mais il faut que vous vous taisiez. Vous comprenez ?

Une larme roula sur sa joue. Elle hocha frénétiquement la tête. J'hésitai avant de retirer ma main. J'avais compté sur la vue du couteau pour la faire obéir, mais si elle s'était mise à hurler, je n'avais pas de plan B. Quand j'eus retiré ma main, elle avala une bouffée d'air qui se changea en un sanglot étouffé.

— Il faut que vous m'écoutiez. Ce que j'ai à vous dire est important.

Je parlais d'une voix basse, ferme et calme. J'éprouvai une certaine fierté, une sensation agréable qui descendit le long de ma colonne vertébrale, parcourut mes membres.

— J'ai un peu d'argent dans le tiroir du haut, dit la mère de Nicki. Il y en a aussi dans mon sac à main en bas, avec mes cartes de crédit. Je n'ai pas beaucoup de bijoux. Je ne...

Ses mots se bousculaient dans sa bouche.

— Je ne suis pas ici pour vous voler, l'interrompis-je.

Je humai l'air pour voir si elle avait bu. Elle ne paraissait ni confuse ni saoule, juste terrifiée.

Elle déglutit. Ses yeux scrutèrent la pièce comme si elle pensait qu'il y avait quelqu'un d'autre.

— D'accord. Que voulez-vous ?

— On m'a envoyée pour vous tuer.

Ses yeux se plantèrent dans les miens. Elle gémit et sembla vouloir s'enfoncer plus profondément dans le matelas.

— S'il vous plaît...

Je secouai la tête.

— Je ne vais pas le faire. Mais il faut que vous m'écoutiez. Nous allons appeler la police ensemble.

Je cherchai mon téléphone, sans détacher mon regard d'elle au cas où elle aurait cherché à me frapper. Je le laissai tomber sur la couette.

Elle leva les sourcils.

— Vous voulez que j'appelle la police ?

Je voyais qu'elle ne me croyait pas.

— Oui. Nous allons leur parler ensemble.

Elle ne prit pas le téléphone, pensant sans doute que je me moquais d'elle, que je la poignarderais si elle le touchait.

— Je ne comprends pas.

Elle regarda derrière moi, et je fus soudain persuadée que Nicki se tenait là avec une arme. Du coin de l'œil, je perçus un mouvement. Mon cœur passa en surrégime.

Je me retournai, le couteau devant moi, et me déportai sur la gauche, mais il n'y avait personne. Les rideaux s'agitaient dans la brise. La mère de Nicki se recroquevilla au bout du lit, tel un insecte qui s'enfuit. Je pointai le couteau dans sa direction et elle s'immobilisa.

— Ne bougez pas, lui intimai-je.

Si elle s'enfuyait, tout s'effondrerait. Elle avait vu mon visage. Elle pourrait m'identifier.

— Trouvez le téléphone.

Ses mains fouillèrent dans les couvertures, puis elle brandit l'appareil.

— Le voilà.

— Nous allons appeler la police. Je fais ça pour vous aider. Je suis là à cause de Nicki. Votre fille veut votre mort. Elle me fait chanter pour vous assassiner. Si je vais voir la police seule, ils ne me croiront pas, mais si nous y allons ensemble, c'est une autre histoire.

J'aurais voulu lui expliquer à quel point ce plan était génial – il coinçait complètement Nicki. Si j'allais voir la police avec sa mère, ça changeait tout.

La mère de Nicki parut ne pas comprendre. Je comptais sur le fait qu'au fond d'elle elle sache que quelque chose ne tournait pas rond chez sa fille. Comment pouvait-elle vivre avec cette créature sans le savoir ? Il fallait que je la convainque.

— Je sais que Nicki n'est pas son vrai nom, mais je ne sais pas comment elle s'appelle vraiment. Votre fille déteste le fait que vous buviez, elle vous reproche de ne pas la laisser vivre avec son père.

— Son père ?

— Oui. Mais c'est surtout une question d'argent. Elle veut cette maison, elle pense que vous dilapidez l'argent que ses grands-parents ont laissé. Vous n'avez sans doute pas envie de me croire, mais il le faut. Réfléchissez. Sinon, comment saurais-je ça ? Je vous le dis : votre fille veut votre mort pour pouvoir partir vivre à Vancouver avec son père. À moins qu'elle veuille seulement l'argent, je ne sais pas.

La mère de Nicki secoua la tête. Elle refusait de me croire. Je ne pouvais pas lui en vouloir. Qui pourrait accepter d'avoir mis au monde un être comme Nicki ? Que votre propre fille puisse vous détester au point de vouloir votre mort ? Je devais enfoncer ses défenses, lui faire comprendre qu'il ne s'agissait pas d'une plaisanterie sordide.

— Je n'invente rien. Nicki m'a tout raconté. Que votre mari vous a quittées pour aller vivre à Vancouver.

— Comment savez-vous...

— Je sais qu'il a une nouvelle famille. Elle m'a parlé de son grand-père, votre père. Qu'il avait une maison en Écosse et un télescope.

La mère de Nicki leva une main pour m'interrompre.

— Vous vous trompez complètement...

— Non, insistai-je. Il faut que vous me croyiez. J'ai envisagé toutes les options. Si je ne lui obéis pas, elle s'en prendra à ma famille. Nicki a déjà essayé de tuer quelqu'un que j'aime. Elle en est capable – elle a assassiné mon ex pour s'assurer que je n'aie aucune échappatoire. Je ne peux pas vous tuer, et je ne peux pas ne pas vous tuer. C'est là que j'ai compris que c'était ma seule chance. Il faut que nous allions voir la police ensemble.

— Non, vous ne comprenez pas, dit la mère de Nicki. Je n'ai pas de fille.

TRENTE-TROIS

29 AOÛT

J-2

Mon estomac se transforma en un bain d'acide bouillonnant. Mais que racontait-elle ? Elle n'avait pas l'air ivre. Elle avait les yeux écarquillés mais lucides. Elle ne marmonnait pas.

— Que voulez-vous dire ? demandai-je.

Elle leva les deux mains comme pour me calmer.

— Je ne sais pas de qui vous parlez, qui est cette Nicki.

Mes mains, assurées jusqu'à présent, se mirent à trembler.

— C'est votre fille. Je sais que ce n'est pas son vrai nom, mais vous n'en avez pas quinze. Vous refusez de la laisser partir parce que vous êtes encore perturbée à cause du divorce. Le départ de votre mari vous a détruite et vous craignez d'être abandonnée à nouveau.

J'essayais de fournir le plus de détails possible, comme pour la convaincre.

— Je suis divorcée depuis plus d'un an. Bon débarras.

Elle tenta de sourire comme si elle plaisantait, mais elle cessa en voyant que je ne lui souriais pas en retour.

— Je n'ai pas d'enfants.

— Si, insistai-je.

Elle secoua la tête.

— Je vous jure que je vis seule ici.

Le sang commençait à refluer de ma tête. Puis je me rappelai la femme rencontrée dans la rue devant la maison six jours plus tôt. Je m'agrippai à ce souvenir comme à une bouée de sauvetage après le naufrage d'un navire. Je pointai un doigt accusateur vers la mère de Nicki.

— Vous mentez ! Vous avez une fille. J'ai parlé à l'une de vos voisines et elle savait de qui je parlais.

La femme leva les deux mains et secoua à nouveau la tête.

— Je ne sais pas à qui vous avez parlé ni pourquoi elle vous a raconté que je connaissais cette Nicki.

— Arrêtez de mentir !

Ma voix se brisa. Je m'aperçus que je brandissais le couteau.

— Oui, bon, j'ai eu une fille ! s'écria-t-elle, enfouissant son visage dans ses mains. J'ai eu un bébé. Elle est morte dans son berceau il y a presque deux ans. C'est en partie pour cela que mon mariage s'est effondré, ça et le fait qu'il se tapait la baby-sitter. Quand j'ai perdu ma fille, je n'ai plus supporté de le voir, comme s'il avait apporté le malheur dans cette maison. Mais je vous jure, c'était une petite fille.

Elle se remit à pleurer, de gros sanglots entrecoupés de hoquets.

— Mon enfant s'appelait Sarah. Elle n'avait même pas un an. Je ne sais pas qui est cette Nicki. Je ne comprends pas pourquoi des voisins vous auraient raconté que j'ai une fille plus âgée, ça n'a aucun sens.

Je la regardai pleurer. Si elle faisait semblant, elle était douée. Je tentai de me rappeler ma conversation avec la femme au chien. Elle avait évoqué un drame, un scandale. Mais elle n'avait jamais précisé qu'elle parlait d'une adolescente. Peut-être évoquait-elle ce décès suivi d'un divorce.

— Avez-vous hérité cette maison de vos parents ?

La femme secoua la tête, faisant osciller ses cheveux.

— Je l'ai achetée avec mon mari. J'avais de l'argent de famille, mais mes parents sont encore en vie. Ils habitent en Cornouailles.

Elle indiqua la commode.

— Il y a une photo de moi avec eux, là.

Je me dirigeai vers le meuble et soulevai l'un des cadres en argent. La photo représentait la femme avec un couple âgé souriant, posant devant un massif géant d'hortensias, dont les grosses boules bleues scintillaient derrière eux comme un motif à pois. J'inspectai les autres cadres. Il y avait d'autres personnes, mais aucune trace de Nicki. Cette femme aurait pourtant dû avoir une photo de sa fille chez elle, non ? Si elle avait toutes celles-là, pourquoi aucune d'elle avec son enfant ? Je refis mentalement mon chemin dans la maison. Avais-je vu quoi que ce soit qui appartienne à Nicki ? Un manteau suspendu dans le vestibule, des livres, sa sacoche en cuir ? Le moindre signe qu'elle habitait là ? Un bourdonnement augmentait dans mes oreilles.

— Levez-vous, ordonnai-je à la femme en agitant mon couteau. Je veux voir les autres chambres.

J'avais la bouche sèche. Elle restait allongée, à pleurer, le souffle saccadé. Elle avait une trace de morve brillante sous le nez, comme une traînée d'escargot.

— Debout, répétai-je, pointant le couteau vers elle cette fois-ci. Et rendez-moi mon téléphone.

Elle se traîna hors du lit, leva mon téléphone, mais sa main tremblait tellement qu'il retomba sur la couette. Je le pris et l'enfonçai dans ma poche. J'indiquai la porte et elle passa devant moi, ses pieds nus collant au sol. Nous sortîmes dans le couloir et elle ouvrit la chambre de gauche dans un grincement de film d'horreur.

— Allumez la lumière, exigeai-je.

Elle actionna un interrupteur et je clignai des yeux, soudain aveuglée. Il s'agissait d'une chambre d'amis stérile. Rien de personnel : pas de chaussures par terre, pas de photos au mur, juste un tableau représentant un paysage vallonné. Rien sur la table de nuit : pas de flacons de vernis à ongles, de lunettes, de magazines à moitié lus, d'animaux en peluche, de boucles d'oreilles – rien. Personne ne vivait ici.

J'éteignis la lumière.

— Continuons.

Je la suivis dans le couloir et elle ouvrit une deuxième porte. Un bureau. Une table encombrée et une bibliothèque remplie de livres usés. Une bergère et une ottomane étaient disposées près de la fenêtre, mais personne n'aurait pu y dormir. Les murs étaient peints en rose pâle, et je soupçonnais que ça avait été la chambre d'enfant.

— Est-ce qu'il y a d'autres chambres ? demandai-je d'une voix que j'aurais voulue plus assurée.

— Non. Là-bas, c'est la salle de bain. En bas, il y a la salle à manger, la cuisine et le salon, mais c'est tout. Je peux vous montrer si vous voulez.

— Et le sous-sol ?

Au moment où les mots quittèrent ma bouche, je sus que cette idée n'avait aucun sens. Nicki n'aurait pas vécu dans un espace sans fenêtres.

La femme croisa les bras devant sa poitrine, comme pour se réconforter.

— Je m'en sers pour entreposer des choses. Il n'y a pas de chambres en bas.

Elle avait l'air maigre et vulnérable, debout en pyjama. Sous ses manches courtes, ses bras faisaient penser à des brindilles. Elle ne ressemblait pas à Nicki. Je ne l'avais pas remarqué jusque-là, mais à présent je ne leur trouvais pas le moindre point commun. Puis je scrutai son nez. Fin et droit. Il n'était ni cassé ni gonflé. Nicki m'avait dit que sa mère s'était brisé le nez en se cognant contre le chambranle d'une porte alors qu'elle était saoule, mais le nez de cette femme était parfait.

— Peut-être que vous vous êtes trompée d'endroit, suggéra t cllc d'unc pctitc voix.

Mon estomac tomba en chute libre. La mère de Nicki cuvait-elle une bouteille de vodka quelques maisons plus loin, dans la rue d'à côté ? Je me mordis la lèvre et tentai de me concentrer. Ça n'avait pas de sens non plus. Nicki avait écrit l'adresse. Et même si elle s'était trompée, si elle avait inversé les chiffes, comment le plan de la maison pouvait-il correspondre exactement à ce qu'elle m'avait décrit ? La lumière était éteinte au-dessus de la porte de derrière. Le verrou était cassé. Tout était comme l'avait dit Nicki.

Sauf que ce n'était pas la mère de Nicki.

— Vous allez bien ? murmura la femme.

Je me demandai combien de temps j'étais restée plantée là à fixer le vide. Le bourdonnement de mes oreilles se changea en rugissement, une pellicule de sueur malsaine couvrait mon dos. Ce n'était pas la mère de Nicki. J'étais entrée par effraction chez une inconnue. Avec un couteau. Je regardai ma main. *Bon sang, j'avais un couteau*. Le rugissement se transforma en un chuintement suraigu.

— ... d'aide ?

Je n'avais pas entendu ses mots. Des points noirs apparurent dans mon champ de vision. J'allais m'évanouir. Au beau milieu du couloir. Quand je me réveillerais, la femme aurait disparu depuis longtemps et la police serait en route pour me cueillir. Je respirai et me piquai la cuisse avec la pointe du couteau – juste assez pour me faire mal – afin de me ramener à la réalité.

— Je dois partir, décrétai-je.

Ma bouche s'ouvrit et se referma. Je voulais m'excuser, mais ce n'était pas le genre de situation dont on peut se sortir avec de simples excuses. Je n'avais pas abîmé sa voiture par accident ou renversé du café sur sa robe blanche.

Je reculai lentement.

— Ne dites rien à personne, ajoutai-je.

— Je vous le promets, répondit-elle en levant la main droite comme si elle prêtait serment.

Je sentis la première marche sous mon pied derrière moi. Je descendis trois ou quatre marches avant de l'entendre se précipiter vers sa chambre et claquer la porte derrière elle, puis ouvrir sa fenêtre à la volée.

— Au secours ! cria-t-elle. À l'aide, hurla-t-elle dans la rue.

Je dévalai les dernières marches, glissant sur le parquet. Je me précipitai vers la porte de derrière. La femme ne criait plus. Elle devait être en train de téléphoner à la police. J'enfilai mes chaussures et je longeai la maison en courant. Je passai une tête par le portail. Les lumières des maisons voisines s'étaient allumées et un type en robe de chambre se tenait devant le perron de la maison mitoyenne, scrutant la rue. Il brandissait une batte de cricket. Si j'allais par là, il me verrait et me retiendrait jusqu'à l'arrivée de la police.

Je tremblais. Peut-être valait-il mieux attendre la police. Me rendre.

Non.

Mes pieds dérapèrent dans la terre humide quand je courus pour atteindre le fond du jardin. Je perçus le bruit lointain d'une sirène. La clôture était couverte de myrtilliers. Les épines et les branches s'accrochèrent dans ma polaire, m'égratignèrent les bras et le visage quand je les heurtai. Mes mains les traversèrent, trouvèrent le grillage caché derrière les buissons et je l'enjambai avec une force que je ne me connaissais pas.

La boue s'étala autour de mes chaussures quand j'atterris de l'autre côté, et je me crus cimentée sur place. Le jardin voisin était très bien tenu, comme si son propriétaire l'avait taillé au coupe-ongles. L'arrière de la maison était une immense baie vitrée, par chance encore plongée dans le noir.

Je traversais le jardin quand une lumière vive s'alluma. Je levai la main devant mon visage et m'arrêtai net. Si c'était la police, je ne voulais pas leur donner de prétexte pour tirer. Tout était silencieux, à part le bruit des sirènes qui se rapprochait. C'est alors que je compris qu'il devait s'agir d'une lumière à détecteur de mouvement. J'ouvris les yeux ; j'étais toujours seule et la maison était obscure. Soit ses habitants dormaient profondément, soit ils n'étaient pas chez eux. Le bruit de pneus crissant une rue plus loin fit démarrer mon cœur au quart de tour. La police était presque là.

Il fallait que je bouge. Et vite.

TRENTE-QUATRE

30 AOÛT

J-1

Je courus puis marchai pendant des kilomètres. J'avais peur de prendre le métro. Je ne supportais pas l'idée de me retrouver dans un endroit aussi éclairé, entourée par des hordes de gens. Pour l'instant, je préférais l'ombre. Je me glissai sous une porte cochère et retirai ma polaire. En tee-shirt, je frissonnais dans l'air frais de ce soir d'été, mais je ne voulais pas la porter au cas où la police rechercherait quelqu'un avec un pull sombre. Je rangeai le vêtement dans mon sac et me remis à marcher.

Pendant longtemps, je ne sus pas où j'étais. Une rue menait à une autre. Des magasins, des banques et des pubs bordaient les trottoirs. Je commençai à réfléchir à ce qui s'était passé, puis mon cerveau se mit en pause, comme s'il avait disjoncté sous l'effet d'un trop-plein d'informations. Le bourdonnement qui avait envahi mes oreilles dans la maison formait maintenant un bruit de fond perpétuel.

Un groupe de personnes éméchées descendit d'un taxi en titubant juste devant moi. Un gaillard vêtu d'un maillot du Manchester United me fixa puis éclata de rire.

— Tu parles seule, petite folle ? Sympa, la conversation ?

Je sursautai. Je marmonnais pour moi-même. *Depuis combien de temps je fais ça ? Qu'est-ce que j'ai raconté ?* Je secouai la tête et changeai de trottoir.

— C'est pas grave, d'être folle, lança le type. Les meilleurs le sont !

J'empruntai une nouvelle rue. Qui ressemblait aux autres. J'avais les jambes lourdes, et je résistai à l'envie de courir à nouveau. J'avais l'impression d'avoir traversé tout Londres. Je me sentais perdue, pas seulement dans la ville, mais en général, comme si j'avais franchi une porte spatio-temporelle vers une autre réalité, qui n'était pas vraiment le pays des merveilles.

Une voiture de police passa, ralentit. Au coin, elle fit demi-tour et revint en arrière. *Non.* Je regardai de part et d'autre pour voir si la voiture pourrait me suivre si je partais en courant.

La vitre se baissa.

— Tout va bien ? demanda l'agent, souriant.

Je hochai la tête.

— Moui.

La voiture roulait à la même allure que moi.

— Il est très tard pour te promener seule.

— Je me suis séparée de mon copain. J'avais besoin de prendre l'air.

— Tu veux qu'on te raccompagne ?

J'avais envie de lui hurler de dégager, mais ça n'aurait pas arrangé la situation.

— Non, ça va.

Pas moyen que j'avoue que j'étais perdue.

Le policier me fixa. Je sentais qu'il notait mentalement ma description.

— D'accord, fais attention à toi.

Je souris et le saluai de la main tandis qu'il s'éloignait. Je parvins à tenir la pose jusqu'à ce qu'il tourne au coin de la rue, puis mon corps fut pris d'un violent tremblement. Je rêvais de rentrer. Pas à Metford, chez moi. Dans ma chambre, dans mon lit. Enveloppée dans la couverture rose que ma grand-mère avait faite au crochet. Avec mes livres préférés sur l'étagère au-dessus de mon bureau et les traces au plafond là où les autocollants phosphorescents étaient tombés. Je levai le regard vers le ciel. Après tout, nos ancêtres naviguaient grâce aux étoiles. Mais la ville était trop éclairée pour qu'on puisse en repérer une seule.

La rue s'ouvrit alors sur un vaste espace vert. Je suivis la grille qui longeait le trottoir jusqu'à trouver un panneau. HYDE PARK. J'agrippai le portail en fer forgé, le serrai, soulagée. Tout allait bien – je savais où j'étais. D'ici, je pouvais rentrer à Metford à pied. Je n'étais plus perdue. Je jetai un coup d'œil à mon téléphone. Il était près de deux heures du matin.

Le bourdonnement augmenta dans mes oreilles. Comment avais-je pu perdre tant de temps ? Cela soulevait une question plus importante. J'étais épuisée d'errer dans le brouillard. Il me semblait confusément avoir oublié quelque chose.

Plus loin, le vrombissement d'une balayeuse s'approchait, tel un éléphant marchant d'un pas pesant. Deux hommes en gilet orange suivaient l'engin. Ils déverrouillaient les poubelles de part et d'autre de la rue et jetaient les sacs à l'arrière de la camionnette. Je regardai autour de moi, repérai la poubelle la plus proche et m'y précipitai. J'ouvris mon sac et, le masquant avec mon corps par crainte des caméras de sécurité, je sortis le couteau, l'essuyai et le glissai sous une couche d'ordures et de gobelets. Maintenant, au moins, si le policier revenait, je n'aurais plus d'arme sur moi.

Je m'éloignai et j'attendis de voir que la poubelle était ramassée sans que rien n'en tombe. Les ordures furent jetées avec le reste. Personne ne retrouverait jamais ce couteau. Je me sentis un peu mieux, même si je ne savais toujours pas quoi faire. Mon cerveau tournait en rond, tourbillonnant d'une pensée à l'autre tel un manège fou. Je ne parvenais pas à me concentrer. Rien n'avait de sens, et dès que j'essayais d'analyser le problème mon esprit partait dans une autre direction. J'étais fatiguée, je tremblais. Il fallait que je dorme, sinon j'allais m'effondrer. Je retournai à Metford en trébuchant.

Je ne pouvais pas courir le risque de croiser le gardien. Par chance, la fenêtre de la buanderie était encore ouverte. Je m'allongeai sur le béton froid, me glissai à l'intérieur et atterris sur la table dans un grand bruit. Il faisait sombre et, pour la première fois depuis des heures, je me sentis en sécurité.

Impossible de retourner dans ma chambre. Tasha m'y attendrait sans doute. Et, si ce n'était pas le cas, l'idée de gravir l'escalier me paraissait insurmontable. J'avais la sensation persistante d'avoir raté quelque chose, qu'une vérité gênante se dissimulait au fond de mon cerveau. Quelqu'un avait oublié son linge sur la table. J'en fis un oreiller et m'allongeai. Je n'avais qu'une envie, dormir et oublier ce qui s'était passé. Je fermai les yeux et ce fut le noir.

Des bruits dans le couloir me réveillèrent en sursaut. Je me redressai, soudain en alerte, le cœur battant. Je serrai mon sac contre ma poitrine, mais les pas passèrent sans s'arrêter à la buanderie.

J'allumai mon téléphone. Je l'avais mis en mode avion la veille au soir. Je clignai des yeux et regardai l'heure. Il était encore tôt, un peu moins de sept heures. L'appareil s'emballa, des dizaines de messages et d'appels manqués. La plupart venaient de Tasha mais celui d'Alex me surprit.

Tout va bien? Tes parents ont appelé, ils disent que tu as disparu. Fais-moi signe.

Je lus et relus le texto, comme s'il avait contenu un code secret. Ça prouvait qu'il tenait à moi, non ? Il était inquiet. Il ne disait pas qu'il m'aimait ou qu'il regrettait que les choses se soient terminées ainsi, mais rien ne l'obligeait à m'écrire.

À moins que mes parents ne l'y aient contraint.

Ils m'avaient appelée. Sept messages.

bip *Kim, c'est maman. Appelle-moi s'il te plaît.*

bip *Je ne sais pas quelle heure il est chez toi – rappelle dès que tu as ce message.*

bip *Nous t'avons fait confiance pour ce voyage. Si tu ne rappelles pas, considère que tu es punie dès ton retour.*

bip *Ma chérie, je suis inquiète pour toi. Rappelle-moi.*

bip *Kimberly, Tasha envisage d'appeler la police. Je sais que ce n'est pas ce que tu veux. Rassure-moi, dis-moi que tu vas bien.*

bip *Kim, je ne suis pas en colère. Oublie ce que j'ai dit à propos de la punition. Je veux seulement savoir si tu vas bien.*

bip *Kim chérie ? C'est papa. Appelle-nous, ma chérie. Tu peux rentrer à la maison demain, et on parlera ensemble de ce qui se passe.*

Je fixai mon téléphone. Mon père m'avait appelée. L'heure était grave. D'habitude, il déléguait les responsabilités parentales à ma mère, qui n'était pas experte mais faisait semblant de l'être sur Internet. « Que faire quand votre fille pète un câble ? » Ou alors : « Problèmes mentaux : tout n'est pas dans sa tête. »

Mon ventre gargouilla. J'avais faim. Avec ce qui se passait, mon estomac aurait dû s'éteindre, mais il était toujours là et me rappelait que la partie biologique de ma vie, elle, se poursuivait normalement. Je me livrai à un calcul rapide. J'avais peu de chances de croiser quelqu'un du groupe aussi tôt à la cafétéria.

Je gravis les marches. Le hall était vide. Le personnel de la cuisine venait d'ouvrir les portes. Je me glissai à l'intérieur pour attraper une pomme, quelques tranches de pain et une portion individuelle de beurre de cacahuètes avant de ressortir.

— Hé, Kim !

Je m'immobilisai, la pomme dans la bouche. Je me retournai. L'une des employées de l'accueil me souriait.

— Tu sais que Tasha te cherche.

— Oui, je l'ai trouvée, mentis-je.

— Tu as du courrier.

Elle tira du bureau une enveloppe qu'elle agita comme un drapeau blanc.

La bile remonta dans ma gorge. Je me forçai à la prendre. Dès que je la touchai, je me détendis. Le papier ne ressemblait pas à celui qu'utilisait Nicki, il n'était ni chic ni épais ; une simple enveloppe de bureau cornée, qui portait l'écriture d'Emily et les petits dessins qu'elle faisait partout.

— Merci. Il faut que j'aille mettre mes affaires au sèche-linge.

Je marquai une pause, attendant que l'employée relève mon mensonge, mais elle s'était déjà replongée dans son livre. Je redescendis jusqu'à la buanderie et m'affalai sur la table. J'étalai une épaisse couche de beurre de cacahuètes sur le pain froid et l'engloutis en trois bouchées. Quand le démon qui occupait mon estomac fut un peu apaisé, j'ouvris la lettre d'Emily.

Son ton léger me déstabilisa, puis je regardai le tampon. Elle l'avait expédiée le jour de la mort de Connor. Elle ne savait pas ce qui s'était passé au moment où elle l'avait écrite. Sa lettre avait croisé la mauvaise nouvelle quelque part au-dessus de l'Atlantique. Je caressai le papier. J'aurais aimé remonter le temps avec lui – revenir à une époque où rien de tout cela n'était arrivé. Où ses histoires d'avoir mangé trop de saucisses, d'avoir sauvé un enfant de la noyade pendant le cours de natation et d'avoir embrassé un autre moniteur derrière le hangar à kayaks ressemblaient à un idéal. Une larme roula sur ma joue quand je lus les dernières lignes.

Bon, il faut que j'y aille si je veux que la lettre parte aujourd'hui. J'ai hâte de te voir dans quelques semaines pour que tu me racontes tes exploits pendant ton voyage. Je sais que tu ne voulais pas y aller, mais j'espère que ça se passe bien. Rien n'arrive sans raison.

Peut-être que tu as rencontré un prince ! Tu n'as pas besoin de recevoir un prix de science – tu es l'une des personnes les plus intelligentes que je connaisse. Plein de bonnes choses.

Bisous, Em

Je ne me sentais pas très intelligente. Nicki avait toujours eu un coup d'avance sur moi. Je croquai dans la pomme et réfléchis au problème. Je devais affronter ce que j'avais fui toute la nuit.

Se pouvait-il que Nicki soit le fruit de mon imagination ?

J'avais exagéré ma relation avec Connor, mais là, c'était un autre niveau.

Si Nicki n'avait même jamais existé, c'était salement tordu. *J'étais* salement tordue. Moi, je la trouvais réelle – pas comme une voix dans ma tête, mais en chair et en os, aussi réelle que n'importe qui. Imaginer une relation est une chose ; imaginer une personne en est une autre. Les gens qui souffraient de troubles de la personnalité n'avaient-ils pas des trous noirs avant de devenir quelqu'un d'autre ? Est-ce que je m'étais promenée en me prenant pour Nicki ? Le temps perdu que je ne pouvais m'expliquer me revint à l'esprit.

Je passai en revue chacune de mes rencontres avec elle et tentai d'identifier quand elle avait interagi avec d'autres personnes. J'étais certaine qu'elle avait été là au duty free. Elle avait trébuché sur les sacs. Elle s'était disputée avec la vendeuse pour savoir si elle devrait payer le parfum. Tout n'était pas dans ma tête. Je me répétai cette pensée, que je trouvais réconfortante.

Mais depuis l'aéroport ?

Ma discussion avec elle dans l'avion avait été un peu surréaliste. J'avais bu pas mal de vodka. Se pouvait-il que j'aie bu seule en imaginant sa présence ? Que j'ai transformé en amie imaginaire une fille avec qui j'avais discuté une heure ou deux ? Je m'étais persuadée que Connor m'appréciait, je pouvais aussi bien m'être inventé une amie pour me sentir moins seule.

J'avais été si distraite pendant ce voyage. J'avais attribué cela au stress et au manque de sommeil, mais c'était peut-être plus grave. Je repensai à chacune de mes rencontres avec Nicki depuis mon arrivée en Angleterre, mais rien ne vint.

Si ! Je levai un poing victorieux. Alex l'avait rencontrée. Nous avions parlé avec elle après être montés sur la grande roue. Sauf que ce soir-là elle ne s'était pas fait appeler Nicki mais Erin. Alex l'avait prise pour une étudiante de Metford. Je me pinçai l'arête du nez. Et s'il existait une Erin ici et que je lui avais superposé l'idée que je me faisais de Nicki ? Comment savoir si Alex avait rencontré la véritable Nicki ou quelqu'un qui lui ressemblait vaguement dans mon esprit ? Elle n'avait pas parlé de Connor devant lui.

Mais si Nicki n'existait pas, qu'était-il arrivé à Connor ?

Je fermai les yeux pour tenter de revenir sur le quai du métro. J'invoquai l'odeur du métal, de moisissure et de vieux café qui emplissait l'air. La brise rance provenue du tunnel tel un fantôme. Il y avait tant de monde. Après un train annulé, c'était une marée humaine compacte. Connor se tenait près de moi.

Se pouvait-il que je l'aie poussé ? Il avait menacé de révéler notre histoire à Alex. Je serrai encore les paupières, comme pour me téléporter dans le temps. Peut-être. Je le détestais. Peut-être que j'avais agi par instinct, saisissant l'occasion de me défouler, puis mon cerveau avait fabriqué Nicki pour couvrir mon geste.

Mon amie imaginaire avait tué mon copain imaginaire. Un rire hystérique m'échappa et j'abattis ma main sur ma bouche. Il fallait que je garde la tête froide. Un peu de logique. Comme une vraie scientifique.

Je tentai de m'éclaircir l'esprit. Si Nicki existait, pourquoi m'avait-elle demandé de tuer sa mère si ce n'était pas sa mère ? Ça n'avait aucun sens. Mon regard se posa sur la lettre d'Emily. *Rien n'arrive sans raison*. Action, réaction. Ça n'avait aucun sens de me faire assassiner une inconnue, ce qui pouvait indiquer que Nicki n'existait pas, que je l'avais inventée pour supporter la culpabilité d'avoir tué Connor.

Une idée me frappa. Comment avais-je pu savoir que la porte serait ouverte et la lumière éteinte ? J'avais beaucoup d'imagination, mais je n'étais pas voyante. Un point pour l'existence de Nicki, à moins que… *Oh mon Dieu*. Et si j'avais essayé les portes une à une à la recherche d'une maison ouverte, puis que j'avais oublié l'avoir fait ? Et si, pendant les moments de flou où j'étais épuisée, j'avais erré dans la ville pour m'introduire chez les gens jusqu'à ce que je trouve une maison qui corresponde au fantasme que mon cerveau avait créé ?

J'aurais vraiment dû suivre ce cours de psychologie l'année dernière. J'avais toujours méprisé la psychologie et la sociologie, que je considérais comme des pseudo-sciences. Trop floues, pas de réponses exactes. À présent, j'aurais tué pour savoir un peu mieux comment fonctionnait l'esprit.

Je tuerais pour savoir. Un autre rire nerveux monta dans ma poitrine. Et voilà. Une tueuse. Je me mordis la lèvre et le goût cuivré du sang envahit ma bouche. J'arpentai l'espace étroit de la buanderie.

Je m'arrêtai net. Et ce qui était arrivé à Alex ? Si Nicki n'existait pas, comment m'étais-je retrouvée avec un pot de crevettes en poudre dans ma chambre ? Si j'avais des trous noirs, alors c'était moi qui avais pris sa seringue et qui l'avais empoisonné. Volontairement.

Jamais je n'aurais fait une chose pareille à Alex. Je pouvais accepter d'avoir refoulé le meurtre de Connor, d'avoir fouillé des maisons porte à porte puis de l'avoir oublié, mais j'aimais Alex. Jamais je ne lui aurais fait du mal. Même si j'avais une personnalité multiple, je ne pouvais imaginer qu'une partie de moi ait pu faire une chose pareille. J'étais peut-être perturbée, mais là, ça allait trop loin : impossible que j'en sois au point de blesser une personne que j'aimais pour faire tenir ma fiction.

Pourtant, si Nicki existait, pourquoi aurait-elle voulu que je tue une inconnue ?

Mon téléphone vibra. Nouveau texto de Tasha.

Appelle ou envoie un message TOUT DE SUITE.

J'imaginais qu'elle avait déjà appelé la police pour signaler ma disparition. Je fixai le téléphone. Pouvaient-ils me suivre à la trace ? Je l'avais laissé en mode avion pendant la soirée, mais maintenant que je l'avais rallumé il se connectait aux relais et réduisait le champ des recherches. Si ça se trouvait, l'inspectrice Sharma était en ce moment même penchée sur son écran, occupée à me localiser.

Je ne voulais pas être arrêtée, mais il devenait clair que j'avais besoin d'aide. Je pouvais peut-être échapper à la police, à mes parents, à Tasha, et même à Alex, mais je ne pouvais pas échapper à la réalité. Connor était mort et Alex avait failli mourir. Je représentais peut-être un danger pour les autres.

Sauf si Nicki existait.

Il n'y avait qu'une seule manière de le savoir. J'ouvris Instagram et pris une photo de mes chaussures. *Le temps file. Retrouve-moi comme la dernière fois. Maintenant.* Je postai le message sur mes comptes. Personne d'autre ne comprendrait, mais Nicki se rappellerait notre discussion près de la statue de Peter Pan.

J'éteignis mon téléphone. Il fallait que je retire la carte SIM. C'était elle qui se connectait aux relais téléphoniques. Sans elle, on ne pouvait pas me repérer. Je cherchai un objet de la bonne taille dans la pièce. Je trouvai un crayon au sol, mais la mine était un peu trop grosse pour entrer dans la fente. Elle se brisa à ma deuxième tentative et, de frustration, je jetai le crayon au sol. Puis j'aperçus quelque chose enfoui sous un tas de poussière contre la plinthe : un trombone.

Je tordis l'extrémité, priant pour que cela fonctionne, puis la glissai dans la fente. J'ouvris le clapet et fis glisser la carte SIM dans ma main.

Je me sentais étrangement calme. Je voyais ce que j'avais à faire. Je devais confirmer l'existence de Nicki. Si elle n'existait pas et que j'étais responsable, alors je me rendrais à la police. Je demanderais de l'aide. Je passerais le reste de ma vie à essayer de racheter mes actes. Mais si Nicki avait fait tout cela, alors pour une fois je devais avoir une longueur d'avance.

Je relus la lettre d'Emily. J'avais rencontré un prince, et même si je savais que j'avais bien fait de rompre avec lui pour le mettre en sécurité je le regrettais. Je lui répondis rapidement.

Je suis vraiment désolée. Tu as été mon Samwise et j'ai été Frodo qui partait mener sa propre mission. Je ne vais pas encore bien, mais bientôt.

Le message ne partirait que quand je remettrais la carte SIM en place, mais je me sentais déjà mieux de l'avoir écrit. Il était temps d'y aller. Je sautai à nouveau sur la table et regardai par la fenêtre étroite pour m'assurer que la cour était vide. Il pleuvait. Pas un petit crachin – une véritable averse. Je tentai de voir le bon côté des choses : il y aurait moins de gens dans le parc.

Je me hissai, jetai mon sac dehors et commençai à grimper pour atteindre la lucarne. La porte de la buanderie s'ouvrit. Je m'immobilisai sur place.

– Kim ? Le gardien dit qu'il t'a vue.

Sophie me dévisageait. Elle avait l'air perplexe, ce qui n'était pas absurde, vu que j'étais suspendue à la fenêtre.

C'était déjà gênant que quelqu'un m'ait surprise, mais Sophie avait la particularité de toujours vouloir bien faire.

C'était dans sa nature. Elle dirait à Tasha où j'étais, pas pour m'attirer des ennuis, parce qu'elle penserait m'aider. Je finis d'escalader le mur, sortis et laissai claquer la fenêtre. Je ramassai mon sac et me précipitai vers la rue. Il fallait que je disparaisse. J'entendis la fenêtre se rouvrir.

— Kim ! Reviens !

Je ne pris pas la peine de me retourner. J'avais un rendez-vous important.

Peut-être avec une personne imaginaire.

TRENTE-CINQ

30 AOÛT
J-1

J'entrai chez un traiteur pour commander un sandwich jambon-fromage. Mon petit déjeuner de fortune ne m'avait pas suffi. J'étais affamée.

La pluie s'abattait sur ma tête. Je mordais dans mon sandwich, bifurquant sur les sentiers du parc pour observer mon environnement et évaluer mes possibilités.

Rien n'arrive sans raison.

Je considérai une possibilité sous toutes les coutures. Était-ce la solution ? Est-ce que ça fonctionnerait ? J'avais déjà cru la coincer, mais je m'étais trompée. Je passai en revue ce que je savais, avec un regard neuf. La science s'occupe d'étudier des faits, la vérité se cache dans les détails. Je m'aperçus que quelque chose m'avait échappé. J'avais accepté les événements sans me poser de questions. Mais maintenant que je disposais de nouvelles informations cela jetait un nouvel éclairage sur la situation.

Rien n'arrive sans raison. Nicki en avait une bonne, et je croyais la connaître. Si j'avais vu juste, je tenais peut-être une solution. J'émis un grognement de satisfaction.

J'écartai l'inquiétude que personne ne vienne me rejoindre. Je refusais de croire que cela s'était déroulé dans ma tête. J'affronterais cette éventualité s'il le fallait, mais je n'étais pas encore prête à m'avouer vaincue.

J'entrai dans le parc et atteignis la statue de Peter Pan. Nicki n'était pas là. Je jetai la fin de mon sandwich à la poubelle et scrutai le chemin, en vain. Je ne voulais pas m'asseoir sur le banc ; j'aurais eu l'air trop suspecte à attendre là sous la pluie. Je tournai donc en rond sans trop m'éloigner, l'estomac serré en un nœud acide.

Aucune trace de Nicki. Je me représentais la solution (si jamais elle venait) en boucle dans mon esprit. Ma mère n'avait pas tort, la visualisation était un atout. De nombreuses études le prouvaient. Je décomposai les étapes, les faisais défiler au ralenti dans ma tête, imaginant sa réaction et la mienne. Mes pieds traçaient des calculs dans les graviers. Les maths me détendaient.

La pluie se changea en bruine légère. Mon téléphone étant éteint, je ne savais pas combien de temps s'était écoulé depuis que j'avais posté le message. Je pris conscience que j'arrachais la peau autour de mes ongles et enfonçais mes mains dans mes poches avant de m'écorcher jusqu'à l'os.

Je repensai à la lettre d'Emily. J'étais intelligente. Rien n'arrivait sans raison. Ce voyage m'avait appris une chose : je devais compter sur moi-même. Moi seule pouvais trouver les réponses. J'en étais capable.

Il devait s'être écoulé au moins une heure maintenant, peut-être même deux. Si Nicki existait, elle avait lu le message et essaierait de me contacter au sujet de la veille au soir. Elle savait tout. Si elle ne venait pas, je devrais affronter l'idée que je m'étais fait des films.

Rien ne m'obligeait à parler de Nicki à quiconque. La police n'avait rien pu prouver concernant la mort de Connor. Personne n'avait officiellement annoncé qu'il s'agissait d'un meurtre. Si Nicki était le fruit de mon imagination, je n'avais pas à craindre qu'elle m'accuse. Les fruits de mon imagination ne pouvaient pas me poursuivre, ni menacer de me faire chanter si je ne tuais pas leur mère. Dans ce cas, je serais libérée.

J'avais les idées claires à présent, mais le resteraient-elles ? Dans une heure, je pourrais décider que Nicki voulait que je tue quelqu'un d'autre, quelqu'un qui se trouvait en travers de « son » chemin. Qui sait, peut-être que j'enfilerais une perruque noire et me prendrais pour Nicki elle-même, perdue dans une sorte de brouillard.

Si elle n'arrivait pas bientôt, j'enregistrerais tout ce dont je me souviendrais dans mon téléphone, puis j'appellerais l'inspectrice Sharma. Je la laisserais me mettre en prison, dans un hôpital psychiatrique, où elle voudrait. Il ne s'agissait pas de rendre justice à mes parents, à Emily, à Alex ni même à Connor. Il s'agissait de me rendre justice à moi. J'avais passé trop de temps à me préoccuper de ce que voulaient les autres, à essayer de les satisfaire. Ici, sans rien, je réalisais que le plus important était l'opinion que j'avais de moi-même.

— Te voilà !

Je me retournai. Nicki.

— Je croyais qu'on devait se retrouver près de la statue.

— Je me promenais. En t'attendant.

J'avais le souffle court.

Nicki fit tourner son parapluie, telle Mary Poppins exécutant un numéro de danse.

— Me voilà.

Je m'approchai d'un pas.

— Je n'étais pas sûre que tu viendrais.

Encore un pas.

— Bien sûr que je suis venue. On a beaucoup de choses à se dire.

Encore un pas.

— En effet.

J'évaluai la distance. Je me jetai sur elle avant qu'elle puisse s'écarter et j'attrapai son bras. Elle tenta de se dégager, mais je m'accrochai et l'attirai à quelques centimètres de moi. Elle avait les yeux écarquillés de surprise. Je sentais son souffle sur mon visage. J'étais assez proche d'elle pour compter ses cils et la regarder droit dans les yeux. Je n'avais jamais vraiment remarqué leur couleur. Je pensais qu'elle les avait marron clair, mais ils étaient jaunes. Jaune œil-de-lézard. L'odeur tenace de son shampoing, une odeur de fraises trop mûres, m'assaillit. Mon nez frémit alors que j'inhalais le moindre détail. Je sentis la chaleur de sa peau là où je tenais son poignet, et même l'onde enfouie de son pouls. Elle avait un léger bleu à la bouche, couvert par une fine couche de fond de teint.

— Qu'est-ce que tu fais ? cracha Nicki en tentant de se dégager.

Je m'approchai encore comme pour l'embrasser sur la joue et effleurai sa peau avec ma langue. Salée.

— Tu existes, dis-je.

Le soulagement que provoqua cette affirmation se répandit en moi comme un feu.

Nicki se dégagea de mon étreinte et s'essuya le visage.

— C'est quoi ce délire ? Bien sûr que j'existe.

Je me sentis vaciller. Je ne l'avais pas inventée.

Nicki recula de quelques pas et m'inspecta. Puis elle éclata de rire si fort qu'elle se plia en deux.

— Oh, mon Dieu, tu croyais que tu m'avais *imaginée* ?

— Ce n'est pas drôle.

— C'est tellement parfait, se rengorgea Nicki. Jamais je n'aurais cru que tu me prendrais pour une voix dans ta tête. Tu as dû croire que tu devenais folle. J'aurais bien aimé savoir ce que tu as pensé ces derniers jours ! À te promener comme Lady Macbeth : « Éteins-toi, satanée Nicki ! »

Ses yeux s'écarquillèrent et sa bouche forma un *o* parfait, digne d'une poupée.

— Attends, tu as aussi cru que c'est toi qui avais tué Connor ?

Je la détestais.

— Ce n'est pas drôle.

Je me rappelai de rester calme et logique.

Ses épaules furent secouées de rire.

— C'est là que tu te trompes.

— Je suis allée chez ta mère hier soir.

— Je sais. Je t'observais.

Elle eut un sourire suffisant.

— Je ne veux plus rien avoir à faire avec toi.

Je fis volte-face et commençai à m'éloigner. Je comptais qu'elle me suive. Elle ne voudrait pas que ce moment s'arrête. Tel un chat qui a coincé une souris, elle aurait envie de jouer avec moi.

Mais elle ne se doutait pas que moi aussi j'avais été attentive. Après sa remarque sur la présence de caméras partout en ville, j'avais réalisé qu'elle avait raison, et maintenant je connaissais un endroit où nous pouvions véritablement être seules. Or cette conversation exigeait de l'intimité.

Elle m'emboîta le pas sur le sentier et me rattrapa aussitôt… comme je l'avais prévu. Elle me prit par le bras.

— D'accord, marchons. Il fait froid, plantées ici.

Elle se frotta le bras. Ma main avait laissé une empreinte rouge sur son poignet.

— Je ne t'ai pas vue sortir de la maison, dit-elle. Mais cette femme s'est mise à crier par la fenêtre comme s'il y avait le feu chez elle, alors j'ai su qu'il s'était passé quelque chose. Quelque chose qui n'était pas censé arriver.

— Cette femme n'est pas ta mère.

— Non.

Nicki enjamba une flaque. Ça me rappela une comptine : *Marche dans une flaque, le dos de ta mère fait crac*[2].

— Je ne comprends pas.

— J'étais juste curieuse de voir si je serais capable de te le faire faire.

Elle bondit pour éviter une autre flaque boueuse, telle une gazelle.

Je m'arrêtai pour la fixer.

— De quoi tu parles ?

— Je voulais savoir si je serais capable de te le faire faire, répéta-t-elle. Jusqu'où il faudrait te pousser pour

2. Référence à une célèbre comptine anglaise, « *Step on a crack, break your mother's back* ».

que tu passes à l'action. Ce qu'il fallait pour que quelqu'un comme toi… (elle marqua une pause pour me regarder des pieds à la tête) fasse quelque chose de si étranger à sa personnalité. Tu es intelligente, mais tu n'as aucun cran. Je voulais savoir ce qui se passerait si j'appuyais sur les bons boutons.

Elle se frotta les mains à cause du froid et attendit ma réaction.

Je traversai la piste cyclable et me dirigeai vers la sortie du parc. Si elle disait vrai, je m'étais à nouveau trompée sur toute la ligne. Je refusais de croire cela.

Elle me poursuivit.

— Allez, ne sois pas fâchée. Ce n'est pas ta faute si tu n'es pas aussi intelligente que moi.

— Tu n'es pas sérieuse. C'était juste un jeu tordu ?

Nicki eut un reniflement de mépris.

— Pas un jeu. Une expérience.

— Tu te prends pour qui ? Un Dr Frankenstein de la morale ?

Elle rit.

— Ça fait de toi ma créature.

Elle leva les bras en l'air.

— Elle vit ! Elle vit !

Je secouai la tête.

— Et ce que tu as fait à Alex ?

— Je ne lui ai rien fait. Il a eu une réaction allergique.

Elle me fixa comme si elle cherchait à m'expliquer avec des mots plus simples.

— Je t'ai suivie, et j'ai vu ce qui se passait. Bingo. Une opportunité. Je suis allée acheter la poudre de crevettes et je l'ai mise dans ta chambre pour que tu croies que je l'avais fait. Un simple coup de chance.

— Un coup de chance, répétai-je d'un ton plat.

— En gros.

— Et sa seringue ? Comment expliques-tu qu'elle ait disparu ?

Le bruit de la circulation s'atténua quand nous laissâmes les artères principales derrière nous.

— Je n'en sais rien. J'imagine qu'il l'a perdue.

Je scrutai son visage à la recherche d'un indice – un battement de paupière, un coup de langue sur les lèvres – pour tenter de déterminer si elle racontait la vérité.

— Alex vérifie toujours s'il l'a sur lui. Toujours.

Nicki leva les yeux au ciel.

— Qu'est-ce que tu veux que je te dise ? Je n'ai pas touché aux médicaments de ton petit amoureux. Je t'ai juste laissé croire que je l'avais fait, pour voir si ça suffirait à t'encourager.

— Tu mens, répliquai-je.

J'en étais certaine à présent. Elle l'avait fait exprès, et maintenant elle cherchait à s'en tirer.

Elle gloussa.

— Peut-être. Tu deviens plus intelligente, ou du moins un peu plus sceptique. Quelle importance que ce soit un accident ou pas ? C'était le point de pression dont tu avais besoin. C'est tout ce qui m'importe.

Un train siffla au loin. Le bruit transperça mes pensées comme une balle.

— Mais tu as tué Connor. Ça, ce n'était pas un coup de « chance », lançai-je en mimant des guillemets.

Nicki s'arrêta pour observer les rails au-dessous du pont où nous nous tenions. Elle me sourit par-dessus son épaule.

— Peut-être que si. Ou peut-être que non. Quand on fait des recherches, il faut bien sacrifier quelques cobayes. Le progrès scientifique peut être impitoyable. Regarde autour de toi – on ne va pas de l'avant sans écraser quelques personnes. Ils rendent même des petits lapins aveugles pour tester du mascara. (Elle secoua la tête.) Je me sens plus mal pour les lapins que pour Connor.

Ses mots me firent l'effet d'un coup de poing dans le ventre.

— Tu as tué Connor pour voir comment je réagirais.

— En gros, oui.

Elle soupira comme ma mère quand elle était déçue.

— Pourquoi tu me fixes comme ça ? Quand je t'ai rencontrée, je t'ai expliqué ce qui me fascinait : pourquoi les gens font ce qu'ils font. De quelle façon ils peuvent être influencés. Tu as l'air surprise. Je pensais que ça te réconforterait de savoir que Connor était mort pour une noble cause.

J'aboyai un rire amer.

— Tes recherches sont une « noble cause » ? Maintenant, tu es un Dr Freud Maboul.

Nicki fit une grimace.

— Je me considère plutôt comme B.F. Skinner. Conditionnement opérant, comportementalisme, ce genre de chose. Je n'ai jamais apprécié Freud. Je me fiche pas mal de l'envie de pénis ou de l'impact de l'enfance, bien que, il faut le préciser, tu aies de gros soucis avec ta mère.

— Tu es tordue, répliquai-je.

Nicki coinça une mèche derrière son oreille.

— Pas mal, pour une fille qui, il y a une heure, croyait que j'étais une voix dans sa tête. À mon avis, tu ne devrais pas te concentrer sur les pailles vu la poutre que tu as dans l'œil, si tu saisis ce que je veux dire.

— Je vais voir la police. Même si tu n'as pas essayé de tuer Alex, tu as assassiné Connor.

— Peut-être. Je n'ai rien avoué.

Elle écarta d'un geste ce que je m'apprêtais à répliquer.

— C'est peut-être un accident. Peut-être qu'il est mort et que j'ai choisi d'utiliser sa mort. (Elle leva les yeux.) Ou peut-être pas. Pour les besoins de la discussion, mettons que je l'aie tué. Qu'est-ce qui te permet de penser que les flics te croiront ?

— Ils me croiront.

Elle haussa les épaules et je sentis la tension se resserrer dans ma poitrine.

— Peut-être. Mais j'ai toujours ceci.

Nicki mit la main dans sa poche, en sortit la liste que j'avais écrite sur Connor et l'agita sous mon nez, avant de la retirer.

— Rappelle-toi, tu as toi-même cru que tu étais responsable. Vu comme je suis douée pour façonner la réalité des autres, imagine de quoi je serais capable face aux autorités.

Elle cligna de l'œil.

— Tu ne façonnes pas les gens, tu les manipules, crachai-je.

— Appelle ça comme tu veux, mais tu ne peux pas nier les faits. (Elle s'adossa contre un mur.) Je te donne juste un conseil que tu ferais bien de prendre en compte avant d'aller voir la police.

— Et si j'avais enregistré notre conversation ? rétorquai-je en écartant les bras. Tu as oublié de me fouiller, cette fois.

Ses yeux se rétrécirent et sa bouche se pinça. Elle n'avait pas l'habitude d'être prise au dépourvu. Sa paupière tressauta, puis un sourire apparut sur son visage.

— Tu mens. Tu n'as pas enregistrée. (Elle me tapota sur le nez.) Je te connais. Ne te mets pas en colère. On ne peut pas toujours penser à tout. Je ne t'en veux pas de m'avoir menti.

— Trop gentil, répondis-je d'un ton égal.

— Ne sois pas insolente. Je te fais simplement remarquer que je pourrais me fâcher. En plus de m'avoir menti, tu me dois toujours un meurtre.

Je fermai les yeux pour tenter de l'éloigner. Puis je les rouvris.

— Tu veux encore que je tue quelqu'un ?

— Peut-être. Ça serait amusant, non ? Tu te demanderas quel service je te demanderai, et quand.

Elle sourit, son expression s'adoucit.

— Tu vas me manquer quand tu partiras demain.

— Ce n'est pas réciproque, grognai-je.

Elle rit.

— Compréhensible. J'espère qu'avec le temps notre relation se basera au moins sur le respect.

Nicki tendit la main.

— Malgré mon ressentiment, enchaîna-t-elle, je te dois des remerciements sincères. Tu es mon premier *vrai* cobaye, et ces dernières semaines ont été fascinantes. Je ne m'étais pas autant amusée depuis des années. Je sais que tu m'en veux, mais honnêtement je t'adore.

Je regardai sa main tendue. Elle ne disparaîtrait jamais. Elle avait raison sur un point : elle referait surface quand je m'y attendrais le moins pour détruire ma vie. Mais je croyais savoir quelque chose. Quelque chose qu'elle n'imaginait pas que je découvre. Je pris sa main et la serrai en souriant.

Mon sourire la mit mal à l'aise. Je le vis sur son visage.

— Ma copine m'a rappelé une vérité aujourd'hui.

— Quoi ?

— Rien n'arrive sans raison.

Je sentais qu'elle essayait de retirer sa main de la mienne, mais sans se débattre.

Elle gloussa.

— Tu commences à parler comme ta mère. Tu vas me dire que c'est le destin ?

— Non. C'est logique. Tu n'as pas choisi cette femme au hasard. Tu connaissais sa maison. Tu y étais déjà allée.

Je la lâchai et croisai les bras devant ma poitrine.

Nicki haussa les épaules.

— Peut-être. J'aime partir en exploration – tu serais surprise de savoir combien de gens ne verrouillent pas leur porte.

— Ce n'est pas ça. Tu fais semblant de te prendre pour une scientifique qui cherche la connaissance, mais c'est plus terre à terre que ça, n'est-ce pas ? Tu n'es pas une personne très particulière, au-dessus du commun des mortels. Ta véritable motivation est bien plus banale. Tu as couché avec son mari.

Là, une petite contraction pile au-dessus de son sourcil. Une fissure dans son masque. J'avais vu juste. Elle ne répondit rien.

— Il n'a jamais été question de recherche, poursuivis-je. En tout cas, ce n'est pas la seule raison. Tu voulais te venger. Tu étais leur baby-sitter, tu as couché avec le mari, et quand ça s'est su tu t'attendais à ce qu'il te choisisse, toi. Mais il ne l'a pas fait, hein ? Il est retourné avec sa femme. Et même après avoir divorcé il ne voulait pas de toi – il est parti. C'est ça que tu n'as vraiment pas supporté. Qu'il ne veuille pas de toi.

Je plongeai mon regard dans le sien, jouissant de la rage que j'y lisais. Elle n'avait pas prévu que son projet de recherche tourne ainsi.

Les cobayes n'étaient pas censés mordre.

Jamais elle n'avait envisagé que je comprenne. Et je n'aurais peut-être jamais compris sans la lettre d'Emily. *Rien n'arrive sans raison*. Dans ce cas, Nicki avait une raison de vouloir que je tue cette femme. Quand je croyais que c'était sa mère, je me disais que c'était parce qu'elle buvait ou parce que Nicki voulait son argent, mais si ce n'était pas sa mère, il devait y avoir une autre raison. C'est alors que j'avais reconstitué le puzzle : la relation avec un homme marié dont Nicki m'avait parlé dans l'avion, la femme dans la rue qui avait évoqué un scandale, ma victime qui m'avait raconté que son mari l'avait trompée.

La lèvre de Nicki tressauta, découvrant presque ses dents.

— T'es maligne.

— Allez, ne te vexe pas, lui répliquai-je. Ce n'est pas ma faute si ton mobile était une simple, une banale vengeance. Ce n'est même pas original.

— Tais-toi, siffla-t-elle.

— Tu n'es pas allée voir ton père à Vancouver, hein ? Tu y es allée pour trouver ce type.

Il y eut un souffle d'air quand un train passa sous le pont où nous nous trouvions, avant de disparaître au loin.

— Tu m'as amenée ici pour me rappeler la mort de Connor ? Pour que je me sente coupable ? demanda-t-elle.

J'inclinai la tête.

— Tu te sens coupable ? Je ne crois pas, mais tu as raison, nous ne sommes pas ici par hasard. C'est pour que tu te souviennes. Tu es allée très loin pour obtenir ce que tu voulais, mais ça n'a pas marché. Connor est mort, pourtant ce type n'en a toujours rien à faire de toi. Même maintenant, après avoir divorcé.

Le visage de Nicki exprima toute une palette d'émotions. Elle sauta sur le parapet du pont, qu'elle arpenta comme si elle se trouvait sur scène. Je voyais qu'elle luttait pour reprendre le contrôle d'elle-même. Elle était montée là car elle voulait maîtriser la situation, mais ce n'était qu'une façade.

— Mesdames et messieurs, applaudissez la petite génie. (Elle me désigna d'un geste théâtral.) Elle a enfin compris que le monde ne tournait pas autour d'elle.

Je la fixai comme si elle m'ennuyait.

— Il paraît que le sarcasme est la forme d'humour la plus basse. Sois honnête. Tu as fait quelque chose à ce type à Vancouver ?

Elle retroussa les coins de sa bouche.

— Même si tu n'enregistres pas, il serait stupide d'avouer quoi que ce soit. Disons qu'il ne m'embêtera plus.

Je croisai les bras et la fixai.

— Tu as le chic pour te débarrasser de ceux qui te dérangent.

Je me demandai si le bébé était bel et bien mort dans son berceau, ou si c'était une victime de plus à ajouter sur sa liste.

Nicki donna un coup de pied dans un caillou, qu'elle envoya voler dans le vide derrière elle, et le regarda tomber.

— La bonne nouvelle, c'est que tu commences à comprendre de quoi je suis capable. Mettons que ce soit un match nul.

— Qu'est-ce que ça signifie ?

— Tu rentres chez toi, je reste ici, répondit-elle en haussant les épaules.

— Je ne crois pas.

Nicki leva les yeux au ciel.

— Ah, tu as de grands projets ? C'est toi qui décides maintenant ?

Elle posa les mains sur les hanches, mais je voyais clair dans son jeu. Ses bras tremblaient légèrement. Elle avait peur.

— J'ai toujours fait mes propres choix – je l'avais juste oublié. Je vais voir la police. Je vais leur raconter ce que j'ai fait hier soir. Cette femme doit avoir déposé plainte. Je suis sûre qu'elle sait quel est ton vrai nom. Sans toi, je ne pouvais pas connaître son adresse. La police trouvera une photo de toi, Alex pourra confirmer que tu t'es fait passer pour Erin, et si tu as été assez stupide pour faire quelque chose au mari à Vancouver, ça sera fini pour toi.

— Tu ne vas rien dire à personne.

Elle me cloua sur place du regard, le menton tendu vers moi.

— À moins que tu ne veuilles ta part de souffrance. Je leur raconterai que nous avons passé un accord pour tuer. En fin de compte, je n'ai toujours aucun mobile pour avoir assassiné Connor, mais toi oui.

— Je m'en moque. Je prends le risque.

Il se remit à pleuvoir. Par ce temps, il n'y avait personne dans la rue.

Son visage s'empourpra de colère.

— Tu vas tout gâcher, pour nous deux.

— Faire ce qui est juste ne gâche jamais rien.

Nicki donna un coup de pied dans le muret, projetant de petits cailloux sur ma poitrine.

— J'ai hâte de te voir expliquer ça.

Elle brandit la liste devant moi et je haussai les épaules.

— Je l'expliquerai du mieux que je peux, on me croira ou non. Peu importe ce que les gens pensent de moi. Ceux qui comptent connaîtront la vérité.

Elle roula la liste en boule et me la jeta au visage. Le papier rebondit sur mon menton, inoffensif, et tomba par terre. Nicki parut déçue, comme si elle croyait avoir lancé une grenade qui n'avait pas explosé.

— Au cas où tu n'aurais pas compris, tu ne fais pas partie de ceux qui comptent.

Je la vis rassembler sa salive. Elle se pencha pour me cracher dessus, mais le mouvement la déséquilibra.

Le temps parut ralentir. *Un Mississippi.*

Elle écarquilla les yeux en voyant qu'elle vacillait. *Deux Mississippi.*

Je me précipitai vers elle et lui agrippai le poignet pour l'attirer à moi, loin du bord. *Trois Mississippi.*

Elle grogna et dégagea son poignet, et bascula en souriant. Nicki tomba du pont. Son cri fut noyé par le grondement d'un train qui sortait du tunnel en bas.

Quatre Mississippi.

Elle ne criait plus.

Je restai plantée là, tremblante. Le train avançait toujours, ses freins grinçaient pour tenter de s'arrêter. Aucune trace d'elle. Comme si elle n'avait jamais existé.

Avait-elle sauté parce qu'elle savait qu'elle avait perdu ? Ou bien l'idée que je lui vienne en aide lui répugnait-elle tant ? À moins qu'elle n'ait pensé que je me sentirais coupable à jamais et qu'elle aurait gagné pour l'éternité.

Je me penchai pour ramasser la liste roulée en boule. Si elle croyait que la culpabilité me rongerait…

TRENTE-SIX

31 AOÛT
Jour J

L'avion rebondit sur le tarmac en atterrissant à Vancouver. Je me penchai vers le hublot pour tenter de distinguer les montagnes de North Shore tandis que nous roulions vers la porte de débarquement. Elles défilaient à l'horizon, vertes et touffues.

Chez moi. Et le soleil brillait.

Ma valise fut l'une des premières à tomber sur le tapis roulant. Quand j'eus franchi la douane, je me dirigeai vers le hall principal. Une foule patientait devant les arrivées. Certains portaient des fleurs, et un enfant brandissait un panneau disant « BIENVENUE À LA MAISON, MAMAN ! » Je scrutai les visages et repérai mes parents debout au fond.

Je les saluai de la main. Ma gorge était nouée d'émotion et je me précipitai vers eux. Ma mère me prit en photo, puis me serra dans ses bras, raide. Mon père attendit qu'elle ait terminé, ce qui ne fut pas long, puis m'attira à lui. Son étreinte sentait le bois fraîchement coupé et les feuilles brûlées. Il devait avoir travaillé dans le jardin avant de venir me chercher.

— Ça fait plaisir de te retrouver, murmura-t-il dans mes cheveux, puis il recula pour mieux m'observer. Regarde-toi un peu. Tu as l'air d'avoir grandi pendant le voyage. Tu ne trouves pas qu'elle paraît plus âgée ?

Ma mère hocha la tête. Elle attrapa la poignée de ma valise.

— Tu es fatiguée ? Tu as faim ? On s'est dit que tu aurais peut-être envie de manger avant de rentrer. À la maison, tu pourras prendre une douche et aller te coucher tôt.

— Je veux bien manger, répondis-je. Écoutez, ces derniers jours...

— Ne nous disputons pas à l'aéroport, coupa ma mère d'une voix tendue.

Mon père me passa le bras autour des épaules.

— On pourra en parler demain. On était inquiets pour toi, et ça nous a énervés que tu disparaisses et que tu perturbes le voyage. Il y aura des conséquences mais on est surtout contents que tu sois rentrée saine et sauve.

Ma mère hocha la tête, mais ses lèvres serrées formaient une fine ligne, comme pour m'indiquer qu'elle en avait bien plus à dire sur le sujet.

Je les suivis jusqu'au parking courte durée, entourée de panneaux publicitaires et de l'odeur des hot-dogs du stand Japadog. Ma mère parlait sans interruption du temps et des fournitures scolaires qu'elle m'avait achetées chez Staples. Je cessai de l'écouter. Ce n'était pas comme si elle avait attendu une réponse.

Tout s'était passé plus facilement que je ne l'aurais cru. Les policiers étaient là à mon retour à Metford. L'espace d'une seconde, je m'étais demandé s'ils savaient déjà ce qui venait de se passer, mais je compris que Tasha les avait appelés. J'avais envisagé de leur confier la vérité, mais après réflexion j'étais allée au plus simple. Je leur avais raconté ce qu'ils voulaient entendre : la mort de Connor m'avait bouleversée. Puis l'accident d'Alex. J'avais eu peur, j'étais loin de chez moi. J'avais eu une réaction exagérée. J'avais versé quelques larmes bien placées en déroulant mon histoire, comme si j'étais moi-même déçue par mon comportement inconsidéré. J'avais juste besoin d'être seule. Je savais que je n'aurais pas dû m'enfuir, mais j'étais perturbée. Quand les inspecteurs avaient insisté pour savoir où j'étais allée pendant si longtemps, je leur avais répondu que je ne savais pas. J'avais beaucoup marché.

À un moment, je m'étais aperçue que je pleurais vraiment. L'inspectrice Sharma m'avait observée comme si elle cherchait à lire entre mes mots. Elle paraissait se rendre compte que quelque chose ne collait pas dans mon histoire, mais sans pouvoir mettre le doigt dessus. Avec un peu de chance, elle ne ferait jamais le lien avec l'intrusion dans une maison à l'autre bout de la ville. Ni avec le corps sur les voies. Peut-être même que la police reconnaîtrait Nicki sur la vidéo de la mort de Connor, et penserait qu'elle s'était suicidée par culpabilité. Mais elle ne songerait pas à moi – pour elle, il n'existait aucun lien entre nous. Nicki avait eu raison sur certains points – sans mobile, personne ne pourrait me soupçonner. Nous étions des étrangères l'une pour l'autre. Le crime parfait.

Raconter la vérité à la police maintenant n'aurait fait que compliquer les choses. Ma mère croyait au destin. Peut-être était-il temps que le karma fasse justice.

/

Pendant que je parlais et m'excusais auprès des enquêteurs, Tasha était restée plantée les poings sur les hanches, de la fumée lui sortait des oreilles. Elle devait se retenir de m'agonir d'injures. Finalement, elle s'était contentée de me faire la leçon : tout le monde s'était inquiété. J'avais fait perdre du temps à la police. Peu importait – j'étais rentrée, mais j'aurais des ennuis avec mes parents, je serais sans doute punie.

Je suivis mes parents dans le parking tandis qu'ils cherchaient la voiture. J'allumai mon téléphone et le laissai trouver le réseau. J'envoyai un message à Alex avant de tergiverser.

Rentrée. J'aimerais t'inviter pour m'excuser en personne.

Il répondit une seconde plus tard.

T'excuser pour quoi au juste?

Tout.

La faim dans le monde? La guerre? La disparition des abeilles?

Je souris et mes doigts volèrent sur le clavier.

Je me sens mal pour les abeilles. On déjeune vendredi?

D'accord.

Mon estomac se dénoua. Nouveau bip, une seconde plus tard.

Pas thaï.

Je ris.

Ça marche.

Mon père leva un sourcil.

— C'est ton copain Alex ?

— Ouais.

Ma mère pinça les lèvres.

— J'espère que ça ne devient pas trop sérieux.

Mon père lui donna un coup de coude et elle se tut.

Je ne pris pas la peine de répondre. Maintenant qu'il était en sécurité, que nous étions tous les deux en sécurité, j'espérais au contraire que les choses deviendraient sérieuses. Emily rentrerait ce week-end. Je voulais lui présenter Alex. Elle l'aimerait bien.

Je ne pourrais jamais leur raconter ce qui s'était passé.

Voilà ma véritable punition. Je devrais porter ce poids seule. J'avais poussé Nicki à bout. J'avais voulu la déstabiliser. Je n'avais pas imaginé comment cela se terminerait, mais je n'étais pas non plus complètement innocente. J'avais cherché à lui faire peur, même si je n'avais jamais souhaité que les choses se passent ainsi. Même si, au bout du compte, c'était son choix.

Mon père ouvrit la voiture avec la télécommande et je hissai mon sac dans le coffre avant qu'il ne puisse le faire. Je montai et baissai aussitôt la vitre.

— Tu veux vraiment la laisser ouverte ? demanda ma mère. Ça va t'agiter les cheveux.

— L'air a une odeur différente ici. Il est propre.

Elle secoua la tête et regarda droit devant elle, son sac à main sur les genoux.

— Tu as envie de manger quelque chose en particulier ? me demanda mon père par-dessus son épaule alors que nous quittions le parking pour nous insérer dans la circulation en direction de la ville. On pourrait prendre des sushis, aller manger au pub chez Earl, sinon il y a un restaurant de grillades sur Granville.

J'adorais les sushis, et ils m'avaient manqué à Londres, où ils coûtaient trop cher. Mais je savais que ma mère n'aimait pas ça. Elle refusait de l'admettre, mais quand on allait au restaurant japonais elle commandait des california rolls et des tempuras de légumes puis chipotait comme si la serveuse était allée lui chercher des restes à la poubelle.

— Et le Secret Garden Tea ? proposai-je – c'était son restaurant préféré.

Ma mère se redressa dans son siège.

— Ça peut être bien. On pourrait prendre des scones pour demain matin.

— Va pour le Secret Garden.

Mon père croisa mon regard dans le rétroviseur.

— Je te jure que tu as l'air plus grande.

Je voyais qu'il était content que je contribue à apaiser la situation. Il ignorait que je ne le faisais pas pour gagner l'approbation de ma mère. Je le faisais parce que c'était juste.

— Tu sais ce qu'on dit : les voyages forment la jeunesse.

Je hochai la tête et regardai par la fenêtre. Il ne savait pas à quel point.

Remerciements

Je sais combien de bons livres existent (j'en ai une pile qui m'attend ici même), alors merci à toi, lecteur, d'avoir pris le temps de lire celui-ci. Merci à tous les lecteurs, les libraires, les bibliothécaires (avec mention spéciale pour la super-héroïne des bibliothèques, Rachel Joyce), et aux enseignants qui répandent autour d'eux l'amour des livres.

J'écris beaucoup d'histoires d'amitié tordues, mais dans la vraie vie j'ai les meilleures amies du monde. Pour avoir été là quand j'avais besoin de vous, un grand merci à Laura Sullivan, Jamie Hillegonds, CJ Hunt, Kelly Charron, Joelle Anthony, Robyn Harding, Naomi Anderson, Mary Robinette-Kowal, Donna Barker, Joelle Charbonneau, Jeannette Caul, Lisa Voisin et tant d'autres. Un grand bravo à ma famille qui est obligée d'être gentille avec moi, mais qui le serait de toute manière. Ma famille est peut-être folle, mais c'est une folie qui me plaît.

Écrire est un talent, mais publier est unc cntrcprisc. J'ai la chance de travailler avec certaines des meilleures professionnelles. Barbara Poelle est une agente de rêve – l'équilibre parfait entre le soutien et les coups de pied aux fesses. Je lui suis reconnaissante d'avoir cru en moi et d'avoir partagé ses recettes de cocktail. L'équipe de HMH est incroyable, mais je remercie tout particulièrement mon éditrice Emilia Rhodes, qui partage mon amour pour les podcasts sur les meurtriers et pour les chiens. Merci aussi à Tara Sonin, Sammy Brown, Lisa Vega et Mary Magrisso pour leur soutien et leur talent.

Enfin, j'agite la queue pour mes deux chiens sur lesquels je peux compter pour dormir sur mes pieds pendant que j'écris, aboyer quand je parle au téléphone, creuser des trous là où il ne faut pas, déchiqueter tout ce que je possède et pour leur capacité à donner un amour inconditionnel.

Si vous avez aimé…

TU ME DOIS
UN ~~MEURTRE~~

… vous allez adorer

MEURTRE
MODE D'EMPLOI

Découvrez un extrait

Commentaires du professeur principal :

Pippa, comme nous en avons déjà discuté, tu as choisi un sujet extrêmement délicat : un crime épouvantable qui a eu lieu dans notre propre ville. Je sais que je n'arriverai pas à te faire changer d'avis, mais ce projet a été accepté à la condition expresse qu'aucune barrière déontologique ne soit franchie. Je pense que tu vas devoir trouver un angle plus précis pour ton dossier final à mesure que tu avanceras dans tes recherches, sans trop t'attarder sur les questions sensibles.

Que ce soit bien clair, tu ne dois **EN AUCUNE MANIÈRE** chercher à entrer en contact avec les familles concernées par cette affaire. Ce serait considéré comme une faute déontologique et ton projet serait immédiatement rejeté. Et ne travaille pas trop. Je te souhaite un bon été.

Déclaration du candidat :

Je, soussigné(e), certifie avoir lu et compris les règles relatives aux pratiques déloyales telles qu'exposées dans la notice aux candidats.

Signature : Pippa Fitz-Amobi

Date : 18/07/2017

1

Pip savait où ils habitaient.

Tout le monde à Little Kilton savait où ils habitaient.

C'était un peu comme une maison hantée en plein milieu de la ville ; les gens pressaient le pas en passant devant, leurs mots s'étranglaient et mouraient dans leur gorge. En sortant de l'école, des groupes d'enfants vociférants se mettaient au défi de courir jusqu'à la grille pour la toucher.

Elle n'était pas hantée par des fantômes, juste par trois personnes tristes qui s'efforçaient de continuer à vivre comme avant. Il n'y avait pas de sortilèges comme des lampes qui grésillaient mystérieusement ou des chaises qui se renversaient toutes seules, mais l'inscription « famille de salopards » peinte à la bombe sur la façade et des vitres brisées à coups de pierres.

Pip s'était toujours demandé pourquoi ils n'avaient pas déménagé. Non pas qu'ils auraient dû ; ils n'avaient rien fait de mal. Mais elle ne savait pas comment ils arrivaient à vivre ainsi.

Pip savait beaucoup de choses, pourtant ; elle savait que « hippopotomonstrosesquipédaliophobie » était le terme technique pour désigner la peur des mots trop longs, elle savait réciter par cœur les meilleures citations de Platon et de Caton, elle savait que les bébés naissaient sans rotule, et qu'il existait plus de quatre mille variétés de pommes de terre. Mais elle ne savait pas comment les Singh trouvaient la force de rester là. Là, à Kilton, sous toutes ces paires d'yeux écarquillés, ces petites phrases murmurées juste assez fort pour être entendues, ces banales conversations de voisinage qui tournaient court très vite, désormais.

Il était particulièrement cruel que leur maison se situe si près du lycée de Little Kilton, où Andie Bell comme Sal Singh avaient été élèves, et où Pip allait entamer son année de terminale d'ici quelques semaines, quand le soleil de plomb du mois d'août commencerait à décliner, vers septembre.

Pip s'arrêta et posa la main sur la grille de la maison, d'emblée plus courageuse que la moitié des gamins de la ville. Elle suivit du regard l'allée qui menait jusqu'à la porte d'entrée. Ce n'étaient que quelques mètres, certes, mais ils lui faisaient l'effet d'un gouffre béant à franchir. Peut-être que tout ça était une très mauvaise idée ; elle en était consciente. Le soleil du matin était déjà brûlant et elle sentait la sueur s'accumuler dans le creux de ses genoux sous son jean. Mauvaise idée, ou en tout cas téméraire. Pourtant, les plus grands penseurs de l'histoire avaient toujours privilégié la témérité à la prudence, tous leurs écrits résonnaient comme un encouragement aux pires idées possible.

Écrabouillant le gouffre sous ses semelles, Pip remonta l'allée jusqu'à la porte, hésita une seconde le temps de vérifier qu'elle était bien décidée, et sonna. Son reflet dans le panneau vitré lui renvoyait l'image d'une personne à l'apparence peu sereine : les pointes de ses longs cheveux bruns décolorées par le soleil, le visage blafard malgré la semaine qu'elle venait de passer dans le Sud de la France, son regard vert acéré, prêt à toute éventualité.

Le cliquetis métallique de la chaîne de sécurité fut suivi par celui de la clé dans la serrure, après quoi la porte s'ouvrit.

— Oui ? fit-il en la maintenant entrouverte, la main sur le battant.

Pip cligna des yeux pour éviter de le fixer, mais c'était plus fort qu'elle. Il ressemblait tellement à Sal ; le Sal qu'elle connaissait d'après les reportages à la télé et les photos dans les journaux. Le Sal qui s'effaçait petit à petit de ses souvenirs d'adolescente. Ravi avait les mêmes cheveux bruns en bataille que son frère, les mêmes sourcils épais, la même peau dorée.

— Oui ? répéta-t-il.

— Euh…

L'aptitude naturelle de Pip à jouer de son charme tarda à se mettre en marche. Son cerveau était trop occupé à remarquer que, contrairement à Sal, il avait une fossette au menton, comme elle. Et qu'il avait encore grandi depuis la dernière fois qu'elle l'avait vu.

— Euh, oui, pardon, bonjour, bredouilla-t-elle avec un petit geste maladroit de la main qu'elle regretta aussitôt.

— Bonjour.

— Bonjour, Ravi, reprit-elle. Je, euh… tu ne me connais pas. Je m'appelle Pippa Fitz-Amobi. J'étais deux classes en dessous de toi au collège avant que tu partes.

— D'accord…

— Je me demandais juste si je pouvais te voler deux microsecondes de ton temps. Enfin, peut-être un peu plus… Tu savais que la microseconde était une vraie unité de mesure ? Ça correspond à un millionième de seconde. Donc, disons plusieurs microsecondes de ton temps ?

Oh, mon Dieu, voilà ce qui se passait chaque fois qu'elle était nerveuse ou qu'elle se sentait coincée : elle se mettait à débiter des anecdotes inintéressantes sous couvert de blagues nulles. En plus, ça lui donnait un air horriblement snob. Bon sang, mais d'où était sorti ce topo débile sur les microsecondes ?

— Pardon ? fit Ravi, visiblement déconcerté.

— Non, rien, oublie, rétorqua Pip en se ressaisissant. Voilà, en fait je suis en train de faire mon TPE et…

— C'est quoi un TPE ?

— Ça veut dire travaux personnels encadrés. C'est un projet sur lequel tu dois travailler tout seul et qui compte pour le bac. Tu peux choisir le sujet que tu veux.

— Ah. Moi, j'ai arrêté le lycée bien avant. Je suis parti dès que j'ai pu.

— Oui, bref, je me demandais si tu accepterais que je t'interviewe pour mon projet.

— C'est sur quoi ? s'enquit-il en fronçant ses gros sourcils noirs.

— Euh… sur ce qui s'est passé il y a cinq ans.

Ravi souffla bruyamment et ses lèvres frémirent comme pour annoncer une explosion de colère.

— Pourquoi ? fit-il.

— Parce que je ne crois pas que ton frère soit coupable. Et j'ai l'intention de le prouver.

Pippa Fitz-Amobi
TPE 01/08/2017

Journal de bord – point n° 1

Le journal de bord est censé répertorier tous les obstacles qu'on rencontre au cours de notre travail, ainsi que les progrès accomplis et les objectifs du rapport final. Le mien sera un peu différent : je vais y consigner les recherches que j'entreprends, qu'elles soient pertinentes ou non, parce que, pour l'instant, je ne sais pas vraiment ce qu'il y aura dans mon rapport final et donc ce qui se sera avéré pertinent. Mes objectifs sont encore flous. Je ferai le point à la fin de mes recherches et je verrai quel projet je peux en tirer *a posteriori*. [Ça commence à ressembler à un journal intime, non ???]

J'espère que ce ne sera *pas* le projet que j'ai proposé à Mme Morgan. J'espère que ce sera la vérité : qu'est-il réellement arrivé à Andie Bell le 20 avril 2012 ? Et si, comme j'en ai l'intuition, Salil « Sal » Singh n'est pas coupable, alors qui l'a tuée ?

Je ne prétends pas réussir à résoudre l'énigme ni découvrir l'assassin d'Andie. Je ne suis pas de la police, je n'ai pas accès à un labo médico-légal (ça va sans dire) et je ne me fais pas trop d'illusions. Mais j'ai espoir que mes recherches pourront mettre au jour des événements et des témoignages qui jetteront un doute sur la culpabilité de Sal et qui montreront que la police a eu tort de clore son enquête sans creuser plus loin.

Mes méthodes d'investigation consisteront donc à interviewer les personnes proches du dossier, éplucher à fond les réseaux sociaux et envisager chaque hypothèse, même les plus farfelues.

[Pourvu que Mme Morgan ne tombe jamais là-dessus !!!]

La première étape de ce projet sera d'enquêter sur ce qui est arrivé à Andrea Bell – connue sous le nom d'Andie – et sur les circonstances de sa disparition. Ces informations seront tirées des articles de journaux et des conférences de presse de la police au moment des faits.

[Bien noter les références complètes au fur et à mesure pour ne pas avoir à le faire plus tard !!!]

Copié-collé du tout premier article de presse concernant l'affaire :

« Andrea Bell, 17 ans, est portée disparue de son domicile à Little Kilton, dans le Buckinghamshire, depuis vendredi dernier.

Elle est partie de chez elle à bord de sa voiture – une Peugeot 206 noire – avec son téléphone portable, mais sans vêtements de rechange. La police affirme qu'une telle disparition "ne lui ressemble absolument pas".

Les enquêteurs ont ratissé les bois autour de la maison familiale pendant tout le week-end.

Andrea, surnommée Andie, est décrite comme une jeune fille blanche d'un mètre soixante-huit aux longs cheveux blonds. On pense qu'elle portait un jean foncé et un sweat court de couleur bleue le soir de sa disparition[1]. »

D'autres articles ultérieurs donnent plus de précisions sur la dernière fois qu'Andie a été vue vivante et la plage horaire pendant laquelle on estime qu'elle a été enlevée.

Andie Bell a été « aperçue pour la dernière fois par sa sœur cadette, Becca, aux alentours de 22 h 30 le 20 avril 2012[2] ».

Ce qui a été corroboré par la police elle-même lors d'une conférence de presse le mardi 24 avril : « L'enregistrement d'une caméra de surveillance devant la banque STN de High Street à Little Kilton confirme que la voiture d'Andie est passée par là, en provenance de chez elle, autour de 22 h 40[3]. »

---

1. www.gbtn.co.uk/news/uk-england-buckinghamshire-54774390 23/04/12
2. www.thebuckinghamshiremail.co.uk/news/crime-4839 26/04/12
3. www.gbtn.co.uk/news/uk-england-buckinghamshire-69388473 24/04/12

Selon ses parents, Jason et Dawn Bell, Andie était censée « venir [les] récupérer à la sortie d'un dîner à 0 h 45 ». En constatant qu'elle n'était pas là et qu'elle ne répondait pas à leurs appels, ils ont commencé à téléphoner à ses amis pour voir si quelqu'un savait où elle était. Jason Bell « a appelé la police pour signaler la disparition de sa fille à 3 heures du matin dans la nuit du vendredi au samedi[1] ».

Donc, quoi qu'il soit arrivé à Andie Bell ce soir-là, ça s'est passé entre 22 h 40 et 0 h 45.

Je pense que je vais insérer ici la transcription de mon interview téléphonique avec Angela Johnson.

1. Forbes, Stanley, 2012, « La véritable histoire de l'assassin d'Andie Bell », *Kilton Mail*, 29/04/12, pp. 1–4

Transcription de l'interview d'Angela Johnson,
du Bureau des disparitions inquiétantes

Angela: Allô ?
Pip: Bonjour, c'est bien Angela Johnson ?
Angela: Elle-même, oui. Vous êtes Pippa ?
Pip: Oui, merci beaucoup d'avoir répondu à mon mail.
Angela: Je vous en prie.
Pip: Ça vous embête si j'enregistre cette interview pour pouvoir ensuite la retranscrire et l'utiliser dans mon projet ?
Angela: Non, non, allez-y. Mais je suis désolée, je n'ai qu'une dizaine de minutes à vous consacrer. Alors, que voulez-vous savoir sur les disparitions inquiétantes ?
Pip: Eh bien, je me demandais si vous pouviez m'expliquer comment ça se passe quand une personne est portée disparue. Quelle est la procédure et quelles sont les premières démarches engagées par la police ?
Angela: Alors, quand quelqu'un fait le 999 ou le 101 pour signaler une disparition, la police va d'abord essayer de collecter le plus d'informations possible pour évaluer le danger encouru par la personne disparue et pouvoir apporter une réponse adaptée. Le genre de détails qu'on demande lors de ce premier appel sont le nom, l'âge et la description de la personne, les vêtements qu'elle portait quand elle a été vue pour la dernière fois, les circonstances de sa disparition, si c'est un événement inhabituel

ou pas, les informations sur tout véhicule potentiellement impliqué. À partir de ces éléments, la police va déterminer si c'est un cas à faible, moyen ou haut risque.

Pip: Et quelles circonstances font qu'un cas est jugé à haut risque?

Angela: Si la personne est vulnérable en raison de son âge ou d'un quelconque handicap, ou si c'est un comportement atypique chez elle, alors c'est probablement le signe qu'il lui est arrivé quelque chose.

Pip: D'accord, donc si la personne en question a dix-sept ans et qu'on estime qu'elle n'est pas du genre à disparaître comme ça, c'est considéré comme un cas à haut risque?

Angela: Ah oui, absolument, surtout pour un mineur.

Pip: Et comment la police réagit-elle dans un cas à haut risque?

Angela: Eh bien, il y a un déploiement immédiat des forces de police sur le lieu présumé de la disparition. Les enquêteurs s'efforcent de rassembler des informations complémentaires au sujet de la personne disparue, notamment sur son partenaire ou ses amis, sur son état de santé, ses moyens de paiement pour pouvoir la repérer grâce à ses retraits d'argent. Ils cherchent aussi à se procurer des photos récentes de la personne et ils peuvent procéder à des prélèvements ADN, au cas où. Enfin, avec le consentement des propriétaires, ils vont fouiller les lieux de fond en comble pour voir si la personne ne se cache pas quelque part et pour relever d'éventuels indices. Ça, c'est la procédure normale.

Pip: Donc, la police se met immédiatement à la recherche de pistes ou d'indices permettant d'indiquer qu'il y a eu crime?

Angela: Tout à fait. Si les circonstances de la disparition sont suspectes, on dit toujours aux policiers: «Dans le doute, pensez meurtre.» Bien entendu, seul un infime pourcentage des affaires de disparition s'avèrent être des homicides, mais dès le début les policiers ont pour consigne de traiter les pièces à conviction comme s'ils enquêtaient sur un homicide.

Pip: Et après la fouille initiale du domicile de la personne, qu'est-ce qui se passe s'ils ne trouvent rien?

Angela: Ils étendent les recherches aux environs immédiats. Ils peuvent demander des relevés téléphoniques. Ils vont interroger les amis, les voisins, toute personne susceptible de détenir des informations utiles. Si la personne disparue est un adolescent, il est possible que ses parents ne connaissent pas l'ensemble de ses amis et de ses relations. Dans ce cas, les copains sont un bon point de départ pour identifier d'autres contacts importants, par exemple un petit ami secret, ce genre de choses. Et, en général, on envisage d'emblée une stratégie médiatique, parce que les appels à témoignage peuvent se révéler très fructueux dans ce genre de situation.

Pip: Donc, si la personne disparue est une fille de dix-sept ans, la police va très vite contacter ses copains et son petit ami?

Angela: Oui, bien sûr. On va mener une enquête approfondie, parce que si c'est une fugue, il est probable que la personne se cache chez un de ses proches.

Pip: Et à partir de quand la police commence-t-elle à se dire qu'en fait, elle cherche un cadavre?

Angela: Eh bien, le timing n'est pas toujours... Oh, Pippa, pardon, je dois y aller. On vient de m'appeler pour ma réunion.

Pip: Ah, d'accord, merci d'avoir pris le temps de me parler.

Angela: Si vous avez d'autres questions, envoyez-moi un mail et je vous répondrai dès que je pourrai.

Pip: Parfait. Merci encore.

Angela: Au revoir.

J'ai lu ces statistiques sur le Net:

80 % des personnes disparues sont retrouvées dans les premières vingt-quatre heures. 97 % dans la première semaine. 99 % des cas sont résolus au cours de la première année. Ça ne laisse plus que 1 %.

1 % des personnes qui disparaissent ne sont jamais retrouvées. Mais il y a un autre chiffre à prendre en compte: seuls 0,25 % de toutes les affaires de disparition ont une issue fatale[1].

Où se situe Andie Bell, là-dedans? Quelque part entre 0,25 % et 1 %, oscillant sans relâche par fractions infinitésimales.

Mais, désormais, la plupart des gens la considèrent comme faisant partie du club des 0,25 %, bien qu'on n'ait jamais retrouvé son corps. Et pourquoi donc?

Parce que Sal Singh, voilà pourquoi.

La suite déjà en librairie !

---

1. www.personnes-disparues.co.uk/stats